JN270780

カバーオブジェ　鳥原正敏
カバー写真　岩田和美
ブックデザイン　鈴木成一デザイン室

十字架

第一章　いけにえ

1

あいつは僕のことを親友と呼んでくれた。〈親友になってくれてありがとう〉と手紙に書いていた。

正直に言って、少し意外だった。確かに僕とあいつは幼なじみだった。小学生の頃はしょっちゅう一緒に遊んでいた。でも、親友というほど深く付き合っていたかどうかは、よくわからない。少なくとも、あの頃——中学二年生の僕が、誰かに「きみの親友は?」と訊《き》かれたら、たぶんあいつの名前は挙げなかっただろう。

でも、あいつにとって僕は親友だったらしい。それも、たった一人の。

釣り合っていない。男同士の友情にも片思いというものはあるのだろうか。あるのだとすれば、僕はあいつを手ひどく振ってしまったことになるのかもしれない。

あいつは僕のことを「ユウちゃん」と呼んでいた。真田《さなだ》裕《ゆう》のユウだ。あいつは「フジシュン」。藤井俊介《ふじいしゅんすけ》だから、フジシュン。小学五年生の頃にその呼び方が友だちに広まると、あいつはうれしそうに「フジシュンって、一瞬、不死鳥みたいだよな」と言っていた。フジシュン、フシチョウ、フジシュン、フシチョウ。それほど似ているとは思わなかったが、にこにこと笑うフジシュンを見ているとケチをつけるのがかわいそうになって、やめた。

フジシュンはそういう奴だった。素直で明るい性格だが、ちょっと幼い。中学生になっても変わらなかった。だから僕は少しずつあいつと遊ばなくなり、会っても話はすぐに途切れるようになって、同じクラスだった二年生のときも、特に親しいという関係にはならなかった。

考えてみれば、僕はフジシュンから「ちゃん」付けで呼ばれているのに、あいつのことはずっと呼び捨てだった。そんなところも釣り合っていない。

なにより釣り合っていないのは、あいつが僕に〈ありがとう〉と書いていたことだった。それは違う。絶対に違う。「ありがとう」と言われたら、ふつうは「どういたしまして」と返す。でも、僕には言えない。僕がフジシュンの「ありがとう」に応えられる言葉は、「ごめんな」以外にはありえないはずだ。

フジシュンはなぜ、あんなことを手紙に書いたのだろう。どんなに考えてもわからない。でも、それを本人には訊けない。

フジシュンが書いた手紙は、遺書だったのだ。

あいつが死んだのは九月四日だった。もう少しくわしく言うと、一九八九年——元号が「昭和」から「平成」に変わった年の九月四日。

二学期が九月一日に始まった。その年の九月一日は金曜日だった。まだ学校が週五日制ではなかったので、土曜日も学校があった。日曜日は休み。四日の月曜日にはふだんどおり学校に来ていたあいつは、その日の夜、自宅の庭にある柿の木で首を吊った。フジシュンはフシチョウではなかった。柿の木にぶら下がっているのをお父さんが見つけたとき、もうあいつの心臓は停まっていた。

遺書の最後に九月四日の日付があった。でも、〈9〉と〈4〉の文字は、〈月〉や〈日〉とは明らかに筆跡が違っていた。遺書そのものはもっと以前に書かれていて、最後に日付の数字を書き込んだのだ。

だから、衝動的に死を選んだのではない。覚悟の上、というより、それ以外に逃げ道がないまで追い詰められていたわけだ。

学校でいじめに遭《あ》っていた。ひどかった。僕は知っている。間近で見ていた。見るだけで、なにもしなかった。「実際にいじめたわけではない」というのが言い訳にならないということは、小学生の頃に教わった。

フジシュンの自殺を、マスコミは〈いけにえ自殺〉と名づけた。遺書の中に〈ぼくは皆さんのいけにえになりました〉とあったからだ。

遺書はフジシュンが荼毘《だび》に付されたあと公開された。テレビや新聞や雑誌に載ったものでは人名は黒く塗りつぶされていたが、僕たちはみんな、そこに出ていた名前を知っていた。知りたくないのに、無理やり見せつけられた。〈いけにえ自殺〉事件がマスコミをにぎわせていたさなか、遺書のコピーが出回ったのだ。

そこに出ていた名前は四人。一人が僕だ。

〈真田裕様。親友になってくれてありがとう。ユウちゃんの幸せな人生を祈っています〉

二人目と三人目は、フジシュンをいじめたグループの中心にいた二人だった。

〈三島《みしま》武大《たけひろ》。根本《ねもと》晋哉《しんや》。永遠にゆるさない。呪ってやる。地獄に落ちろ〉

四人目は、女子。中川《なかがわ》小百合《さゆり》という。

彼女には謝っていた。遺書の終わりに、P・S――追伸として小さな字で書き込んであった。

〈中川小百合さん。迷惑をおかけして、ごめんなさい。誕生日おめでとうございます。幸せになってください〉

ありがとう。

ゆるさない。

ごめんなさい。

その三つの思いを書きのこして、フジシュンは死んでしまった。

遺書に名前を出された四人は、一方的にフジシュンの思いを背負わされたまま、その後の人生を歩むことになった。

そんな僕たちのことを語ろうと思う。うろ覚えの記憶や、忘れてしまいたかった思い出は、正確にはたどれないだろう。でも、正直に書きたい。

2

それが、フジシュンのなきがらを最初に最初に抱きしめたひととの約束だった。

九月四日、学校で見たフジシュンの様子に変わったところはなかった。

ふだんどおり、いじめられていた。

フジシュンへのいじめが始まったのは四月だった。特に大きなきっかけや理由があったわけではない。選ばれた、という言い方がいちばん近いだろうか。フジシュンはなにも悪いことをしていない。ただ、選ばれてしまっただけだった。

クラス替えで同じ二年三組になった顔ぶれを見て、ちょっとヤバいな、と僕は思っていた。三島がいる。根本もいる。二人とも一年生の頃から悪かった。二年生を飛び越えて三年生の悪い先輩たちと付き合って、授業中に学校を抜け出すこともしばしばだった。それでいて、二人はそんなに仲が良くなかった。むしろ張り合っていた。悪さを競うライバルのような関係だったのだ。

一年生のときは二組と五組に分かれていたからまだよかったが、この二人が同じ教室にいると、いったいクラスはどうなってしまうのだろう。二人がコンビを組むのも怖いし、ぶつかるのも怖い。一学期のクラス委員の選挙で五票差で落ちたときには、クラスをまとめる責任者にならずにすんで、ほっとした——僕はそういう性格だった。

新学期が始まって何日かは、三島も根本もお互いに牽制《けんせい》し合って、ぴりぴりしていた。体格は三島のほうが大きいが、根本は小柄でも負けん気が強い。本気のケンカになればどっちが勝つかわからない。

でも、二人は友だちになった。フジシュンをいじめているときだけは、二人とも仲のいいコンビを組んだ。二人はぶつからずにすむ方法を、たぶん無意識のうちに探していたのだろう。そこにフジシュンという、気が弱くておとなしい同級生がいた。「からかっていました」「ふざけていただけです」と言い訳ができる、いつも笑っている同級生が、たまたまいた。本気になってかばってくれる親友のいない同級生が、すぐそばにいたのだ。

フジシュンは二人に選ばれた。二人が教室で機嫌よく過ごしていてくれれば、僕たちも助かる。だから僕たちは誰も、フジシュンを奪い返そうとはしなかった。

あいつが遺書に〈いけにえになりました〉と書いていたのは、そういう意味だ。

最初のうちは、休み時間に二人がつきまとって、持ち物を隠したり壊したりする程度だった。プロレスごっこも本気ではなかった。フジシュンが嫌がったり困ったりする顔を見て笑うだけで気がすんでいたのだ。

僕たちも、まったく心配していなかったと言えば嘘になるが、どうせすぐに飽きるだろうと思っていた。一年生の頃から授業中でも平気で出歩いていた二人だから、二年生になっておとなしく教室で休み時間を過ごすはずがないし、学校にも顔を出さなくなるかもしれない。そうなればフジシュンも解放されるし、クラスに平和が訪れる。

もっと悪くなれ、と祈っていた。教室にいるのでは飽き足らないぐらい悪くなって、さっさと出て行ってくれ、と二人の背中を盗み見ていた。

実際、五月の連休が明けた頃から、二人は授業中に教室を抜け出すようになった。給食を食べたら早退してしまう日も増えてきた。あと少しだ。期待していた。きっとフジシュンも同じだったと思う。

ところが、せっかく教室から出て行った二人を引き戻したひとがいた。クラス担任の富岡《とみおか》先生だ。富岡先生は去年二年生を担任していた。生活指導部の副主任でもあった。

富岡先生はまだ若く、体育大学で柔道部にいたので腕っぷしも強い。三島や根本が去年は三年生と付き合っていたのも、二年生には富岡先生がにらみを利かせていたからだった。

ふつうなら今年は持ち上がりで三年生の担任になるところを、富岡先生は自ら希望して二年生を受け持った。「三島と根本の根性を叩き直してやります」と職員会議で宣言した。あの二人が同じクラスになったのも、そのほうが目が届きやすいという事情からだった。

でも、先生はなにも見ていなかった。見ていたとしても、肝心なことにはなにひとつ気づいていなかった。

確かに先生は、モグラ叩きゲームのように、もぞもぞと悪いほうに動き出す二人を叱りつけるのはうまかった。よほど懲りたのか、脅されたのか、二人は授業中に出歩くことがなくなり、遅刻や早退も減った。

先生はそれで安心したのだろうか。部活の柔道部の指導のほうが忙しくなってしまったのだろうか。モグラが穴倉に引っ込んでしまったのを確かめると、ハンマーを持つ手から力を抜いて、目をそらしてしまった。

穴倉に閉じこめられたモグラは、退屈しのぎにフジシュンをまたいじめるようになった。外に出られない欲求不満がたまっていたぶん、いじめの内容はどんどんひどくなっていった。

プロレスごっこは、ただの暴力になった。勝手にルールを決めたゲームを勝手に始め、勝手に「はい、フジシュンの負けーっ」と宣告して、勝手に罰ゲームとしてプロレスの技をかける。教科書やノートも、隠すだけではおさまらず、トイレの便器に投げ込むようになった。僕は知らなかったが、五月の終わり頃から深夜の無言電話も自宅にかかってくるようになったし、注文などしていないのに宅配ピザが何枚も届けられたこともあったらしい。

二人は巧妙だった。ときどき思いだしたように、教室中に聞こえるような大きな声で、フジシュンに言う。

「俺たち友だちだもんな。フジシュンがなにか困ったことがあったら、いつでも言えよ。絶対に助けてやるからな」

なっ、絶対だからな、ぜーったいだからな、とヘッドロックをかけてつづける。信じろよ、マジ、俺らの友情だから、と後ろから尻を蹴飛ばしながら念を押す。

友だちなのだ、三島と根本とフジシュンは。ゆがんではいても、これも友情の一つなのだ。人間はみんながみんな平等なわけではないのだから、こういう上下関係のできる友情だって、ないことはない。それに、フジシュンがほんとうにあいつらのことが嫌なのだったら、自分でなんとかすればいい。親に言ってもいいし、先生に相談してもいいはずだ。

だから、三人のことは放っておくしかない。

僕は自分にそう言い聞かせていた。

三島と根本は、フジシュンだけをいじめた。僕たちには手を出さなかった。去年よりずっとましだ、と一年生のときにあいつらと同じクラスだった連中は口々に言っていた。去年はみんなが少しずついじめられた。目が合ったというだけで殴られた奴もいたし、ただの暇つぶしで体育館シューズを側溝に捨てられた奴もいた。今年は違う。コンビを組んだ三島と根本がいじめるのはフジシュンだけだった。フジシュンがいじめられているうちは僕たちは無事でいられる。逆に、そのいじめが終わったら、次に誰が標的になるかわからない。だから、無理にいじめを止める気にはなれない。あの二人は、そういうところも巧妙だったのだろう。

フジシュンは、確かに僕たちのいけにえだった。

僕はさっき、フジシュンを奪い返そうとはしなかった、と書いた。嘘をついたつもりはないが、正直ではなかったかもしれない。

僕たちはフジシュンをいけにえとして、僕たち自身の意志であの二人に差し出した。

いまなら、そう思う。


六月に入ると、三島や根本以外にもフジシュンをいじめる連中が出てきた。最初はあいつらに「おまえもやってみろよ」と言われてしかたなく付き合っていたのが、しだいに自分から仲間に加わるようになって、「こんなことやったら面白いんじゃないか?」と新しいいじめの手口を考えつく奴まで出てきた。

ぜんぶで六、七人。いじめのコンビは、いじめのグループになった。

意外と、と言えばいいのか、皮肉なことに、なのか、それとも人間とはそもそもそういうものなのか、いじめることに慣れてからは、途中から入ってきた奴らのほうが夢中になっていた。

なかでもひどかったのが、堺翔平《さかいしょうへい》だった。一年生のときに同級生だった僕は、あいつの性格をよく知っている。嫌な奴だ。小ずるくて、お調子者で、よく嘘をつく。もしも三島や根本がフジシュンへのいじめに飽きて、二人目を探すのなら、堺が第一候補になっていたはずだ。

堺も自分でそれがわかっていたのだろう。だから必死に、フジシュンをいじめることに二人を繋ぎ止めようとして、次から次へとアイデアを出していたのだろう。

水泳の授業のときにフジシュンのブリーフが女子の更衣室の床に落ちていたのも、罰ゲームでコンパスの針を使うようになったのも、「キャッチボールやろうぜ」とフジシュンを標的にして壁に立たせ、至近距離から消しゴムをぶつけるようになったのも、ぜんぶ堺の発案だった。

それだけではなかった。堺は、いじめに金や盗みを持ち込んだ。「からかい」や「悪ふざけ」では言い訳のきかないところに、フジシュンを引きずり込んだ。

万引きを強要された。家から金を持って来いと言われた。僕たちは知らなかった。噂話ではどうもひどいことになっているらしいと聞いていたが、それ以上のことは知ろうとしなかった。

あとからわかったことだが、三島や根本は堺よりも一枚上手だった。あいつらは堺をフジシュン委員と呼んだ。フジシュンに命じたことができなければ委員の責任になる、というルールを勝手に決めた。だからよけい、堺はフジシュンをひどくいじめた。自分の身を守るために必死でフジシュンをいたぶりつづけた。

そんな堺の名前は、遺書には出ていなかった。三島や根本のことは永遠にゆるさないと書いていたのに、堺については一言もなかった。

そのことがフジシュンの死後にもう一つの悲劇を生む理由になってしまうのだが、それはまだあとになってからの話だ。

「三組の藤井くんって、だいじょうぶなの?」

中川小百合さんに訊かれたのは、夏休みの後半に差しかかった頃だった。部活の帰りだ。サッカー部の男子とテニス部の女子が三人ずつ、たまたま学校を出るタイミングが一緒になった。最初はお互いに無視していたものの、なんとなく言葉を交わしはじめ、ひとかたまりになって歩きながら、宿題のことや二学期早々におこなわれる実力テストのことなどを話していたら、中川さんが「そういえば……」という感じで切り出したのだ。

二年三組は、六人の中で僕しかいなかった。答えるのは僕、ということになる。

「だいじょうぶって、なにが?」

「いじめられてるんでしょ?」

中川さんのいる二年五組にも伝わっていた。ほかのみんなも知っているのだろう、五人の視線がそろって僕に向けられた。

「まあ……いじめてる奴らもいるみたいだけど、クラス全員ってわけじゃないから」

俺なんか全然ノータッチだし、と付け加えた。それだけでは足りないような気もして、はっきり言って関係ないもんね、と笑った。

でも、中川さんは笑い返さずにつづけた。

「このまえ、駅前で見たよ、藤井くんのこと。向こうはわたしに気づいてなかったけど、三組の三島くんや根本くんたちと一緒に歩いてた。あと、高校生だと思うけど、年上のひともいた」

デパートやアーケードの商店街があるＪＲの駅前は、僕たちの学区からはバスか車を使わないと行けない。もしくはバイク。どれを使ったとしても、もうそこまであいつらの行動範囲は広がっているわけだ。フジシュンはもはやクラスのいけにえというだけではないのかもしれない。

「藤井くんってサッカー部じゃなかったっけ?」

「そうだよ。でも、すぐにやめたけど。去年の五月ぐらいに」

「そんなに早く？」

「根性ないもん、あいつ」

冷ややかに言った。理由はないのに意地悪な気持ちになってしまった。フジシュンにはそういうところがある。見ていると、なんとなくいらいらする。みんなもそうだと言っていた。攻撃誘発性。脆弱性《ぜいじゃく》。バルネラビリティ。そんな言葉を知ったのは、おとなになってからだ。

「で、どんな感じだったの？　藤井くん」とテニス部の女子の誰かが中川さんに訊いた。

中川さんは「無理やり一緒に歩かされてるっていう感じでもなかったんだけど……」と首をかしげ、「でも元気なかったし、一年生の頃よりちょっと痩せた感じだった」と言った。

中川さんとフジシュンは去年同じクラスだった。べつに親しかったわけではないが、同じ班になったときなどに二、三回話したことがあるらしい。

「去年はどうだったの？　いじめられてた？」

さっきの子がつづけて訊くと、中川さんははっきりと「そんなことない」と言った。「一年一組って、すごくまとまってたから」

二年三組ぜんたいが責められているような気がして、思わず「だいじょうぶだよ」と言った。

「いじめっぽく見えるかもしれないけど、あいつ、意外としぶといから」

「だって、根性がないからサッカー部すぐにやめちゃったんでしょ？」

「……サッカーはだめだったけど」

「三組のひと、誰か止めたりしてないの？」

中川さんは批判するような目で僕を見た。同じクラスになったことはないし、話したのもこれが二度目か三度目ぐらいだったが、意外としっかりしていて、言いたいことをどんどん口にするタイプなのかもしれない。

「『やめてやれよ』ぐらいは、俺も言うけど」

嘘をついた。僕も、誰も、そんなことは言っていない。

「先生に相談しないの？」

女子の何人かはそんなことを話していた時期もあったが、結局なにもしなかった。三島たちに逆恨みされるのが怖かったのだろう。

「三組って富岡先生だよね。あの先生、生活指導でしょ？　気づいてないの？」

「なんか忙しいみたいだし」

「なに、それ」

「研修とかで出張に行くことも多いし、あと、一年生が悪いから、そっちでけっこう大変みたいだし……」

その年の一年生は、六月頃から学校史上最悪と呼ばれるほど荒れてきた。若い女の先生が担任のクラスではホームルームすらまともに開けないほどだった。富岡先生もそっちの生活指導に追われて、休み時間もほとんど職員室にいない。それに加えて、その年度は地区をあげて中学生の生活指導強化に取り組んでいた。富岡先生はウチの学校の代表として、ほかの学校の生活指導部の教師と研修をしたり会議をしたりで、僕たちの目から見てもひどく忙しそうだった。

ただ、あとで知ったことだが、先生もまったくなにも気づいていないわけではなかった。

フジシュンは期末試験の成績がいままでにないくらい悪かった。富岡先生は学期末の個人面談でフジシュン本人に「なにか最近勉強に集中できなくなってるんじゃないか?」と遠回しに、保護者面談のときにはお母さんにもっと遠回しに「最近俊介くんの様子で気になることはありませんか?」と訊いてみたらしい。でも、フジシュンはなにも言わず、お母さんも「特にはなにも……」と首をかしげるだけだったという。

振り返ってみれば、それが最初で最後のチャンスだった。

でも、フジシュンは先生になにも打ち明けなかった。チャンスを自ら手放してしまったのだ。部活帰りの僕たちの話は、そこからテニス部とサッカー部の一年生の部員がいかに生意気かという話題になって、結局フジシュンの話には戻らなかった。中川さんとそういう話をしたことじたい、あいつが死んでしまうまですっかり忘れていた。

チャンスはあったのだ、ほんとうは、ここにも。

九月四日の話をする。

あの日もフジシュンはいつものように、三島たちにいじめられた。もう、それはあまりにも当然すぎる光景になっていたから、誰も気にとめることすらなかった。

夕方六時半頃——僕たちの街は東京よりずっと西にあるので、九月頭のこの時刻は、夕方と夜の境目あたりだった。

中川小百合さんが部活から帰宅すると、玄関に置いてある電話が鳴った。まるでドアを開ける瞬間を待ちかまえていたかのようなタイミングだった、という。

フジシュンは電話に出たのが中川さんだと知るとほっとしたように息をつき、自分の名前を名乗ってから、言った。

「誕生日おめでとう」

その日は中川さんの十四歳の誕生日だった。

でも、クラスの違うフジシュンにいきなり「おめでとう」と言われると、ただびっくりするしかない。中川さんは「あ、どうも……」と応えただけだったが、フジシュンは中川さんの反応など最初から気にしていなかったのか、すぐにつづけた。

「プレゼント、いまから中川さんの家に持って行っていい？」

驚いた、というより気味が悪くなった、と中川さんはあとで教えてくれた。

「困ります」

迷う間もなく断った。フジシュンは「プレゼント渡したら、すぐに帰るから」とねばったが、中川さんが「そういうの、やめてください」と強い口調で言うと、意外とあっさり「ごめん……」と謝って、「じゃあ」と中川さんが電話を切るときにもなにも言わなかった。

もしもフジシュンが強引にウチに来たらどうしよう、と中川さんはしばらく不安だったという。そうなったらプレゼントを受け取ったほうがいいのか突き返したほうがいいのか、迷っているうちに誕生日の浮き立った気分はすっかり冷めてしまった。代わりに、なんともいえず落ち着かなくなった。Tシャツを前後逆さに着てしまったときのような違和感がずっとつきまとった。虫の知らせだったのかもしれない、と中川さんはあとで僕に言った。

フジシュンは電話を切ると、「コンビニに行ってくる」と出かける支度をした。七時少し前のことだ。台所仕事をしていたお母さんが「晩ごはん、七時半だからね」と声をかけると、「すぐ帰るから」と玄関で靴を履きながら応えた。カーポートから自転車を出していたら、二階の窓が開いて、弟の健介《けんすけ》くんが「お兄ちゃん、どこ行くの？」と訊いてきた。フジシュンは二階を見上げ、「コンビニ」と笑って答えた。それがフジシュンと家族が交わした最後の言葉になった。

自転車で近所のコンビニまで行ったフジシュンは、宅配便を送った。書店のビニール袋に入れた小さな箱だった。宛先は中川さんの自宅で、荷物の中身は誕生日のプレゼント——古い郵便ポストの形をした鋳物の貯金箱だった。

七時半になってもフジシュンは家に帰ってこなかった。なにをしてるんだろう、と夕食の支度を終えたお母さんが気を揉《も》んでいるところに、お父さんが会社から帰ってきて、家の外にフジシュンの自転車が置いてあると言った。

怪訝《けげん》に思ったお母さんはフジシュンの部屋に向かい、健介くんは冗談半分でトイレのドアをノックして、お父さんも外に出てフジシュンを探した。

机の上に置いてあった遺書をお母さんが見つけるのとほぼ同時に、お父さんは庭の柿の木にぶら下がっているフジシュンを見つけた。

一九八九年九月四日の、それがすべてだ。

3

翌日の僕たちについて、少しくわしく書いておく。

あの日の記憶をごまかすことや飾り立てることはたやすくても、消し去ることはできない。ならば正直に書くしかない。

逃げるな、と言われたのだ。

自分のことを「親友」と呼んでくれた少年と、おまえはどんな別れ方をした——。

それをきちんと書いてくれ、とあのひとに言われたのだ。


翌朝の教室は異様な雰囲気に包まれていた。

フジシュンが自殺したことは、朝のホームルームが始まる前に噂話で校内に広まっていた。「自宅の庭で首吊り」という事実が、「部屋で首吊り」や「風呂場で手首を切った」や「カバーを剝《は》いだ電気コードを全身に巻きつけて感電死」などさまざまに置き換わっていたが、自殺の理由については、どの噂話も一致していた。

だから、不思議なほどショックはなかった。衝撃は確かにあっても、それは決して不意打ちではなかった。誰の胸にも予感はあった。このままいじめがつづくと、もしかしたら、いつか……と誰もが思っていた。でも、誰もいじめを止めなかった。

フジシュンが死んでしまってもかまわないとは、僕たちの誰も思っていなかった。でも、なにがあってもフジシュンを死なせてはいけない、とも思っていなかった。

悲劇を期待などしていない。ただ、たとえそれが起きても受け容れる心の準備は、無意識のうちにできていた。九月五日の朝の教室を包んでいたのは、僕たち一人ひとりが、いつのまにか心の準備をしていたことに気づいてしまった戸惑いだったのかもしれない。

ホームルームには、富岡先生ではなく、副担任の大貫《おおぬき》先生が来た。こわばった顔でフジシュンの死を「不慮の事故で亡くなりました」と伝え、「お通夜やお葬式についてはわかりしだい伝えるので、とにかく落ち着いてあわてずに行動してください」と早口につづけて、すぐに教室を出て行った。

「バカじゃねえの、大貫。防災訓練と間違えてんの」

声をあげて笑ったのは、クラスでもまじめなほうだと思われていた鈴木だった。意外な奴の意外な言葉に、みんな一瞬きょとんとしたが、笑い声はじわじわと教室に広がっていった。ふだんおとなしい連中のほうがよく笑っていた。鈴木も、まじめな性格だからこそ黙っていられなかったのだろう、といまは思う。

三島たちは——。

よく覚えていない。あいつらも教室にいたはずなのに、どんな顔をして、どんなことを話していたのか、記憶をたどってもなにも浮かばない。騒いではいなかったのは確かだが、逆に静かすぎて目立っていたわけでもなかったのだろう。ほかのみんなと同じように戸惑って、同じようにぼそぼそとしゃべって、あいつらは——逃げ切れる、とタカをくくっていたのだろうか。それとも、心の奥深くでは、すでに覚悟を決めていたのだろうか。

遺書の存在は、まだ誰にも知らされていなかった。

昼休みに体育館で臨時の全校集会が開かれて、フジシュンの自殺が校長から伝えられた。

でも、二年三組は教室に残った。校内放送の直前に富岡先生が教室に来て、「いまからホームルームをする」と言ったのだ。

先生の目は赤く血走っていた。顔色も悪かったし、声も濁っていた。最初は睡眠不足だと思っていた。フジシュンの死が悲しくて泣き明かしたのだろう、と思い込んでいた。でも、そうではなかった。教壇に立って僕たちを見わたす先生のまなざしには、失望があった。怒りがあった。憎しみも、たぶん、交じっていた。

「ゆうべ……七時頃……藤井くんが、自宅の庭で、首を吊って亡くなりました」

先生はうめくように言って、教卓に手をかけて体を支えた。

「理由は、もう、わかってるだろ」

言葉づかいが変わった。太い指が、教卓の角をわしづかみにした。

「謝れ」

教卓の角をつかむ腕が震えた。「藤井に……謝れ……」とつづける声も震えた。クラスの誰かに向かって言っている言葉ではなかったので、逆にクラス全員がうつむいてしまった。僕もそうだ。顔を上げられなくなった。

「先生、いつもみんなに言ってたよな。ずーっと言ってたよな、いじめほど卑劣なものはない、って。いじめをする奴は人間のクズだ、それを黙って見てる奴も卑怯者だ、って……先生、ちゃんと教えてたよな……で、みんなも、わかったって……わかってたよな……」

なんとなく、言い訳しているようにも聞こえた。クラス担任としてやるべきことはやっていたんだと、僕たちに、というより自分自身に言い聞かせていたのかもしれない。

実際、一人ひとりに先生が「どうなんだ？　わかったか？」と訊いて回ったわけではない。ホームルームや道徳の時間に、一方的に話しただけだ。でも、「わかったか？」と訊かれたら、僕たちはみんな「わかりました」と答えただろう。それ以外の答え方はありえない。信号は青が「進め」で、赤が「止まれ」――みんなわかっているのに信号無視の交通事故が決してなくならないのと、同じだと思う。

「悲しいよ」

先生は言った。「悔しいよ、ほんと……」とつづけ、少し間をおいて「情けないんだよ！」と怒鳴った。教卓に拳《こぶし》を打ちつける音も聞こえた。

わかる。先生の怒りも、悲しみも、ちゃんとわかる。

でも、なにかが遠い。ここではないどこかで、僕たちではない誰かが叱られている。それを僕たちはただ黙って見ているだけのような気がする。

「信じてたんだ、先生は」

逃げるな、と僕たちに言っているのか。

「裏切られたよ」

自分も被害者なんだ、と言っているのか。

僕はうつむいて机の上の落書きを見つめたまま、きたねえよ、と声に出さずにつぶやいた。先生はずるい。逃げているのは先生のほうだ。僕たちだって先生を信じていたのだ。先生なら、いじめに気づいてくれる。気づいたらなんとかしてくれる。でも、先生はなにも気づかなかった。それとも、うすうす勘づいていながら、放っておいたのだろうか。どっちにしても、いちばん悪いのは僕たち同級生ではなく、富岡先生のはずだ。そうだよ、うん、そうだよ、そうなんだよ、絶対にそうだよ、あたりまえだよ、だってそれが先生の仕事なんだから……。

羽織ったシャツのボタンを一つずつ留めていくように自分を納得させていたら、教室の後ろのほうから、すすり泣きの声が聞こえてきた。

誰だろう。振り向いて確かめたくても、見てしまうのが怖い。先生に叱られるからというのではなく、むしょうに怖い。

先生の言葉が途切れた。すすり泣きの声が増えてきた。教室の前と後ろ、右と左、あちこちから聞こえる。まるで僕を取り囲んで、じわじわと迫ってくるみたいだった。

先生もハナをすすりあげて、「いじめのことは、またあらためて、きちんと調べるから」と言った。「でも、いまは、とにかく……」

「藤井くん」の「ふ」のところで、先生は号泣してしまった。怒鳴り声のような泣き声だった。そこに、拳が教卓を叩く音が重なった。何発も、何発も。

「藤井くんに……藤井くんの……冥福を……謝って……みんなで……クラスみんなで……」

あとはもう言葉にならなかった。

代わりに、先生は黒板に向かって、今夜からの予定を殴り書きした。力まかせに黒板に押しつけたチョークが、カツカツと音をたてた。

9月5日（火）　仮通夜（自宅）

9月6日（水）　午後7時より本通夜（市営斎場）

9月7日（木）　午前9時より告別式（市営斎場）

先生は9月7日のところに○印をつけて、僕たちに背中を向けたまま、「クラス全員で参列させてもらうから」と言った。

誰も返事はしなかった。

「全員だからな」

先生は念を押して、「でも、仮通夜やお通夜に行くのは禁止だ」とつづけた。「絶対に勝手に行動しないように。いいな、勝手な行動はするな、絶対に」

二度目の「絶対に」を振り絞るように言った先生は、やっと僕たちに向き直って、背広の袖で目元の涙を拭いながらつづけた。

「藤井くんは、遺書を書いてた」

教室の空気が揺れた。みんな黙ったままで、物音もたてていないのに、教室ぜんたいが風に煽《あお》られるように揺れたのを、確かに感じた。

「まだ、読ませてもらってないから、くわしいことは知らない……」

先生は力なく首を横に振りながら「でも……」と言ったが、そのあとはしばらく言葉が出てこなかった。

教室は静かに揺れる。気づかないほどゆっくりと、大きく、斜めに傾きながら揺れていた。

先生は深々とため息をついた。最後まで話す覚悟を決めたというより、もういまさらごまかせない、とあきらめたような息のつき方だった。

「藤井くんのお父さんが……話を聞きたがってる」

誰に、とは言わなかった。

遺書に名前を書かれた生徒がいる、と言ったわけでもない。

でも、僕たちの視線は落ち着きなく揺れ動きながら、三島と根本と堺に遠慮がちに注がれた。

「遺書のことは学校で対応するから、みんなは勝手になにかしないように。いいな。午後からの授業も、明日の授業も、ふだんどおりに受けて、あさっての朝の集合時間や場所は放課後までに決めるから、とにかく、指示に従って、勝手な行動は取らないように」

いつのまにか先生の口調からは涙の名残が消えていた。感情の高ぶりよりも、これからどうすればいいかの困惑のほうが強かったのだろう。

先生は最後に「日直は花と花瓶を職員室まで取りに来なさい」と言って、教室を出て行った。

タイミングを合わせたように、空からヘリコプターの音が聞こえてきた。

マスコミの取材だったのか、関係のないヘリコプターがたまたま学校の近くを通りかかっただけだったのか、いまでもわからない。

ただ、ヘリコプターの影が僕たちの頭上に覆いかぶさる光景が、くっきりと思い浮かんだ。

空から降りそそぐ音は、耳の奥に残ったまま、いつまでも消えなかった。


中川小百合さんは、その音を保健室のベッドで聞いた。

朝からずっと——フジシュンの自殺を知ってからずっと、頭痛と吐き気がしていた。二時間目の終わりに保健室に行った。ベッドに横になっても、眠るどころか、悲鳴をあげそうになるのをこらえるのがやっとだった。

体が震える。寒気がする。電話で聞いたフジシュンの声が何度もよみがえる。

違う、違う、違う……と心の中で繰り返して、フジシュンの声を打ち消した。

関係ない、関係ない、関係ない……とも、呪文のように唱えつづけた。

謝らない。かわいそうだとも思わない。無理やりそう決めて、必死に守った。フジシュンの死を悲しんだら、その瞬間、自分の中にあるなにかが壊れそうで怖かった。ごめんなさい、と謝ってしまったら、とたんに自分自身が粉々に砕け散るだろう。

彼女はまだ知らなかった。

遺書に自分の名前が書かれていることも、フジシュンが誕生日のプレゼントを宅配便で送っていたことも。

僕だって、なにも知らなかった。

まさか自分がフジシュンの親友になっているなんて想像すらしていなかったから、まるでいじめをテーマにしたテレビドラマの撮影現場にいるような気分で、富岡先生が去ったあとの教室をぼんやり眺めていた。

主役ではない。脇役でもない。配役の名前すら与えられない、同級生A——カメラのピントが合わされることもない、ぼうっと画面に映り込むだけの存在だと思っていた。

主役は、ちゃんといる。憎まれ役としてぴったりの連中が、青ざめた顔を突き合わせて、ぼそぼそとしゃべっている。話し声は聞こえないが、表情や身振りからすると、三島と根本は二人そろって堺を責め立てている様子だった。

おまえのせいだ——。

おまえがフジシュンをいじめすぎたから、あいつは死んだんだ——。

堺は泣きそうな顔になって、なにか言い返していた。でも、三島も根本も強引にそう決めつけて譲らない。

怖いのだ。必死に逃げようとしているのだ。わかるよ、と僕は冷ややかに三人から目をそらした。だからおまえらバカなんだよ、とこわばった頬を無理にゆるめた。

三人でどんなに話をまとめて、堺一人に責任を押しつけようとしても無駄だ。きっと富岡先生は、クラス全員に聞き取り調査をするだろう。作文も書かせるだろう。もしかしたらクラス全員の前で一人ずつ、反省の言葉を言わせるかもしれない。いじめのドラマならそういう展開だ。そして、どんなにあいつらがおっかなくても、みんな勇気をふるって「三島くんと根本くんと堺くんがいじめていました」と証言するのだ。

犯人は決まった。僕たちは臆病でずるい目撃者ではあっても、そこさえ認めてしまえば、フジシュンの死にこれ以上引きずり込まれることはない。

ほっとして、やっとフジシュンが自殺したという事実を受け容れることができた。

教室のあちこちでは、女子のすすり泣きの声がまだつづいていた。その声にそっと乗せるように、フジシュンはもういないんだ、と心の中でつぶやいてみた。

フジシュンは死んだ。十四歳で、首を吊って、自分の命を断ち切った。

もう会えない。もうあいつの顔を見ることも、声を聞くことも、できない。

フジシュンはいなくなった。この世から消えた。昨日の夜七時頃には確かにこの世界にいたはずのあいつが、いまはもう、どこにもいない。

そのほうがよかったよ——。

あんなにひどい目に毎日遭うぐらいだったら、死んだほうがましだったよ——。

楽になっただろ、フジシュン——。

決して言ってはならない言葉が、胸の奥からため息と一緒に出てきそうになる。息を詰めてこらえると、言葉は胸の奥の壁に貼りついて、じわじわと染み込んでいく。

フジシュンの机には、日直が職員室から持ってきた菊の花が数輪供えられていた。花瓶が大きすぎて、もの悲しさよりも、なんともいえないわびしさやみすぼらしさのほうが強い。机の中は空っぽだった。鍵の開いたロッカーの中にもなにも入っていなかった。今朝早く、僕たちが登校する前に先生が片づけたのかもしれない。

「ふざけんなよ！」

三島が堺に向かって声を張り上げた。「てめえ、殺すぞ！」と根本も怒鳴った。話がどんなふうにもつれたのかはわからないが、椅子に体を沈めて座った堺は、ふてくされたようにうつむいて、脚を床に投げ出していた。

あきらめろよ、と僕は三人をちらりと見て、またフジシュンの机に目を戻した。

持ち物がなにもないフジシュンの机は、もう「フジシュンの席」ではなかった。花瓶をどかしてしまったら、ほかの誰かの机と入れ替わっても区別がつかないだろう。

それがたまらなく悲しいことなんだと気づいたのは、ずっとあとになってからだ。

4

あの日の昼休み、僕はただ自分のことしか考えていなかった。

授業のあとのホームルームには、また副担任の大貫先生が来た。大貫先生は明日の放課後に開かれる臨時の保護者会のプリントを配り、お通夜と告別式の時間をあらためて伝えたあと、富岡先生と同じように、明日のお通夜には参列しないように、と言った。

「もしもどうしても参列したい場合は、学校に届け出て、必ずお父さんかお母さんと一緒に行ってください。生徒たちだけや、一人では、絶対に行かないように」

それから、と先生はつづけた。

「知らないひとに声をかけられたり、電話がかかってきたりしたときは、すぐに学校に連絡してください。何時でもいいです。職員室には必ず誰かいるようにしていますから。いろんなことを訊いてくるひともいるかもしれませんが、相手にしないように。たとえ知り合いでも、とにかくよけいなことはなにもしゃべらないように」

いいですね、わかりましたね、と先生は何度も念を押した。

言葉はストレートなようでいて、妙に回りくどかった。富岡先生も大貫先生も、厳しく僕たちに命じていながら、表情は困惑しきっていて、目が泳いでいた。

学校が恐れているのは、要するにマスコミの取材のことだ。街に流れる無責任で興味本位の噂話のことだ。そこまでは察しがついていたが、僕たちの知らないところで進んでいた事態はもっと深刻だった。

フジシュンの両親は、遺書をマスコミに公開するつもりだと学校に伝えていた。校長や教頭、そして富岡先生は、なんとか思いとどまってもらうよう懸命に説得をつづけていたが、両親の決意は固かった。フジシュンをいじめた生徒だけでなく、いじめを見過ごしていた学校に対する怒りと不信感も根深かった。両親は「このままでは俊介が浮かばれない」と言って説得をはねつけたのだという。

告別式が終わったら公開する。取材に来た新聞記者に告げた。最初は「いじめを苦にした中学二年生の自殺」というだけの短い記事で終わるはずだったフジシュンの自殺は、にわかに新聞社の支局をあげて取り組むべき事件になった。ローカルのテレビ局も動きだした。すでにその日のうちに学校に対する取材の申し込みが何件か来て、記者会見を開くかどうかの問い合わせもあった。

でも、しつこいようだが、僕たちはなにも知らなかった。息子を自殺で亡くし、しかもそのきがらを自分で見つけてしまった父親の気持ちなど、ふと思ってみることすらなかったのだ。

下校の時間になっても、教室にいつものような笑い声はなかった。さすがにすすり泣きの声は消えていたが、誰もほとんどしゃべらず、そそくさと帰り支度をして、逃げるように教室を出て行った。

僕たちはみんなフジシュンを喪《うしな》った悲しみに打ちひしがれていたのだ、と語れるなら、どんなにいいだろう。嘘をつかせてもらえるなら、どんなに楽になるだろう。

いや、嘘ではないのかもしれない。確かにあの日の教室に垂れ込めていた重い空気は悲しみとしか呼びようのないものだったし、僕たちは確かに打ちひしがれてもいた。ただ、浅かったのだと、いまは思う。悲しみが浅い。打ちひしがれ方が浅い。書写の授業で、薄く印刷されたお手本の文字をなぞるように、こういうときにはこういう感情が湧いてくるものだ、というのをただ真似ているだけだった。

ごめんなさい。

僕はあのひとに言わなければならない。

ごめんなさい。ごめんなさい。ごめんなさい。何度でも繰り返し、詫《わ》びなければならない。

その言葉を聞くための約束ではないんだ、とあのひとは言うだろう。でも、やはり、僕とあのひととの関係は「ごめんなさい」から始めるしかないのだと思う。

そして、あのひととの約束を果たしたあと、僕の胸にはどんな言葉が残るのか。

いまはまだ見当すらつかない。

サッカー部の練習では、クラスの違う連中にフジシュンのことをいろいろ訊かれた。二年生だけでなく、夏休みに引退した三年生まで部室に来て、根掘り葉掘り訊いてきた。休み時間もそうだった。うんざりするほどたくさんの奴らに、うんざりするほど何度も同じことを訊かれた。

藤井って、そんなにひどいいじめに遭ってたの――？

誰がいちばんいじめてたの――？

遺書があったって聞いたけど、その中身、なにか知ってる――？

先生の言う「よけいなこと」とそうでないことの区別なんてつかなかった。僕は自分の知っている事実だけを伝え、わからないことには口をつぐんだ。

「フジシュンが死んで、おまえはどう思う？」と訊いてきた奴は誰もいなかった。

サッカー部の練習を終えて家に帰ると、今度はおふくろが待ちかまえていた。

もっとも、おふくろは友だちと違って、ただ僕に訊くだけではなかった。フジシュンの自殺や遺書をめぐる噂話はすでに街に流れはじめていて、いくつかはおふくろの耳にも入っていた。

フジシュンが自宅の庭の柿の木で首を吊ったことを、僕はそれで初めて知った。

三島と根本と堺の名前も、おふくろから出た。あいつらがフジシュンをいじめた手口も、驚くほどくわしくおふくろは知っていた。僕はフジシュンが自殺したときの様子を細かく教えてほしかったのだが、おふくろにとっては、そんなことはどうでもよかった。フジシュンのことをかわいそうだとは言っていたが、ほんとうはあいつの悲しみや苦しみなど考えている余裕はなかったかもしれない。遺書に僕の名前が書かれていないかどうかだけを、おふくろはひたすら案じていたのだ。

「裕は？　だいじょうぶなのね？　ほんとうに、だいじょうぶね？」

心配そうに、すがるように訊いてくる。「平気だよ、俺なにもしてないんだから」と何度言っても安心しない。

途中でうっとうしくなって、自転車で外に出た。七時少し前——ちょうど一日前のフジシュンと同じだった。コンビニに寄ったのも同じ。あの日のフジシュンの最後の行動を新聞記事で知ったのは数日後のことだったのに、まるで目に見えないなにかに導かれるように、僕とフジシュンが重なり合った。

マンガ雑誌を立ち読みしたあとでコンビニから出るとき、急ぎ足で店に入ってくる女のひととすれ違った。グレイのパンツスーツ姿の若い女のひとだった。肩から大きなバッグを提げていた。僕と目が合った瞬間、彼女はなにか言いたそうな顔になったが、結局あわただしい足取りのまま店の奥に進んだ。

彼女とは、二日後に再会することになる。本多薫《ほんだかおる》さんという。地元のブロック紙『東洋日報』の記者だ。再会したときには僕とコンビニですれ違ったことは覚えていなかったが、僕たちはその後、フジシュンの自殺をめぐって長い付き合いをすることになる。でも、それはあとになってからの話だ。

コンビニを出ると、適当に自転車を走らせた。腹が減っていたが、家ではおふくろが待ちかまえているのだと思うと、まっすぐ帰る気になれない。

しばらく走って、フジシュンの家に向かっていることに気づいた。ほんとうに無意識のうちに、微妙に遠回りをしながらも少しずつフジシュンの家に近づいていた。それに気づいた直後は戸惑って、しばらく迷ったが、そのあとははっきりと意志を持ってペダルを踏み込んだ。

僕たちの学区は、人口十数万人の市のはずれにある。隣の市との境界線でもある川に沿って町並みが延びている。僕は小学校に入学する前に親父がローンを組んで買った建売りの家に引っ越してきたが、もともとは田んぼや畑に囲まれ、古びた農家も数多く残っている地区だ。

フジシュンの家も祖父の代まで農家だった。もう田畑は手放していたが、昔の名残で敷地はまわりの家より一回り広い。庭木も大きく育っていて、だから、柿の木で首を吊ることもできたのだ。

土手の上は自転車と歩行者専用の道路になっている。町並みは土手より低い位置にあり、フジシュンの家はその町並みのいちばん外——田んぼや畑を挟んで川に面しているので、土手道からの視線をさえぎるものはない。

七時を回って陽はほとんど暮れきっていたが、フジシュンの家は、一軒だけ車やひとの出入りが多かったのですぐにわかった。

土手道を降りると家のそばまで行くことができる。でも、さすがにそこまでの勇気はなかった。自転車のブレーキを握りしめ、サドルにまたがったまま、家を見つめた。

車が家のまわりに何台も駐めてある。どの部屋にも明かりがともっている。フジシュンの部屋は二階だ。窓が明るい。カーテンを引いているので中の様子はわからなくても、ひとが何人もいる気配が伝わってくる。

庭を見た。母屋に近いところはリビングから漏れる光でぼうっと照らされていたが、奥のほうは闇に紛れてしまっていて、庭木が何本あって、どれが柿の木なのか、見分けがつかない。

それでも、昨日のいま頃、フジシュンはそこで首を吊ったのだ。

もしも僕のように土手道から目を凝らして見つめるひとがいたなら、枝からぶら下がるフジシュンの体に気づいたかもしれない。いや、その前に、土手道に誰かいることを知ったら、フジシュンは首を吊るのをあきらめたかもしれない。

おふくろの聞いた噂話によると、フジシュンは家の前に自転車を置いて、玄関には入らず、家の建物と塀の間を通って庭に出たらしい。

台所の窓のすぐ外を通ったことになる。台所の物音や話し声はフジシュンにも聞こえていたかもしれない。逆に、台所が静かだったら、お母さんや健介くんが外の足音や気配に勘づいたかもしれない。フジシュンは足音を忍ばせて庭に向かったのだろうか。思い詰めていて、そんなことを考える余裕すらなかったのだろうか。窓の外を通るときには、身をかがめていたはずだ。そうでなければ磨りガラス越しに中から見えてしまう。わざわざそこまでして、自分の死に場所へ向かっていたのか。それとも、ほんとうに、身を隠して庭に出なければと考える余裕などなにもなく、たまたまお母さんや健介くんが窓のほうを見ていなかったというだけなのだろうか……。

胸が急に締めつけられた。庭を見ているのがキツくなって、体をよじって川のほうを振り向いた。川はゆるやかに蛇行しながら、葦《あし》の生い茂る中洲を抱いて流れている。土手の茂みでは虫が鳴いていたが、西の空にはまだほんのわずかに夕陽が残っていた。

昨日の夕暮れ時も、こんな天気だった。フジシュンも庭から空を見ていたのかもしれない。自転車で土手道を通って家に帰ってきたのかもしれない。

僕の見ている今日の空と、フジシュンの見ていた昨日の空は、どこがどんなふうに同じで、どこがどんなふうに違うのだろうか。

胸が締めつけられたまま、熱くなった。悲しみが込み上げてきたのではない。フジシュンがかわいそうになったというのでもない。胸がえぐられるように痛い。煮え立つように熱い。いままで味わったことのない、名づけようのない感情——と呼んでいいのかどうかすらわからないものに襲われて、思わず空に向かって叫び出しそうになった。

フジシュンの家のほうから男のひとの話し声が聞こえた。玄関の外で、背広を着た男のひととポロシャツ姿の男のひとが向き合っていた。背広のひとが帰るのを、ポロシャツのひとが見送りに出たようだった。背広のひとは、ここでいいから、と両手で制し、「おにいさんは、シュンくんのそばにいてあげてください」と言った。

ポロシャツのひとは半開きの玄関のドアに手をかけたまま、申し訳なさそうに何度も頭を下げて、「明日とあさって、悪いけど、よろしく頼む」と言った。疲れきった様子だった。玄関の明かりだけでは表情までは見分けられなかったが、ぐったりとしているのは僕にもわかる。

「とにかく、おにいさんも、少しでも休んで……」

「ああ、わかってる」

「もうこっちはいいですから、早くシュンくんのそばに戻ってあげてください」

背広のひとはあとずさりして門の外に出ると、最後は小走りになって、駐めていた車に乗り込んだ。ポロシャツのひとはドアから手を離さない。もしかしたら、それで体を支えているのかもしれない。

車が走り去る。ポロシャツのひとは深々とお辞儀をして車を見送ってから、顔を上げた。それだけのことで体がふらつき、ドアにしがみつくような格好になった。明かりのあたる角度が変わり、横顔が浮かび上がった。フジシュンによく似た顔立ちのひとだった。

僕は目をそらし、自転車のペダルを強く踏み込んだ。フジシュンの家からじゅうぶん遠ざかるまで息を詰めて、ひたすら自転車を漕《こ》いだ。

胸の熱さと痛さはいつのまにか消えていたが、代わりに、体の中がからっぽになってしまったように、風がすうすうと胸から背中に吹き抜けていく。片手ハンドルで自転車を漕ぎながら、何度も胸を拳で叩いた。だいじょうぶか、ここにいるのか、だいじょうぶか、平気か、とドアをノックして尋ねるように叩きつづけた。

それが、僕とあのひとが初めて出会った日のできごとだった。

あのひとのことをどう呼べばいい？

決めかねている。

あのひとは気づいているだろうか。出会ってから二十年が過ぎて、言葉を交わしたことは何度もあったのに、僕はまだ一度もあのひとに呼びかけていない。

おじさん――。

藤井さん――。

フジシュンのお父さん――。

どれもだめだった。小学生の頃から顔見知りだったフジシュンのお母さんのことは「おばさん」と呼べるのに、フジシュンが死んでから出会ったあのひとを「おじさん」とはどうしても呼べなかった。

あのひとだってそうだ。僕はずっと名前を呼んでもらえなかった。

僕があのひとに語りかけて、あのひとが僕に語りかける。でも、僕たちの言葉にはずっと宛名がなかった。ぽつりと漏らしたつぶやきが、頼りなげに揺れながら、漂いながら、かろうじて相手の耳に届く、そんな対話を僕たちは何年も何年もつづけてきたのだ。

僕の二十年間の物語も、ひとりごとをつぶやくように語られるだろう。

あのひとに届いてほしい、と祈っている。

第二章　見殺し

1

フジシュンの告別式には、二年三組の全員で参列した。

暑い日だった。朝から真夏が戻ってきたような強い陽射しが照りつけて、蟬時雨《せみしぐれ》がうるさいほど響きわたっていた。

学校から市営斎場までは、徒歩で三十分近くかかった。バスの路線はあるのに使わせてもらえず、汗だくになって歩いた。途中で誰かが「罰ゲームみたいだな」と小声で言うと、まわりの数人がククッと笑い、そばにいた先生に怖い顔でにらまれた。

先に斎場に行っている富岡先生と大貫先生に代わって、午前中に授業のない先生が五、六人、僕たちと一緒に歩いた。告別式に参列するというより僕たちの引率、もっとはっきり言えば、警備だった。

マスコミが動いていた。昨日は、手の空いている先生が交代で正門の前に立った。学校の行き帰りにも、車や自転車で通学路をパトロールする先生を何人も見かけた。取材の電話には決して対応しないように、クラスの集合写真や名簿は絶対に貸さないように、と保護者会でもホームルームでもくどいほど念を押された。

実際、電話がかかってきた同級生は何人かいた。どの電話も親が出て、すぐに切ったので、取材記者がなにを知りたがっているかはわからないままだった。だから逆に、「もうマスコミは遺書に出ている名前を知っているらしい」という噂話が、じわじわと首にまとわりつくように真実味を増してくる。

でも、僕の家には電話はかかってこなかった。女子の中には塾の帰りに「二年三組ですか？」と声をかけられて走って逃げた子もいたが、僕を待ち伏せしたり、どこかから監視したりしているひとはいなかった。仲のいい連中で「おまえの名前が出てたらどうする？」と不安交じりの冗談を言い合うときにも、僕に訊くときはみんな笑っていた。僕もあっさり「バーカ」と応え、言葉が耳をすり抜けたあとにはなにも残らなかった。

それと同じように、二年五組で中川小百合さんが昨日から学校を休んでいることも、誰も気に留めていなかった。フジシュンと中川さん、フジシュンと僕――そんな組み合わせが成り立つとは、学校中の誰一人として、なにより僕たち自身が夢にも思っていなかったのだ。

斎場が近づくと、表情をひときわこわばらせた先生たちに、制服のシャツのボタンを襟元まで留めるよう言われた。暑くても手で顔を扇《あお》ぐな、ハンカチも汗を拭いたらすぐにしまえ、私語は厳禁、白い歯を見せるな……。

細かくしつこい注意に最初はうんざりしていたが、斎場の門が見えたとたん、僕たちの顔もこわばってしまった。

テレビカメラが待ちかまえている。新聞や雑誌のカメラマンも、一斉にシャッターを切った。斎場から出てきた富岡先生が、カメラマンの前に立ちはだかった。顔を写すな、後ろから撮るという約束だったはずだ、生徒に話しかけるな、先生の声が切れ切れに聞こえる。

動揺しないように、列を乱さずまっすぐ歩いて、カメラのほうを見ないように、声をかけられても返事をしないように、と引率の先生も僕たちに言う。あらかじめ取り決められていたのだろう、報道陣はみんな門の外にいた。斎場の中に入ってしまえばなんとかなる。あと少し。中に入れば、もう、だいじょうぶ……と思いをめぐらせて、なんだよそれ、と気づいた。俺がびくびくする必要なんてどこにあるんだ、と急に腹立たしくもなった。

門のすぐ脇に、女性の記者が立っていた。見覚えのある顔だった。おとといの夕方、コンビニですれ違ったひと——本多薫さんだ。

本多さんは僕のことを覚えていない様子で、メモ帳になにか書きつけていた。僕たちのことをどんなふうに見て、どんなふうに書いているのだろう。「告別式に参列した同級生もショックを受けていた」となるのだろうか。「悲しみにくれていた」と書くのだろうか。それとも、黙って行列をつくって歩いているのを、意地悪に「淡々としていた」と見られてしまうのだろうか。

初めてだった。フジシュンの自殺を知らされてから三日目で、初めて、僕は自分が置かれている立場を思い知らされた。

見られている。報道陣も、学校のみんなも、街のひとたちも、僕たちを見ている。マスコミを通じて、もっと多くの、想像もつかないほどの数のひとびとも、僕たちを見ている。

本多さんから顔をそむけた。テレビカメラと向き合ってしまった。あわててそっぽを向いても、新聞や雑誌のカメラがあった。撮られているのは僕だけではない、僕はただの同級生の一人で、特別にフジシュンをいじめたわけではないし、特別にフジシュンと仲が良かったわけでもなくて、たまたま同じクラスになっただけの、その他大勢の一人……。理屈で言い聞かせても、すべてのカメラが僕に向けられ、すべての記者が僕を見つめているような気がする。

カメラに映った僕はどんな表情をしているのだろう。メモにはどんな言葉が書かれているのだろう。不安だった。知りたい。教えてほしい。でも、知ってしまうのが怖い。怖くなる筋合いなんてどこにもないんだとわかっているのに、むしょうに怖くてたまらない。

うつむいて歩いた。門を抜けた。ほっとしてため息をついた、そのときだった。

「要するに、ひとを殺した奴と見殺しにした奴らのクラスってことだよなあ」

報道陣の中から、中年の男の声が聞こえた。

男はカメラをかまえていた。目が合った。わざと大きな声で言って僕たちの反応を探ったのだろう、男は平然とにらみ返し、けっ、と音をたてるように笑ってつづけた。

「土下座しろよ、おまえら」

富岡先生が血相を変えて男に詰め寄った。

引率の先生たちは僕たちを両手でかばいながら、気にするな、相手にするな、まっすぐ前を向いて、止まらずに歩きなさい、と口々に言った。

僕たちはすぐに歩き出したのだろうか。しばらく立ち止まってしまったのだろうか。ざわついていたのだろうか。凍りついたように黙り込んだのだろうか。男からぶつけられた声は二十年たったいまもくっきりと耳に残っているし、富岡先生と男が言い争う光景も覚えているのに、そのときの自分のことだけが、記憶からすっぽりと抜け落ちている。

「教えてやるよ」

ずっとあとになって、男は僕に言った。

「おまえら、みんな泣きそうだったよ。おびえきった顔だった」

男の名前は、田原昭之《たはらあきゆき》という。本多さんと同じように、フリーライターの田原さんとも、僕は長いかかわりを持つことになる。

「でもな、俺があそこでああいうことを言ってやったから、おまえら、やっと葬式に出させてもらえる顔になったんだよ」

ほんとうに僕たちがそういう顔になっていたのかどうかは知らない。「資格を与えてやったんだ、感謝しろ」と笑うときも、目つきはいつも刺すように鋭いひとだった。

田原さんは僕たちのことが嫌いだった。

「おまえらは、一生、ひとを見殺しにした罪を背負って生きるしかないんだ」

いつか、そんなふうにも言われた。

斎場に入った僕たちは、祭壇が置かれたホールの前の広場にあらためて整列した。

それほど広くないホールの席はすでに親戚のひとたちで埋まっていて、外に出された焼香台の前にもひとがたくさん立ち並んでいる。読経の声は聞こえていたが、中の様子はほとんどわからなかった。僕たちは順番に焼香して、そのままホールの中には入らずにひきあげることになっている。焼香のときには祭壇が見えるだろう。フジシュンの遺影はいつのものになるのだろう。二年生になってからの写真だったら、僕たちはしっかり向き合えるだろうか。学校を出る前に友だちと話したら、みんな、無理かもなあ、と言っていた。

焼香台の脇で僕たちを待っていた大貫先生は、引率の先生たちのもとに駆け寄ると、困り果てた様子で首をひねりながら、なにごとか話しはじめた。

ご両親の意向、という大貫先生の声が聞こえた。いや、でも、と引率の先生が返すのを、とにかくそう言ってるんだから、と制して話をつづける。

切れ切れに、言葉が僕の耳にも届いた。

五組。中川さん。女子。欠席。頭痛。

中川小百合さんのことがなぜここで出てくるのか怪訝に思っていたら、引率の先生たちがそろってこっちを——僕を、振り向いた。

戸惑う間もなく、大貫先生に「真田くん、ちょっと」と手招かれた。

列から離れて先生たちのそばに向かうと、こっちこっち、とクラスのみんなからさらに離れた場所に連れて行かれた。

「あのな、真田くん……藤井くんのお父さんとお母さん知ってる、よな？」

お父さんは二日前に土手の上から顔を見ただけだったが、お母さんのことはよく知っている。元気のいいお母さんだ。小学生の頃はフジシュンの家に遊びに行くと、いつもカルピスを出してくれた。中学に上がってからはフジシュンと遊ぶ機会はほとんどなくなってしまったが、授業参観日にお母さんと学校で会うと挨拶ぐらいはしていた。

「中に入ってほしいって言ってる」と先生はつづけた。

「中って……」

「ホールに入って、藤井くんとお別れをしてほしいって、お父さんとお母さんが言ってるんだ」

僕に？　と自分を指さしながら、無意識のうちに一歩あとずさってしまった。

「真田くんと、あと、五組の中川さんにも入ってほしいっていうんだけど、中川さん、今日、学校を休んでるから」

中川さんが、なぜ——？

声に出して訊かなくても表情でわかったのだろう、先生は「くわしい話は先生も知らないんだけど、とにかく、藤井くんは真田くんと中川さんに会いたがってるから、って」と言った。

席を空けてある。お父さんもお母さんも待っている。

引率の先生の一人が「じゃあ途中まで一緒に行こうか」と僕の肩を後ろから抱くように軽く押した。しかたなく、のろのろと歩き出した。大貫先生たちはまた顔を寄せて、さっきよりもっと深刻そうな様子で話していた。

声が聞こえる。三島。根本。でも、そんなことしたら。しかたないだろ、ご両親がそう言ってるんだから。だって、いまさら。俺と富岡さんもさっき聞いたんだよ。本人たちには。言うしかないよ。ほかの生徒は。もう、しかたないって。大貫先生はいらだっていた。ほかの先生も、まいったなあ、とため息をついていた。

つい足を止めてつづきを聞こうとしたら、引率の先生に、早く歩いて、とまた肩を抱かれた。

「三島と根本……なにかあったんですか」

「なんでもないから、ほら、早く」

そんなことはなかった。三島と根本は、焼香を断られていた。息子に近寄らせるな。一歩でも近づけるな。あのひとは目を赤く染めて、富岡先生と大貫先生に告げたのだ。

学校側は従うしかなかった。

三島と根本は焼香の列からはずされた。先生たちが衝立《ついたて》のように二人を取り囲んだが、隠しきれるはずもなかった。列に残った堺は最初きょとんとして、それから、ほっとして笑った。フジシュンを執拗にいじめることでつながっていた三人の仲は、その瞬間、断ち切られた。

もちろん、僕がそれを知ったのは、告別式が終わってからのことだ。

二人が列からはずされたとき、僕は焼香台のまわりの人垣を掻《か》き分けて、ホールに足を踏み入れたところだった。

祭壇が見えた。フジシュンの遺影が見えた。にこやかに笑うフジシュンは、小学六年生の頃の髪型をしていた。

中学校に入ってからの写真は絶対に遺影に使わないと決めたのも、あのひとだった。

2

焼香は、フジシュンの両親と健介くんの三人から始まった。

お母さんは抜け殻のようになっていた。焼香のときには一人では立つことすらできず、親戚のおじさんに肩を抱かれて、祭壇のすぐ前の焼香台まで歩く足取りもおぼつかなく、いつ床にくずおれても不思議ではなさそうだった。力なく焼香をして、力なく手を合わせる。泣いてはいなかった。涙はもう涸《か》れはてていたのだろう。ホールの後ろのほうの席からちらりと見ただけの横顔は、頬に影ができるほどやつれて、僕の知っている元気なお母さんの面影は消え失せていた。

お父さんにも涙はなかった。でも、悲しみをすべて搾《しぼ》りきって空っぽになってしまったようなお母さんとは逆に、お父さんの背中は張り詰めていた。ずっしりと重い、鉛のようなものを背負っているように見えた。うつむいて立ち上がり、うつむいて焼香をして、うつむいて手を合わせて、最後までフジシュンの遺影にもホールのひとたちにも目をやらなかった。

健介くんは、鼻を赤くして泣いていた。しゃくりあげながら焼香をする健介くんに、参列者のすすり泣きの声もひときわ大きくなった。

二つ年下の健介くんは、遺影のフジシュンと同じ小学六年生だった。僕たちが小学生の頃は、健介くんともよく一緒に遊んだ。健介くんはフジシュンのことが大好きだった。どんなにうっとうしがられても、「お兄ちゃん、お兄ちゃん」と甘えて、いつもくっついていた。その声がよみがえると、僕の胸もじんと熱くなった。

泣くかもしれない。込み上げてくる涙をこらえる気はなかった。むしろ、ほっとした。フジシュンの死をやっと悲しむことができる。よかった、とさえ思った。

焼香の順番が来た。両隣のひとと一緒に焼香台に向かった。

フジシュンの遺影が僕に微笑む。なにかおどけたことを言うときの、ちょっといたずらっぽい笑顔だ。小学生の頃はずっと、中学一年生の頃もおそらく、フジシュンはそんなふうに笑って毎日を過ごしていたのだ。

面白い奴だ、とみんな思っていた。でも、中学生になると、だんだんわかってくる。フジシュンがみんなを笑わせるときは、自分の失敗を面白おかしく話すことが多かった。ウケようと思って、わざと間抜けな失敗をすることだってあった。ほんとうは、フジシュンはみんなを笑わせていたわけではなかった。笑われていたのだ。バカにされて、あきれられて、軽んじられて、見下されてもいて……だから、いけにえになってしまったのだ。

冷静なつもりだったが、お香をつまむ指先が震えた。合掌をする手のひらも、うまく重ねられなかった。

フジシュン――。

胸の熱さがまぶたの裏に伝わった。

フジシュン、俺――。

悲しいよ、と遺影に向かって心の中で語りかけた。

さよならだな、とも言った。

今度生まれてきたら、もう、いじめられるなよ。みんなにバカにされないようにして、あいつは怒ると怖いんだと思わせて、もしもいじめられてしまっても、死ぬぐらいだったら学校に行くのをやめて……。

まぶたが熱い。重い。いつもの感覚ならとっくに涙が出ているはずなのに、目は乾いたままだった。息を詰めてまぶたに力を入れてみたが、泣けそうで、泣けない。しかたなく遺影に頭を下げたあと、隣のひとにならって、フジシュンの両親と健介くんに一礼した。三人とも会釈を返してくれた。でも、三人とも、ほんとうは僕のことを見てはいなかった。うつろな目をしたお母さんも、うつむいたお父さんも、祭壇の脇の供花《くげ》をぼんやりと見つめる健介くんも、挨拶をする参列者の気配を察して頭を下げているだけだった。

席に戻る前にホールの外を見た。クラスのみんなは外の焼香台から祭壇に手を合わせている。もう半分ほどは焼香を終えて、広場に整列し直していた。僕もそっちに戻ったほうがいいのかどうか迷いながら、元の席に着いた。まぶたの熱さはいつの間にか消えていた。あれが悲しみのピークだったのだろうか。あんな程度で終わってよかったのだろうか。泣きたかった。でも、あのタイミングを逃してしまったらもう泣けないだろう、と不思議なほどはっきりと思った。

参列者全員の焼香が終わり、お坊さんの読経も終わると、出棺準備のために参列者はいったんホールの外に出ることになった。それにまぎれてみんなのもとに戻ろうとして歩き出したら、祭壇のほうから近づいてきたおばさんに呼び止められた。

「真田くん……よね？」

ちょっと来て、と言われた。「俊介くんのお母さんが、挨拶したいって」

困惑したまま、嫌です、とも言えずに、祭壇の前まで連れて行かれた。

パイプ椅子に座ったままだったフジシュンのお母さんは、おばさんに声をかけられると、ふと我に返ったように顔を上げ、やつれた頬を少しゆるめた。

「ユウくん……来てくれて、ありがとうね」

かぼそい声で言って、健介くんに支えられながら、よろよろと立ち上がる。

「俊介と仲良くしてくれて……いままで、ほんとうに、ありがとうね……」

しゃべることで感情が高ぶったのか、お母さんは落ちくぼんだ目を見開いて、うう、うう、と低くうめいた。泣いているのだろう。でも、もう涙がすっかり涸れているので、声しか出せないのかもしれない。赤く充血した目から搾り出されるのは、涙ではなく、血そのものになってしまうのだろうか。

「俊介……もう、ユウくんと遊べなくなっちゃった……」

僕は黙って頭を下げた。ほかにどうすればいいのかわからない。

「あとで、顔、見てやってね」

背筋がこわばった。息が詰まりそうになった。ちょうど祭壇から棺《ひつぎ》が下ろされ、ストレッチャーに載せられるところだった。

初めて気づいた。あたりまえのことなのに、いままで考えてもみなかった。フジシュンの遺影しか見ていなかった。フジシュンはもういない。でも、ここに、フジシュンの遺体はある。二、三メートル、いや、もっと近くに。

供花の菊を摘んで台に並べた葬儀会社の女のひとが、壁際に立っていたお父さんに花を一輪手渡した。告別式で司会をつとめていた男のひとがマイクで「故人に最後のお別れをしていただきます。お花を一輪ずつ、棺にお納めください」と言うと、それを合図に棺の蓋が開けられた。

「ユウくん」

お母さんはよろめくように歩み寄ってきて、僕の腕を強くつかんだ。動けない。僕が一歩でもあとずさったら、そのまま倒れてしまいそうだった。

「あのね、ユウくん……俊介ね……ユウくんと、最後まで、友だちだった、って……親友だった、って、ユウくんのこと……」

友だち——。

親友——？

呆然《ぼうぜん》としてしまった。なにか応えなければ、しゃべれなくても頭ぐらい下げなければ、と思っても、背筋はさらにこわばってしまって、まったく動かない。

お母さんは、「ありがとう、ありがとうね、いままで、ほんとうに……最後まで仲良くしてくれて……」と僕の腕にしがみつくように顔を埋めて、またうめき声を漏らした。

その後ろで、健介くんは僕を見ていた。泣き腫《は》らした目で、にらんでいた。気《け》おされて目をそらしかけたら、その前に健介くんのほうが、穢《けが》らわしいものを振り払うように顔をそむけ、僕に背中を向けてしまった。菊の花を手に取る後ろ姿は、焼香のときのお父さんと同じように張り詰めていた。

葬儀会社のひとにうながされて、お母さんは僕の腕にしがみついたまま、ようやく顔を上げた。

「お別れ……してあげて、お花で飾ってあげて……」

ほら、と腕を引かれた。花を載せた台に僕を連れて行こうとした。

でも、足が動かない。拒んでいるのではなく、ほんとうに、床に貼りついてしまったように動けなくなっていた。

そんな僕を健介くんはまたにらみつけて、また顔をそむけ、お母さんの肩を抱いて僕から引き離した。入れ代わりに、お父さんが僕の花を持って来てくれた。

きちんと向き合うのは、これが初めてだった。仮通夜の日に見かけたときに思ったとおり、フジシュンによく似ている。おとなしくて気の弱そうな顔立ちで、体つきも、フジシュンと同じように背は高くてもひょろりとしていた。

挨拶をしようとしたら、お父さんは差し出しかけた花を途中で止めて、低い声で言った。

「親友だったのか」

僕を見つめる。健介くんほど険しくはなかったが、暗い目をしていた。

違います、とは言えなかったが、そうです、とも答えたわけではなかった。

お父さんもなにも言わず、ただじっと、暗いまなざしで僕を見つめるだけだった。

ホールには献花と最後のお別れの行列ができていた。クラスのみんなはいない。代表としてただ一人ホールに入っていた富岡先生が、怪訝そうに、心配そうに、こっちを見ている。

葬儀会社のひとに「あの、そろそろ……」と声をかけられたお父さんは、込み上げてくるものを抑えるように肩で大きく息をついて、僕に言った。

「親友だったら……なんで、助けなかった……」

花を持った手が震えた。

「親友だったんだろう……だったら、なんで……」

花が手からぽとりと落ちた——と気づく間もなく、胸ぐらをつかまれ、体を揺さぶられた。

「俊介を……なんで、助けてくれなかったんだ……」

一瞬、目の前が真っ白になった。まぶしくてからっぽな、光だけの世界に放り出されたような感覚だった。

富岡先生が割って入ってくれた。葬儀会社のひとや親戚のひとも、お父さんを止めた。カッターシャツの襟元をつかんでいた手がはずれ、揺さぶられて勢いのついていた僕の体は前のめりになった。

踏ん張ることはできたのに、ふっと全身から力が抜けてしまった。床に膝をつき、手をついた先に、さっきお父さんが落とした花があった。なんのため、というのではなく、ほとんど無意識のうちに、四つん這《ば》いになったまま、散らばった花びらを一枚拾った。

立ち上がる気力が湧かない。富岡先生がかがみ込んでなにか声をかけてきたが、はっきりとは聞き取れない。

お父さんは親戚のひとたちになだめられていた。だいじょうぶだから、なにも心配要らないから、というふうにお母さんを取り囲んでいるひとたちもいた。みんな、心の中では僕のことをかばってはいないのだろう。お父さんやお母さんにこれ以上つらい思いをさせたくないから止めているだけなのだろう。

「真田……」

やっと富岡先生の声が耳に届いた。「もういい、今日はこれで帰らせてもらおう。あとは先生が、ちゃんと藤井くんを見送るから」

嫌です、僕はフジシュンの顔を見て、きちんとお別れをしなくちゃいけないんです——と言っていたら、先生はどう応えただろう。お父さんはゆるしてくれただろうか。お母さんは、ほんとうはそう言ってほしかったのだろうか。

でも、僕は言わなかった。拾った花びらをそっと床に戻し、体を起こした。

お父さんが僕を見ていた。怒りに満ちた目でにらまれるのは覚悟していたが、違った。お父さんのまなざしは、ぞっとするほど暗くて、悲しそうで、なにより、すぐ近くにいるのに遠かった。星の光がはてしなく遠い距離から放たれているように、お父さんのまなざしも、手を伸ばせば触れられそうでいながら、決して届かない、という気がした。

フジシュンのお父さんは、その瞬間、「あのひと」になった。

3

結局、フジシュンと最後のお別れはできなかった。

一人でホールの外に出ると、まぶしい陽射しに目がくらんで、風景から色が抜けた。でも、何歩か進むうちに目がまぶしさに慣れ、風景も色を取り戻した。蝉時雨が聞こえてきて、いままで音も消えていたんだと知った。

クラスのみんなは、出棺を見送るために広場に整列していた。僕に気づいた大貫先生は怪訝そうに「もうお別れしてきたのか?」と訊いてきた。いきさつを話すのが億劫なので「しました」と答えると、先生は、そうか、うん、そうか、と嚙みしめるように何度もうなずいた。

列に戻ると、隣の須藤が小声で「すごかったんだぞ、ユウがあっちに行ったあと」と、三島と根本が焼香をゆるされなかったことを教えてくれた。二人は引率の先生に連れられて、斎場の事務室にいるらしい。焼香だけでなく、出棺を見送ることもゆるされなかったのだ。

「なんか、フジシュンの親父がめちゃくちゃ怒ってるんだって」

「……ふうん」

あのひとの顔が浮かぶ。

なんで、助けてくれなかったんだ——。

声が耳の奥で響く。

「二人だけ？」と僕が訊くと、須藤は察しよく、そうなんだよ、とさらに声をひそめて、列の前のほうにいる堺の背中をこっそり指さした。「三島と根本だけだった」

「なんで……」

「だよな……」

「知らなかったのかな」

「遺書には二人の名前しか書いてなかった、ってことなんじゃないの？」

須藤は「でも、大変だぜ」とつづけた。「あとでヤバいことになるんじゃないか？　三島も根本も絶対ムカついてると思うし……」

確かに、ふだんより堺がおとなしいのは、大貫先生たちの目が光っているからというだけではなさそうだった。不安に駆られているのだろうか。わかる。フジシュンにはどんなにひどいことができても、堺はもともと臆病で小ずるいだけの奴だ。三島や根本が怒ったら、ただひたすら謝って、ゆるしを乞《こ》う以外のことは、なにもできないはずだ。

「ユウは？　なんでおまえだけホールだったの？」

すぐには答えられず、でもごまかすこともできずに、首をかしげてから「親友なんだって、俺ら」と、わざと軽く言った。

「うそ、なんで？　べつに仲良くなかったじゃん、ユウとフジシュンって」

誰だって、そう思う。

もう話を打ち切ってしまいたかったが、須藤は「なんで？　なんで？」と顔を覗き込んで訊いてきた。「それ、フジシュンが家で言ってたってわけ？」

「……知らない」

「だって、ほかに考えられないだろ。富岡とか大貫はそんなこと言うわけないし」

「だから、知らないって、俺」

「ひょっとして、遺書にあったんじゃないか？　ユウの名前も」

思っていた。うなずくしかなかった。そのとき僕の頭に浮かんだのは、僕自身のことではなかった。中川小百合さんの名前も、遺書に出ていたのかもしれない。

でも、なぜ――？

どんなふうに――？

須藤が「なんか……わけわかんないな」とつぶやいたとき、霊柩車がホールの前に横付けになった。参列者が合掌するなか、親戚のひとたちがフジシュンの棺をホールから運び出す。僕たちも合掌した。女子の何人かはすすり泣いていたが、僕はもう、いくら気持ちを高めたとしても泣けないだろうな、と思っていた。

泣く資格などおまえにはないんだ、と僕の中で誰かが突き放すように言う。

僕はなにもしていない。クラスの誰に訊いてもいい。合掌する一人ひとりをつかまえて、確かめてほしい。僕は三島たちとは違う。フジシュンを傷つけることも追い詰めることも、励ますことも慰めることも、まったく、いっさい、なにもしていない。

なにもしていないことで、僕は——あのひとに胸ぐらをつかまれたのだ。斎場に入るときには、クラスのみんなまとめてフジシュンを見殺しにしたんだと田原さんに罵《のの し》られた。フジシュンの棺が霊柩車に納められると、それを待っていたように、斎場の外から報道陣が広場に駆け込んできた。

あとで知った。あのひとは告別式の取材は頑として断ったが、喪主の挨拶だけは報道陣が入るのをゆるしていた、というより、カメラやマイクの前でどうしても語っておきたいことがあったのだ。

マイクを手に持ったあのひとは、カメラの放列にひるんだようにうつむき、疲れ切った様子で頭を下げた。挨拶の声も小さくて、言葉がほとんど聞き取れない。クラスの最前列にいた小山の話だと、ドラマで聞いたことのあるような、ごくありふれた会葬のお礼だったという。

最後に、あのひとは顔を上げ、遠くの空に向かって言った。

「悔しいです……ほんとうに、悔しいです……」

カメラのシャッター音が増えた。

あのひとは込み上げてくるものをこらえたのか、ぶるっと身震いすると、マイクを両手で強く握り直して、「でも……」とつづけた。

「いちばん悔しかったのは、俊介だったと思います。悔しくて、悔しくて、たまらなかっただろうと思います……」

隣にいたお母さんが、嗚咽《おえつ》を漏らした。うつむいて遺影を抱いていた健介くんも、フジシュンの悔しさと両親の悔しさをまとめてぶつけるように、上目づかいで僕たちをにらみつけた。

「俊介は……無念だっただろう、と思います」

報道陣の人垣から、田原さんがすっと離れた。僕たちのすぐ前まで来た田原さんは、ためらうことなくカメラをかまえ、正面からシャッターを切った。大貫先生が止めようとするのをかわして、何度も何度も、カメラの向きを変えながらシャッターを切りつづけた。

狙っていた——。

ずっとあとになって、田原さんは僕に言った。

あのひとの最後の言葉を聞いた瞬間の、僕たちの表情を撮りたかった。フジシュンを見殺しにした同級生の連中に、あのひとはどんな言葉をぶつけ、僕たちはそれをどんな表情で受け止めるのか。

「いい記念になるだろ。おまえらの卒業アルバムに、その写真、使わせてやろうかとも思ってたんだ」

田原さんは笑いながら言って、「本気でな」と付け加えた。


僕たちを見ていたひとは、もう一人いた。本多さんだった。あのひとの挨拶をメモに書き取りながら、ちらちらとこっちを見ていた。

「お父さんが最後にあなたたちになにか言うだろう、と思ってたの」

田原さんと同じように、その瞬間の僕たちの表情をしっかりと見ておきたい、と思った。

「動揺した顔でも無表情でも、とにかく、そこからすべてが始まるわけだからね」

フジシュンの人生の終わりが、僕たちの長い旅の始まりになる。

つらくて長い旅よ、と本多さんは言った。

「しかも、どこにたどり着けばいいのかわからないんだから」

寂しそうに笑ったのだ。


でも、あのひとの最後の言葉は、田原さんや本多さんが予想していたものとは違っていた。

あのひとはまなざしを空からゆっくりと下ろし、報道陣に向かって「すみません」と言った。

「俊介の前では……やっぱり、もう、これ以上あの子を困らせたくないから……」

ため息交じりに首を横に振って、もう一度、すみません、と謝った。

観音開きの扉が開いたままの霊柩車に向き直る。棺を見つめ、しばらく黙り込む。

しゅんすけ、と幼い子どもに語りかける声で言った。

「ごめんな、お父さんもお母さんも、気づいてやれなくて……ほんとうに、ごめんな……」

頭を深々と下げた。

お母さんの嗚咽がひときわ高くなった。泣いていた。搾りきっていたはずの涙が、ぼろぼろと頬を伝い落ちるのが見えた。

田原さんは僕たちに向かって、一度だけシャッターを切った。

本多さんはメモに一言だけ書いた。

十字架――。


ひとを責める言葉には二種類ある、と教えてくれたのは本多さんだった。

ナイフの言葉。

十字架の言葉。

「その違い、真田くんにはわかる?」

大学進学で上京する少し前に訊かれた。僕は十八歳になっていて、本多さんは三十歳だった。

答えられずにいる僕に、本多さんは「言葉で説明できないだけで、ほんとうはもう身に染みてわかってると思うけどね」と言って、話をつづけた。

「ナイフの言葉は、胸に突き刺さるよ」

「……はい」

「痛いよね、すごく。なかなか立ち直れなかったり、そのまま致命傷になることだってあるかもしれない」

でも、と本多さんは言う。「ナイフで刺されたときにいちばん痛いのは、刺された瞬間なの」

十字架の言葉は違う。

「十字架の言葉は、背負わなくちゃいけないの。それを背負ったまま、ずうっと歩くの。どんどん重くなってきても、降ろすことなんてできないし、足を止めることもできない。歩いてるかぎり、ってことは、生きてるかぎり、その言葉を背負いつづけなきゃいけないわけ」

どっちがいい? とは訊かれなかった。

訊かれたとしても、それは僕が選べるものではないはずだから。

代わりに、本多さんは「どっちだと思う?」と訊いてきた。「あなたはナイフで刺された?

それとも、十字架を背負った?」

僕は黙ったままだった。

しばらく間をおいて、本多さんは「そう、正解」と言った。

4

フジシュンのなきがらは荼毘《だび》に付され、その夜、あのひとは遺書を報道陣に公開した。テレビや新聞で報じられたのは翌朝のことで、週刊誌が〈いけにえ自殺〉と名づけたのは、さらにその数日後だった。

僕たちの街や学校の名前は日本中に知れ渡り、日本中から非難を浴びた。事態が落ち着くまで一ヵ月近くかかった。その間、全校集会や保護者会が何度も開かれ、二年三組の生徒全員への個別の聞き取り調査も進められた。

公開された遺書は人名のところが黒く塗りつぶされていたが、その四人の名前を僕たちはフジシュンの告別式の翌朝には把握していた。パズルを解くようにあてはめたのではなく、黒塗りする前の遺書の写真を引き伸ばしてコピーしたものが出回ったのだ。

学校の正門に貼られていた。学校の近くの町内会の掲示板にも貼ってあった。電柱にも、ポストにも、歩道橋にも。先生が学区中を回ってすべて剝がしたが、夜中のうちにまた貼り直され、翌朝あわてて剝がして……というイタチごっこが三日つづいて、四日目にぴたりと終わった。

マスコミ関係者の誰かがやったのだという見当はついても、そこから先は調べようがなかった。

それに、名前の書かれた四人にとっては、いまさら街や学校のみんなに知られようが知られまいが、ほとんど関係はなかった。

わが家に最初の取材の電話がかかってきたのは、告別式の夜だった。民放テレビ局の女性ディレクターに「真田くんは亡くなった藤井くんと親友だった、って聞いたけど」と言われた。「藤井くんの思い出、なんでもいいから教えてくれませんか？」

なるべく楽しかった思い出がいい、とそのディレクターは言った。僕は学校で言われていたとおり「わかりません」としか答えずに電話を切った。

でも、ほどなくまた電話が鳴った。今度は週刊誌の記者だった。若い男のひと。「藤井くんの写真、持ってたら貸してもらえないかな」と言われた。「できれば元気に笑ってる写真がいいんだけど」

僕が「持っていません」と言うと、そのひとは「そんなことないだろ」と少し怒った声になり、「親友なんだろ？」とつづけた。「写真ぐらいあるだろ？　だいじょうぶだって、きみの顔はモザイクかけて隠すから」

「持ってないんです、ほんとうに」

嘘をついたわけではない。フジシュンと一緒の写真は、クラスの集合写真だけだった。それでも記者は「絶対にきみには迷惑かけないから」としつこく食い下がり、最後は親父に電話を代わって断ってもらった。

そんな電話が、翌日も、翌々日も、何本もかかってきたのだ。あの頃のわが家の電話は、まだコードレスではなかったし、留守録機能も呼び出し音を切る機能もついていなかった。取材の電話は受話器を取るまでしつこく鳴りつづけたし、話を聞かずに電話を切ると、すぐにまた同じひとから電話がかかってきた。

家のすぐ近所まで来てるから、と言うひともいた。電話なしにいきなり玄関のチャイムを鳴らすひとも。

両親はすっかり困り果てていた。

なにより僕が、どうしていいかわからない。

フジシュンが生きているなら、「おまえ、なに考えてんだよ、ふざけんなよ」と文句をつけたい。でも、フジシュンは死んだ。僕を親友だと勝手に決めつけて、一人で死んだ。あの遺書はあいつがのこした最後の言葉で、そこに僕が出ていて、親友になっていて、「ありがとう」と言われた。それにはもう、文句をつけたり、心当たりがないんだからと逃げたりはできない重みがあった。

フジシュンは、なぜ僕を選んだのだろう。小学生の頃からの幼なじみはほかにもいるが、二年三組の同級生は僕だけだったから、なのだろうか。その程度の理由なのだろうか。あいつがクラスのいけにえとして選ばれたように、僕があいつに選ばれたのも、たまたま、なのだろうか。そうであってほしいと思いながら、そんなものではあってほしくない、とも思う。

田原さんと初めて電話で話したのは、遺書が公開された四日後の夜だった。

リビングの電話が鳴ったとき、親父はまだ会社から帰っていなかったし、おふくろは風呂に入っていた。

「このまえから何度も電話してるんだけど、ずーっとお母さんに居留守を使われててさ」

いきなり言われた。黙って切ってしまおうかと思ったが、富岡先生から「ひどい取材があったら、会社の名前を訊いて、すぐに学校に連絡してください」と言われていたので、「どちらさまですか」と訊いた。

するとと、田原さんは意外とあっさり雑誌の名前と自分の名前を告げたのだ。

『月刊オピニオン』——。

親父がときどき読んでいる。ヌードグラビアもギャンブルのページもない、文字のぎっしり詰まった雑誌だった。物書きにとっては『月刊オピニオン』で仕事をすることが一人前の証になるのだと、これはあとから知った。もしも電話を受けたときに『月刊オピニオン』のステータスの高さを知っていたら、ぞんざいな田原さんの口調に戸惑うだけでなく、ニセモノの記者だと疑っていたかもしれない。

「覚えてないか？　告別式の日に声をかけたんだけどな」

田原さんは「見殺しにしたんだから土下座しろ、ってな」と言った。悪びれた様子はなかった。むしろ、忘れるなよ、と念を押すような言い方だった。

電話をすぐに切ってもよかった。いや、切るべきだった。

でも、田原さんは口調をやわらげて「悪かったよ、ひどい言い方して」とつづけた。「それを謝りたくて電話してるんだ、みんなに」

張り詰めていたものが、ほんの少しだけゆるんだ。

田原さんはさらにやわらかい声で「親友だったんだってな、きみと藤井くんは」と言った。

いいえ違います、と返すタイミングを逃してしまった。

「じゃあ、ショックだっただろ」

しかたなく、「はい……」と答えた。

「それはそうだよなあ、親友だったんだもんなあ、わかるよ」

ゆっくりとした口調に小さなトゲがひそんでいることに、気づくべきだった。

「親友なのに、なにもしてやらなかったんだもんなあ」

田原さんは同じテンポでつづけ、不意に「まさに見殺しだよな」と、ぴしゃりと言った。

おびき寄せられて捕まったようなものだった。逃げられない。全身がこわばって、受話器を置くことも電話機のフックを押すこともできなかった。

「そうだろ？　ほかに言いようがないだろ？　違うか？　見殺しってのは、そういうことを言うんだよ」

言葉をねじ込むように言った田原さんは、「いまどう思ってるんだ、そのことを」と訊いてきた。なにも答えられずにいたら、「後悔ぐらいはしてるんだろ？」と皮肉を込めて笑う。「学校の授業では習ってないかもしれないけど、人間としてさ」

後悔がないはずはないし、フジシュンに申し訳ないとも思っている。なにより、このまま黙っていたら、もっとひどいことを言われてしまいそうだった。

してます、とかすれた声で言った。

「じゃあ、どうする？」

「……どうする……って……」

「自分のしたことを後悔して、それからどうするんだ、って訊いてるんだ」

なにもしないのか？　と僕の答えを待たずに言う。

そりゃまずいだろ、おい、なあ、とまた皮肉を込めて笑う。

泣きそうになった。悲しさと、悔しさと、どんどん田原さんに引きずり込まれてしまいそうな怖さが、交じる。

「まあ、なにをやっても取り返しがつかないよな。どうせ学校で作文でも書かされるんだろうけど、なんの意味もないな、そんなことには」

僕だってそう思っている。富岡先生はクラス全員の反省文をフジシュンの仏壇に供え、両親に読んでもらうと言っていたが、フジシュンや両親がそれを喜ぶのかどうか、よくわからない。先生だって、ほんとうはよくわかっていないのかもしれない。

電話の向こうで、田原さんのため息が聞こえた。思いのほか深く、悲しそうなため息だった。

「藤井くんのお母さん、寝込んでるぞ。葬式までほとんど一睡もしてなかったらしいから」

「……はい」

「お父さんは、もっと疲れてる。いまはほとんど気力だけで持ってるんだろうな」

「……はい」

「その気力って、なんだと思う？　なにが支えになってると思う？」

僕が答えを探す前に、田原さんは言った。

「おまえたちをゆるさない、っていうことだけだよ」

目の前が真っ白になった。ほんの一瞬だけ。告別式の日にあのひとに詰め寄られたときと同じだった。

「また連絡するから」と田原さんは言って、電話を切った。

受話器を持ったまま呆然と立ちつくしていると、浴室のほうからおふくろの声が聞こえた。

「裕、お風呂空いたから入りなさーい」

僕はおなかに力を込めて、入れ代わりに頬の力をゆるめ、「うん、入る」と返事をした。軽い声を出せた。おふくろがリビングに入ってくる前に受話器を戻すこともできたし、ソファーに寝ころんでテレビに見入っていたふりもできた。

フジシュンもこんなふうに、いじめられているのを家族に隠しつづけていたのかもしれない、とふと思った。


田原さんはクラスの全員に、同じような電話をかけていた。

自分のやったことを後悔していると強引に認めさせ、「どうするんだ」と問い詰めて、黙り込んでしまうと「また連絡するから」と電話を切る。

学校やフジシュンとはなんの関係もない取材記者に、なぜここまで言われなければならないのか。みんな怒っていたし、傷ついてもいたが、黙り込んだほうがかえって傷は浅かったのかもしれない。もう二度と見て見ぬふりはしない、今度からは勇気を持っていじめを止める、フジシュンのことを一生忘れない……そんなことを答えた連中は「なんの意味もないな」とそっけなく切り捨てられ、「死んだひとはもう帰ってこないんだよ」と突き放すように言われたらしい。

フジシュンの両親の様子を伝えられたのは、僕だけだった。おまえたちをゆるさない、というあのひとの思いをぶつけられたのも、僕一人。

なんで俺だけなんだよ、と納得のいかない気持ちはあった。

でも、心の奥深くでは、しかたないのかもしれない、とも思っていた。

だってそうだろう？　と田原さんの声がどこかから聞こえるのだ。おまえは藤井くんの親友だったんだから、藤井くんの親友はおまえしかいなかったんだから、おまえが背負うんだよ――。

あのひとがゆるしていないのは「おまえたち」で、「おまえ」ではなかった。

それにほっとしていた僕は、やはり、自分のことしか考えていなかったのだろう。


三島と根本は、クラスの誰よりも激しい取材攻勢にさらされた。

マスコミだけではない。フジシュンをいじめた手口が報じられてからは、どこで住所や電話番号を調べたのか、無言電話や脅迫状まで来たらしい。

学校にも抗議や非難の電話が相次いだ。記者会見をした校長の態度に誠意がなかったと言われ、ワイドショーのコメンテーターは富岡先生のことを「いったい担任はなにをしていたんでしょうか」と強い言葉でなじった。

マスコミの報道は、いじめに気づかなかった学校側を徹底的に批判して、フジシュンをいじめたグループをケダモノのように扱っていた。一方、フジシュンは、繊細で優しい性格だったからこそ、親に心配をかけまいとしていじめを打ち明けられなかった少年になっていた。

でたらめだとは言わない。フジシュンにだって嫌なところはいくつもあったのだが、それはもう、どうでもいい。

ただ一つだけ。三島と根本は確かにいじめの主謀者だった。「同級生Aと同級生Bの執拗で卑劣ないじめによって、藤井くんは……」という表現は、確かに間違いではない。でも、正しくもない。そこには同級生Ｃ——堺が、いない。

遺書が公開されたあと、三人の関係は見るからにぎくしゃくしていた。最初は自分の名前がなかったことに安堵していた堺だったが、日がたつにつれて三島や根本の前でおどおどするようになった。逆に、三島たちは事件の報道が一段落すると、しだいに元気を取り戻した。強がり半分ではあっても、大きな声で「勝手に死んだんだからよお！」「あれで死ぬんだったら、日本中で百万人ぐらい死んでるよなあ！」と言い放つ。でも、堺が「そうそう、ほんとそうだよなあ」と相槌《あいづち》を打つと、二人の顔はたちまち不機嫌そうになって、舌打ちしたり、「おまえは黙ってろよ、うっせえよ」と脛《すね》を蹴ったり、堺をその場に残してどこかに行ってしまったりするのだ。

堺は臆病な奴だ。強い奴の後ろにくっついているときにはいばっていても、一人になると途方に暮れてしまう。だから、学校に提出する反省文を誰よりも長く書いた。フジシュンをいじめたことを箇条書きのように細かく思いだして、「これも僕がやりました」「これをやったのは僕です」と、どんどん罪を認めていった。三島と根本だけがやったことも自分が罪をかぶっていた。あいつはあいつなりに必死に二人に媚《こ》びて、ゆるしを乞うていたのだろう。

ところが、その作文が富岡先生に褒められた。「真剣に反省してる気持ちが伝わってくる、いい作文だ」と先生は言って、「それに比べて、ほかのみんなの作文はなんだ。誰が書いたのか区別がつかないような、通りいっぺんのことばっかり書いて」と堺以外の全員に書き直しを命じた。特に三島と根本は「たった原稿用紙一枚で、なにが伝わるんだ。堺は五枚も書いたんだぞ。少しは見習え」と叱られた。

堺にとっては最悪の展開になってしまったわけだ。

クラス全員の反省文が揃ったのは、フジシュンの死から一ヵ月近くたった頃だった。何度も何度も書き直しをさせられて、もともとは枚数自由だったはずが、結局、堺と同じ五枚を必ず書くように、ということになった。

なんの意味もないな――。

田原さんの言うとおりだと、僕も思っていた。

原稿用紙一枚の反省では足りない、というのはわかる。でも、五枚になったらじゅうぶん反省したことになるのだろうか。誰が書いたか区別がつかないような作文を書くな、と先生に言われても、僕たちはみんな同じように見て見ぬふりをしてきたのだ。それをどうやって区別すればいいのだろう。

先生は反省文の束を持ってフジシュンの家を訪ねたが、受け取ってもらえなかった。

読みたくない、とあのひとが言ったのだ。

先生は僕たちにはなにも教えてくれなかった。もしかしたら、学校にも報告しなかったのかもしれない。でも、フジシュンの四十九日の法要が営まれる少し前に発売された『月刊オピニオン』で、僕たちはそのときのやり取りを知った。

〈息子は同級生に「見殺し」にされた！　いけにえ自殺の少年の父、慟哭《どうこく》の訴え〉――新聞広告に大きく打たれた記事の書き手は、田原さんだった。

あのひとの独白の合間合間に田原さんの短い文章が挟まったスタイルの記事だった。あのひとの名前が藤井晴男《はるお》ということを、それで初めて知った。

あのひとは告別式の挨拶のときと同じように、フジシュンの無念と悔しさを嚙みしめて、いじめの経緯やフジシュンが自殺してからのことを語っていた。

なにも気づいていなかった自分を責めていた。いじめの中心にいた同級生Aと同級生Bのことはもっと責めていた。そして、僕たちのことも——。

〈見殺しにされたんですよ、俊介は。クラスの誰か一人でもいじめを止めてくれていれば、先生や私たちに教えていてくれれば、こんなことにはならなかったはずです。俊介の孤独と絶望を思うと、身を引き裂かれる思いです〉

つづけて、田原さんの短い文章。

〈俊介くんの遺書には、「親友」にあてた友情のメッセージもあった。だが、その「親友」は記者の取材に対し、「はあ……」「はあ……」と要領を得ない返事を繰り返すだけだった〉

僕たちの反省文が受け取ってもらえなかったことは、記事の締めくくりに田原さんの文章で書いてあった。

〈担任教師は「生徒の気持ちだけでも受け取ってやってください」と食い下がったが、晴男さんは首を横に振り、静かな口調で、一言だけ言った。

「ひとの命の重さは、作文では書けないでしょう」

顔には寂しそうな微笑みが浮かんでいた〉

両親は発売日にその記事を読んだ。

親父は『月刊オピニオン』に抗議する、と言った。

おふくろは「裕も被害者みたいなものなのに……」と泣いた。

でも、僕には怒りも悲しみもなかった。冷静だったのではない。空っぽだった。フジシュンのことを考えたり、訊かれたり、話したりするたびに、胸の中にあるものが削り取られていくような気がしていたのだ、ずっと。

最後に残ったひとかけらも、いま、奪われた。

まばたきをするたびに、目の前の風景が少しずつ遠ざかり、色あせていく。深い悲しみや絶望は闇にたとえられるのではなく、むしろ白々としたものなのかもしれない。フジシュンも、真っ暗闇ではなく、真っ白なまぶしさの中で、死を選んだのだろうか。

僕の様子がおかしいことに気づいた親父が「裕、いいから今夜はもう寝ろ」と言った。「あとはお父さんとお母さんがちゃんとやるから、おまえはなにも心配しないでいいんだから」

ぼうっとしたままうなずいたとき、電話が鳴った。

受話器を取ったおふくろは、険のある声で相手と話していた。聞こえているのに、言葉が頭に入ってこない。おふくろに呼ばれた、らしい。立ち上がって電話機の前まで行き、受話器を受け取った、らしい。

若い女のひとの声が耳に流れ込んできて、我に返った。

『東洋日報』の本多、と彼女は名乗った。僕たちの地方で大きなシェアを持っているブロック紙だった。取材の電話でこんなに丁寧で優しい声を聞くのは初めてだった。

いま、フジシュンの家にいるのだという。

「いろいろ大変なときにごめんなさい。でも、俊介くんのお母さんの伝言だから聞いてくれる?」

「……はい」

「あのね、明日の夕方、学校が終わったあと、ウチに来てほしい、って。お葬式のときのお礼とお詫びをしたいし、俊介くんのお骨《こつ》、あさってにはお墓に入っちゃうから……最後のお別れをしてあげてほしい、って」

本多さんはつづけて言った。

「二年五組の中川小百合さんも来てくれる、って言ってるから」

第三章　親友

1

　翌朝は、少し早めに登校した。授業が始まる前に二年五組の教室に行って、中川小百合さんと相談するつもりだった。でも、カバンを席に置いて五組に向かおうとしたら、教室の外に出たところで中川さんに出くわした。中川さんも僕と同じことを考えていたのだ。

「ゆうべ、電話あったでしょ？」

「……うん」

　どちらからともなく歩きだした。行き先は決まっていなくても、座って向かい合うより並んで歩きながらのほうが、まだ話しやすい。

「真田くん、行くよね？」

　中川さんが行かないのなら僕も断るつもりだったが、中川さんはすぐに「わたしは行くけど」とつづけ、「真田くんも行くんだよね？」と一方的に念を押してきた。

「……親にはなんて言ったの？」

中川さんは首を横に振った。

「本多さんから電話があったのはお父さんもお母さんも知ってるけど、話の中身は言ってない」

「俺も、そう」

「訊かれなかった?」

「訊かれたけど、適当にごまかした」

「……わたしも」

なぜ親父やおふくろに話さなかったのか、自分でもよくわからない。ただ、なんとなく、両親に相談して「行ってきなさい」「行かなくていい」と決めてもらうのは違う、と思っていた。断ることに決めたら親父が本多さんに電話をするだろうし、行くのならおふくろが一緒にフジシュンの家までついてくるだろう。そこが、とにかく違うのだ。

「ねえ、どうするの? 行くんでしょ?」

「って言われても……」

僕と中川さんは同じように遺書に名前を書かれていても、立場が違う。僕は身に覚えのない親友と呼ばれて、あのひとに胸ぐらをつかまれてしまった。中川さんは「ごめんなさい」と謝られて、誕生日を「おめでとうございます」と祝われていた。フジシュンが彼女にどんな迷惑をかけて謝っていたのかは知らないが、学校のみんなは、フジシュンは中川さんに片思いしていたんだ、ということで話をとりあえずまとめていた。そんな彼女が線香をあげに来てくれたら、フジシュンもうれしいだろう。それ以上に両親が喜ぶだろう。でも、僕は違う。息子を見殺しにした親友を両親が歓迎してくれるとは、とても思えない。告別式のときのお礼とお詫び——でも、僕の顔を見ても、あのひとは冷静なままでいてくれるのだろうか？

「そっちは、行ったほうがいいんじゃないかと思うけど」

僕は言った。半分は逃げ口上だったが、半分は本音だった。

「まだ一度もフジシュンにお線香あげてないだろ、そっち。やっぱり遺骨があるうちに行ってやったほうが向こうもよろこぶっていうか、ケジメがつくっていうか……」

「真田くんは行かないの？」

「いや、だから、俺はよくわかんなくて……」

話はふりだしに戻ってしまい、僕たちは廊下の端まで来てしまった。踵《きびす》を返す。来た道を引き返して歩きつづける。

すれ違う奴らが、ちらちらとこっちを見る。野次馬根性を剝《む》き出しにして顔を覗き込んでくる奴もいる。どうして僕と中川さんが一緒にいるのか、意外そうな顔をする奴もいたし、なるほどなあ、という目で見る奴もいた。

遺書が公開され、しかも名前の黒塗りなしの写真のコピーがばらまかれたせいで、僕たちは学校中の有名人になってしまった。三島と根本は自業自得だったが、僕たちは基本的に被害者――特に中川さんに対しては、学校の中だけでなく、マスコミもひどい取材はしなかったらしい。でも、被害者だろうと加害者だろうと、フジシュンにかかわりあってしまったことに変わりはない。先週の朝礼で校長が言ったように「そろそろ気持ちを切り替えて、三年生は受験に、二年生と一年生は勉強や部活に、しっかり集中してください」というわけにはいかないのだ。

「本多さんって、いいひとだよ」

中川さんは不意に話を変えた。

「知ってるの?」

驚いて訊くと、「しょっちゅうウチに来て、相談に乗ってくれてる」と言う。

「相談って、どんな?」

「いろんなこと」

身をかわすようにさらりと言って、「でも、いいひとだから」と念を押す。「本多さんも今日、一緒にいてくれるんだって」

「そうなんだ……」

田原さんのことをふと思いだした。「また連絡する」と言ったきり電話はなかった。『月刊オピニオン』で記事を書いたので、もう用は済んだ、ということなのだろうか。それでいい、もうこのまま放っておいてほしい、と思う一方で、あんなふうに皮肉を込めて書かれたままというのが悔しい気もする。

「今日のことも、本多さんが考えたんだって。藤井くんのお父さんやお母さんと話してて、納骨の前に最後のお別れをさせてあげたほうがいいんじゃないですか、って。それで、お父さんが真田くんとわたしをよんでほしいって本多さんに頼んだの」

僕は顔をしかめて、「おせっかいだよなあ」と言った。

「うん、でも、親切で言ってくれたんだと思う」

「フジシュンのために?」

「じゃなくて……」

「フジシュンの父ちゃんとか母ちゃんのために？」

「違うって」

中川さんは僕の勘の悪さにいらだったように首を横に振って、「真田くんとわたしのためなんだと思うよ」と言った。

今度は僕がいらだった。まさによけいなお世話だし、それを素直に受け容れている中川さんにも少し腹が立った。

ちょうど三組の教室の前まで来た。帰り道はかなり足早になってしまった。中川さんの五組は次の次の教室だったが、そろそろ朝の予鈴が鳴る時刻だった。

「本多っていうひとがいるんだったら、そっち一人でも怖くないだろ」

出入り口の前で足を止めて言うと、中川さんも、なによその言い方、と僕をにらんだ。

「真田くん、ほんとに行かないの？」

「俺、部活で遅くなるし」

「休めばいいでしょ」

「なに言ってんだよ。そっちだって、来週、新人戦だろ」

三年生が引退したあとの二年生主体の新チームを集めて、市の新人大会がおこなわれる。サッカー部では今日からセットプレーの仕上げに入ることになっていた。新チームでフリーキックのキッカーをつとめる僕が休むわけにはいかない。

「部活が終わってからだと、六時過ぎちゃうじゃない」

「だって、線香あげるだけだから」

行くとしてもだけど、とあわてて付け加えた。

「藤井くんのお父さん、今日、会社休んでるんだって。だから、四時とか五時に行ってもＯＫだと思う」

あのひとの顔が浮かぶ。胸ぐらをつかんできたときの怖い顔ではなく、喪主の挨拶のときにフジシュンの棺に「ごめんな……」と謝った顔だった。

僕は「練習は休めないから」と言って、中川さんから目をそらした。でも、目をそらしたほんとうの相手は、あのひとだったのだろう。

「でも……」

言いかけた中川さんのまなざしが僕の脇を抜け、顔がこわばった。

振り向くと、堺が立っていた。

「そこ、邪魔」

低くにごった声で言って、どけよ、と顎《あご》をしゃくる。あいかわらず、すごんでいる。小柄なぶん上目づかいになって、いっそう目つきが悪い。

僕も気《け》おされて、あ、悪い、と道を空けた。堺は小さく舌打ちして、肩を揺すりながら僕と中川さんの間に割って入り、引き戸を乱暴に開けて、もっと乱暴に閉めた。いらだっている。ここのところずっとだ。その理由は、もうみんな知っている。中川さんも引き戸の閉まる大きな音にムッとした顔になったが、すぐに声をひそめて、「ねえ」と僕に訊いてきた。「三島くんたち、まだ堺くんのこと……」

「無視してる。全然しゃべらないし、目も合わせない」

「堺くんは？」

「最近は、もう、あいつのほうも相手にしてないみたいだけど」

強がっているだけだ。ほんとうは困り果てているはずだ。もともとツルンとした顔の奴なのに、口のまわりにニキビがたくさんできて、膿《う》んでいる。

「……堺くん、謝ってるんでしょ？」

「うん、でも、べつに謝ってもどうしようもないし」

実際、堺が三島や根本に謝る筋合いはない。自分でフジシュンに頼み込んで遺書から名前を消してもらったのならともかく、フジシュンに勝手に「いなかったこと」にされてしまい、三島や根本の恨みを買ってしまったわけだから、考えようによっては、あいつだって被害者だと言えなくはない。

「無視だけですみそう？」と中川さんが訊いた。

わからない。僕は首を横に振って、「べつにどうでもいいよ」と吐き捨てた。

予鈴が鳴る。

「じゃあ、真田くんは六時過ぎになるんだよね？」

話を急に戻された。

「ちょっと待てよ、俺、行くなんて言ってないだろ。そっちが勝手に決めるなよ」

「行かないの？」

「……まだ決めてないって」

「いつ決める？」

「そんなの、そのときにならなきゃわからないって。そっちが行くんだったら勝手に行けばいいだろ、俺、関係ないから」

引き戸を開けようとしたら、「どうでもいいけどさあ」と言われた。「ひとのこと、『そっち』って呼ぶの、やめてくれない？」

怒って歩きだす中川さんの背中に、「一人でも行くわけ？」と訊いた。自分ではそんなつもりはなかったのに、すがるような声になってしまった。

振り向いた中川さんは、「やっぱり……誰も行かないとかわいそうだし」と言った。顔はもう怒ってはいなかった。じゃあね、とまた歩きだす直前の表情は、なんともいえず寂しそうにも見えた。フジシュンの遺書で誰よりも傷ついたのはあいつなんだよな、とあらためて嚙みしめると、やっぱり俺も行くしかないか、という気になった。

確かに中川小百合さんはいちばんの被害者だった。女子は口をそろえて「サユ、かわいそう」と言っていたし、男子も「そういうのって大迷惑だよなあ」と、みんな同情していた。誕生日祝いのプレゼントを宅配便で送りつけられた話も、誰からともなく広がって、同情の声はよけい高まった。フジシュンの自殺を知った翌日から一週間も学校を休んでしまったことも、わかるわかる、誰だってそうなるって、といたわるように受け容れていた。

フジシュンが迷惑をかけたというのは、一方的に思いを寄せていたことを指しているのか、それとも、たとえばすでに告白していて、嫌な思いをさせてしまった、ということなのか。中川さんはなにも言わなかったし、そういうのを訊くのってやめてあげようよ、いつかサユが話す気になれば教えてくれるよ、と女子のみんなも言っていた。

でも、ほんとうに大切なことは、中川さんの胸の、彼女自身の手も届かない奥深くに沈められていた。

中川さんは、フジシュンが自殺する前にかけてきた電話を切ってしまったことを、両親にさえ話していなかった。

2

迷ったすえ、サッカー部の練習は休まなかった。でも、ちっとも集中できない。つまらないミスばかり繰り返して、コーチ気取りで練習を見に来ている三年生に叱られどおしだった。部活は夕方五時半までだったが、五時が近づくと、ボールを見失ってしまうことまで増えてきた。どうしようもない。フリーキックを空振りしてしまったところで、あきらめた。

すみません、ちょっと腹が痛いんで、すみません、早退します、と先輩に謝って練習を切り上げ、五時のチャイムが鳴る前に学校を出た。行きたくないのにあせっている。急いでいるのに足が重い。

途中の電話ボックスで、家に電話をかけた。

受話器を取って「はい」と言うおふくろの声は、取材を警戒して、そっけなかった。

「……僕だけど」

ああ、なんだ、裕だったの、と肩の力が抜けた声になった。ナンバーディスプレイなどなかった時代——電話の着信音も、いまよりずっととがっていた。

「あのさ、今日なんだけど、部活のあと、ちょっとみんなで勉強することになったから」

「どこで？」

おふくろが電話番号を知らない友だちの名前をとっさに答え、じゃ、そういうことで、帰り遅くなるから、と電話を切った。

電話ボックスを出ると、肌寒さに背中が縮んだ。閉めきったボックスの中には昼間の温《ぬく》もりが溜まっていたが、外は夕暮れとともに急に冷え込んできた。十月がもうすぐ終わる。夕暮れが早くなった。

土手道を通った。河原はススキの穂で白く染まり、刈り取りのすんだ田んぼには、稲株が整列するように規則正しく並んでいた。そして、フジシュンの家の柿の木は、葉をほとんど落として、実がたくさん生《な》っていた。

居間に明かりがついている。カーポートに車がある。あのひとがいる、ということだ。土手から降りる道を歩くとき、膝が震えた。喉が渇く。寒いのに、通学カバンを持つ手のひらがじっとり汗ばんでいる。

門の前に立った。郵便受けに家族四人の名前がサインペンで書いてある。藤井晴男。あのひとの名前だ。あとは苗字なしで、澄子《すみこ》、俊介、健介と並んでいた。「俊介」は消されていない。忘れているのか、わかっていても残しているのか、どっちにしても二重線で消すようなことはないはずだ。郵便受けをそっくり取り替えるしかない。いつ取り替えるのだろう。そのとき、のこされた家族三人は、どんな気持ちになるのだろう。胸の鼓動が速まった。じっとしていると、どんどんよけいなことを考えてしまう。

深呼吸して、インターホンのボタンを押した。

スピーカーから聞こえてきたのは、健介くんの声だった。思いきり無愛想に「はい」とだけ応えた。あの頃、フジシュンの家のインターホンにはカメラがついていただろうか。よく覚えていない。この時刻に訪ねてくるのは僕しかいないと最初からわかっていたのか、それとも二階の窓から見ていたのだろうか。

「……真田だけど」

「はい」

「……ユウだけど」

「はい」

抑揚のない声には、怒りがにじんでいた。僕への敵意、そして憎しみもあるのだろう。怒り返すわけにはいかない。僕にはきょうだいはいないが、健介くんの気持ちを想像することぐらいはできる。

「お父さんとお母さんによばれて……来たんだけど」

健介くんは「ちょっと待ってて」と低い声で言って、自分で玄関に出てきた。門の外にたたずんだままの僕に「入れば」と、にこりともせずに言う。

フジシュンと三人で遊んでいた頃は、ほんとうに幼くて、怒るとすぐに口をとがらせたり頰をふくらませたりしていた。ケンちゃんってマンガみたいだよなあ、とフジシュンといつも笑っていたものだった。

　でも、いまの健介くんは無表情だった。フジシュンを真似て「ユウちゃん、ユウちゃん」と呼んでいた僕のことを、赤の他人のような目で見ている。

　門から玄関に向かうまでの間が持たずに「元気だった？」と訊いたが、健介くんは無表情のまま、さっきよりさらに低い声で「元気なわけないじゃん」と言った。話の接《つ》ぎ穂を失った僕は、黙って玄関で靴を脱ぐしかなかった。

　玄関にはピンクのラインが入ったスニーカーと黒いパンプスが揃えて置いてあった。スニーカーは中川小百合さんのもので、パンプスが本多さんのものなのだろう。

　家にあがると、今度は健介くんのほうから「ねえ……」と声をかけてきた。「ひとつ訊いていい？」

「なに？」

「親友なのに……なんで裏切ったの」

　目が合った。すっ、と逃げられた。

「人殺しと同じだよね、それ」

　一言だけ言って、階段を駆け上る。

　玄関に残された僕は呼び止めることもできず、健介くんの姿が消えたあとも階段を呆然と見上げていた。健介くんにぶつけられた言葉のトゲは、耳に入った瞬間よりも、むしろ耳を通り抜けて胸に流れ込んでから刺さってきた。僕とフジシュンがちょっとふざけて仲間はずれにしただけで涙ぐんでいたケンちゃんは、もういない。「あいつって、全然怒らないだろ？　いつもにこにこしてて、おひとよしなんだよなあ。将来、心配だよなあ」——そう言っていたフジシュンがいなくなってしまったのと同じように、僕の知っているケンちゃんも、フジシュンに連れられてどこかに消え失せてしまったのだ。

廊下の突き当たりの襖《ふすま》が開いた。

「ケンちゃん、ユウくん来てくれたんでしょ？　早く……」

居間から出てきたお母さんは、僕が一人でいることに気づくと怪訝そうな顔になって、「ケンちゃんは？」と訊いた。

どう説明すればいいのかわからず、とりあえず「お邪魔します」と会釈した。

お母さんもすぐに笑って、「寒かったでしょ」と愛想良く言った。「お父さんも待ってたのよ、早く入って」

昔と変わらない。小学生の頃と同じ調子で僕を迎えてくれたことに、ほっとした。でも、逆に不安にもなって、居間の前で待つお母さんのそばに行くまで顔を上げられなかった。

居間は、床の間のついた八畳間だった。その半分近くをふさいで、フジシュンの祭壇がある。告別式でも飾られていた遺影が、花や果物やお菓子のお供え物に囲まれて、あの日と同じように、よお、と笑っていた。写真立ての隣には骨箱と白木の位牌があって、線香の煙がうっすらとたなびいている。

本多さんは「ゆうべは突然電話してごめんなさい」と僕に挨拶してくれた。顔をきちんと見るのは初めてだった。学校でいちばん若い家庭科の森川先生と同じぐらいの年格好——その頃は二十六歳だった、とあとで知った。

制服のままの中川さんも、やっぱり来たんだね、と少しうれしそうに笑ってくれた。

でも、あのひとは、僕が入ってきても目を向けることすらせず、時代劇の再放送をしていたテレビにじっと見入っていた。

無視されている――？

戸口でたじろぐ僕に、お母さんは「ユウくん、俊介にお線香あげてくれる？」と声をかけた。お母さんもあのひとの態度には気づいているはずなのに、なにも言わない。

僕もしかたなく、なにごともなかったかのように居間に入って、祭壇の前に座った。線香のあげ方はよく知らない。祖父母の家で両親がしていたことを思いだしながら、線香を二本取って、ロウソクで火を点け、小さな炎を吹き消した。あとで本多さんに言われた。線香の火はマッチを点けて灯すもので、炎は線香を振って消すもので、フジシュンの家の宗派では四十九日の法要が終わるまでは線香は二本ではなく一本だけ立てるのが一般的だという。中川さんも同じ間違いをしたらしい。「まあ、こういうのって難しいんだよ」と本多さんは言って、「まさか中学生のうちに同級生にお線香をあげるなんて思わないもんね、誰だって」と寂しそうに笑っていたのだった。

線香を立てて、フジシュンの遺影に向き合った。告別式のときには感じなかったが、近くで見ると、写真を引き伸ばしていて画質が粗くなっているせいか、まだ二年ほど前に撮ったばかりのはずのフジシュンの顔が、ずいぶん昔の少年のように思えた。記憶をたどれば簡単に浮かんでくるいまの顔を思いだしたくなくて、遠い昔に亡くなったご先祖さまの少年の冥福を祈るような気分で、鈴《りん》を鳴らして、手を合わせ、頭を下げた。

「シュンちゃん、よかったね。ユウくんも遊びに来てくれたから、今日は楽しいねえ」

お母さんが涙声で言った。

「ユウくん、ゆっくりしていってね。晩ごはん、ごちそうつくってるからね」

胸がどくんと高鳴った。思わず中川さんに目をやると、中川さんも、そういうことみたい、とあきらめ顔をそっと浮かべてから、うつむいた。

「お母さん、ロールキャベツとグラタンをつくってくれるんだって」

本多さんが言った。「俊介くんの大好物だったんだもんね」――ね、そうだよね、と僕を見る。

フジシュンの好物など知らなかったが、はあ、とうなずくしかなかった。

あのひとはなにも言わない。僕を見ない。テレビはコマーシャルになっていたが、画面から目を離さず、座卓の上にある煙草とライターを手探りで取った。

「せっかく禁煙してたんだけどね……」

お母さんが苦笑しても、なにも応えることなく、煙草に火を点けた。


僕が来るまで、お母さんは畳の上に小学生時代のフジシュンのアルバムを何冊も広げ、中川さんと本多さんに思い出話をしていた。

「ユウくんも見てごらん、なつかしいでしょ。ユウくんと一緒の写真もあるわよ」

アルバムをぱらぱらとめくると、確かにあった。でも、それはクラスの集合写真や、遠足のときにみんなで弁当を食べているスナップや、ソフトボール大会の試合中……僕と二人きりで写っているものは一枚もなかった。

本多さんが、ちらちらと僕を見る。どういうことなの、と訊くようなまなざしだった。

お母さんも自分の見ていたアルバムを閉じると、ちょっと困ったように笑って、「意外と少ないかもね」と言った。「でも、そういうものよね、男の子同士って」

ですよね、と本多さんが話を合わせた。

「ユウくんの持ってる写真にも、俊介が写ってるのがない？　あるでしょ？　今度おばさんに見せてくれる？」

うなずいてはみたが、フジシュンのアルバムに貼ってあるクラスの集合写真以外には、たぶん、ない。お母さんと目を合わせづらくて、手元にあったアルバムを覗き込んだ。卒業式の日に校門の前で撮った写真が何枚かあった。お母さんとフジシュン、あのひととフジシュン、健介くんとフジシュン、お母さんとあのひととフジシュン、お母さんと健介くんとフジシュン、あのひとと健介くんとフジシュン……順番にカメラを持って撮ったのだろう。

お母さんとあのひとと健介くん、つまりフジシュンがシャッターを切った写真は、ピンぼけでブレていた。あいつは不器用な奴だったもんなあ、と苦笑すると、胸の奥が少しじんとした。

「家族四人そろった写真って、ないのよ」

お母さんは別のアルバムを見ていた中川さんに声をかけた。言われてみれば、卒業式の写真もそうだった。

「四人だと、誰かに写してもらわないといけないでしょ。でも、お父さんがそれを嫌がるのよ。知らないひとにいきなり頼むなんてできない、って……」

ねえ、そうよねえ、と話を振られても、あのひとは黙ってテレビを観たままだった。時代劇はクライマックスのチャンバラの場面に差しかかっていた。

「引っ込み思案っていうか、ヘンなところで気をつかっちゃうのよ、お父さんって」

お母さんはそう言って中川さんに向き直り、「似てるの」とつづけた。「俊介って、お父さんにそっくりなのよ、顔も性格も」

中川さんは遠慮がちに頬をゆるめた。居心地が悪そうだった。わかる。お母さんにめそめそされても困ってしまったはずだが、こんなに明るいと、もっと困ってしまう。

「でも、こんなことになるんだったら、ずうずうしくてもいいから、写真撮ってもらえばよかったね……」

お母さんの声が急に沈んだ。ほんと、どんなに探しても一枚もないんだから、まいっちゃう、と最後はつぶやくような声になって、ため息をついた。

本多さんがあわてて「これ、運動会ですよね」と写真を指さした。「徒競走のスタート前ですか？」

「そう、五年生のときじゃないかな」とお母さんも気を取り直した。

「順位って覚えてますか？」

僕は覚えている。同じクラスだった。あいつはびりっけつで、おまけに途中で転んでしまったのだ。

でも、お母さんは「惜しかったの」と言った。「いいところまでいってたんだけど、転んじゃって、みんなに抜かれて、最下位」

応援してたのに、がっかりしちゃった、と苦笑する。

僕はまたお母さんと目を合わせられなくなってしまった。お母さんの記憶は間違っている。スタートしたときから、あいつはみんなから遅れていた。転んでも、転ばなくても、どうせ最下位だったはずなのだ。

「不器用だったからね、あの子」

お母さんは苦笑して、ねえユウくん、と僕に言った。「ユウくんはスポーツはなんでも得意だから、徒競走はずーっと一等賞だったでしょ？」

「……はい」

なんだか、悪いことをして謝っているような気になってしまう。

「俊介くんがいちばん得意だったスポーツってなんだったの？」

本多さんに訊かれた。すぐには浮かばない。でも、なんにもありませんでした、と正直に言うわけにもいかない。

「跳び箱とか……わりと、うまかったです」

「ほかには？」

「……あとは、走り幅跳びとか」

よくわからないまま、思いつく種目を言っただけだ。ただ、勝ち負けや順位がつく種目でフジシュンが得意なものはなにもなかった。

「球技は？　ほら、サッカーとか、野球とか」

へただった。これはもう、はっきりとしている。でも、もちろんそんなことは言えるはずもなく、答えに困っていたら、お母さんが「サッカーは好きだったわよね」と横から助けるように言ってくれた。

「はい……好きでした」

「あ、そうか、真田くんと俊介くんってサッカー部で一緒だったのよね」と本多さんが言う。

「……そうです」

「じゃあ、俊介くんが部活をやめちゃって、寂しかったんじゃない？」

僕たちがほんとうに親友同士だったら、そうだろう。部活をやめる前に僕に相談だってしたかもしれない。

でも、フジシュンは黙ってサッカー部をやめた。サッカーの実力以前に、ランニングや基礎トレーニングがキツかったらしい。無断で練習を休んだのを先輩たちに叱られると、もうやめます、とあっさり逃げ出した。僕たちも、ふうん、とフジシュンの退部を受け容れていた。もしも相談されていたとしても、きっと僕は、じゃあやめれば、としか言わなかっただろう。

「勉強が大変だったの」

お母さんが僕に代わって答えてくれた。「英語が苦手だったから、部活をやめてでも一所懸命勉強しないと落ちこぼれちゃう、って自分で決めたの」

ほんとうだろうか。「あの子、根がまじめだし、不器用だから、勉強と部活の両立は無理だっていうの、自分でもわかってたのよ」——絶対に違う、とは言えない。でも、やっぱり、ほんとうだろうか、それは。

「だいぶ悩んでたんだけどね」

お母さんが付け加えて言ったとき、テレビから時代劇のエンディングテーマが聞こえてきた。もうすぐ午後六時になる。

「そろそろグラタンつくろうか」

お母さんはアルバムから顔を上げ、中川さんに「ごめんね、昔話ばっかりしちゃって」と笑った。「でも、ほら、中川さんって小学校が別だったでしょ。俊介の子どもの頃のこと、たくさん聞いてほしかったの」

中川さんはぺこりと頭を下げた。頰が少し赤くなっていた。照れているのではなく、困ってしまって頰が火照ったのだろう。

「ごめんね」

お母さんはもう一度謝った。さっきよりもしみじみとした声で、顔も、もう笑ってはいなかった。

「中川さんには迷惑だと思うけど……やっぱりね、俊介のこと、いろんなこと、教えてあげたいの。あの子、ほんとうに不器用だから、中川さんのこと大好きでも、自分の話なんてできなかったと思うの。それを後悔してたら、かわいそうだから」

祭壇を振り向いて、「勝手におしゃべりしちゃって、怒ってるかもね」と肩をすくめ、そそくさと台所へ向かう。立ち上がるとき、ハナを啜《すす》る音が聞こえた。中川さんにも聞こえたのだろう、頰の赤さは耳たぶにまで広がった。

わたしもお手伝いします、と本多さんも席を立った。

いいわよ、お客さんなんだから、座ってて。いえ、お母さんのグラタン、どんなふうにつくるのか見せてほしくて。それも取材？　ええ、まあ、やっぱり知っておきたくて。お料理の本に書いてあるとおりだけどね。それでも、俊介くんにとっては特別なんですよ、お母さんの手料理は。まあね、あの子、ロールキャベツとグラタンがほんとうに大好きだったから……。

台所で二人が話す声を聞きながら、僕はアルバムをめくりつづけた。子どもの頃のフジシュンの写真を見ても、なつかしさも悲しさも湧いてこない。それよりも、とにかく、ここから立ち去りたかった。

中川さんをちらりと見た。彼女も畳の上に広げたアルバムに見入ったふりをしながら、横目で僕を見ていた。どうする？　と目配せで訊いてみた。でも、向こうも同じように、どうする？と訊いてくる。

晩ごはんまでに帰ると親に言ってあるので、帰ります――。

口実はそれしかなかったが、お母さんのいまの様子だと、じゃあおばさんのほうから電話をしてあげるから、と言いかねない。フジシュンの家にいることは、絶対に親父やおふくろには知られたくなかった。なぜだろう。自分でもわからない。ただ、これは親には言ってはならないんだということだけは、奇妙なほどはっきりと胸にあった。

どうすればいいんだ、と途方に暮れていたら、六時のニュースが始まったばかりのテレビの音が消えた。あのひとがリモコンでスイッチを切ったのだ。

沈黙が重石になって、うつむいた僕たちの肩にのしかかった。

それを振り落としたくて、アルバムをまた一ページめくったとき、あのひとが言った。

「庭に、出てほしいんだ」

暗くなったテレビの画面を見つめていた。

「ちょっと寒いけど、線香をあげてやってくれ」

立ち上がり、祭壇から線香とライターを手に取って、濡れ縁から庭に出る掃き出し窓を開けた。「サンダル、ここにあるから」と僕たちを振り向かずに言って、そのまま庭に降りる。

僕と中川さんは顔を見合わせたが、すぐにお互いに目をそらし、あのひとのあとにつづいた。

カーディガンを羽織ったあのひとの背中は、暗い庭の片隅まで行って止まった。

フジシュンが首を吊った柿の木の前だった。

3

「時間はちょっと早いけど、九月アタマの七時頃っていったら、これくらいの暗さだ」

あのひとは空を見上げて言った。もう夕陽はほとんど残っていない。小さくまたたく星が、いくつか見える。

「そこの枝だった」

指差したのは、横に張った太い枝だった。意外と低い位置にある。首を吊って足が浮く、ぎりぎりの高さだ。

「最初は、わからなかった。柿の木の前でなにやってるんだろうって、ぼーっと突っ立ってるように見えたんだ」

淡々とした口調で言う。僕たちに背中を向けているので表情はわからない。あと二、三歩前に進めば横顔ぐらいは見えるはずだったが、それができない。

「呼んだんだ、何度も。なにやってるんだ、晩ごはんだぞ、って。でも、返事しないし、こっちも向かないし……首を曲げて、うつむいているように見えたんだ……」

　フジシュンは黒いビニールテープで首を吊った。テレビや週刊誌の報道によると、枝にテープをぐるぐると何重にも巻きつけ、最後に輪っかをつくって結んで、そこに首を通したらしい。フジシュンの体の重みで輪っかは下に伸びてしまったが、足が地面に着くほどの長さにはならず、切れてしまうこともなかった。テープはあの日、中川さんへのプレゼントを送ったコンビニで買ったものだった。ハサミを買い忘れていたので、余ったテープは輪っかの先にぶら下がったままだったという。

「おかしいなあって思ってたら……見えたんだ、テープが。風が吹いたんだろうなあ、あいつ、ふらふら揺れてて、それで……わかった、やっと……」

　声は途切れがちでも落ち着いていた。感情の消えた声でもあった。話をどう受け止めるのか、すべて僕たちに委《ゆだ》ねられてしまった。

「テープが首に食い込んでて、どんなに引っぱっても、抜けなくて……」

　しゃべりながら線香に火を点けて、僕と中川さんに一本ずつ渡した。

「抱いてやったんだ。ほかにどうしていいかわからないから、とにかくこれ以上テープに体重がかからないように、あいつを抱いてやって、大声で母親を呼んで……」

　重かったという。抱きしめると、フジシュンの顔がすぐ目の前にあった。どんな顔をしていたのかは話さなかった。ただ、「苦しんで、苦しんで、苦しみ抜いて死んでいったんだよ、あいつは……」とだけ言って、木の前にしゃがみ込んだ。根元に線香立てがある。缶ジュースと袋入りのスナック菓子も供えられていた。

「痛かったり、苦しかったりしたら、声を出せばいいのになあ……ばたばた暴れてれば、枝が折れたかもしれないのになあ……」

線香を立て、手を合わせて、木に向かって語りかける。

「そういうところだけ我慢強くてどうするんだよ、なあ……」

話を振られたわけではなかったが、僕は黙ってうなずき、フジシュンが首を吊った枝を見つめた。枝の下にフジシュンの姿を思い浮かべると、背筋がぞくっとして、あわてて消した。首吊り自殺の死因はなにになるのだろう。窒息なのだろうか。それとも首の骨が折れて死んでしまうのだろうか。首を吊ってから意識をうしなうまで何分かかり、そこから心臓が停まるまでにはさらに何分かかるのだろう。痛かったはずだ。苦しかったはずだ。なにより、怖かったはずだ。

僕にはできない。絶対にできない。死にたくないという以前に、とにかく怖い。でも、フジシュンにとっては明日からも学校に行くことのほうが怖かったのだ。明日を迎えずにすむには、死んでしまうしか――なかったのか？

あのひとに木の前の場所を譲られ、先に中川さんがゆっくりと時間をかけて手を合わせた。立ち上がり、僕と場所を代わるとき、彼女の目に涙が浮かんでいるのが見えた。あのひともそれに気づいたのだろう、「ありがとう……」と小さな声で言った。

僕は泣けなかった。悲しいことだというのはわかっているのに、頭で考えたことが胸に落ちていかない。目をつぶってねばっても、やはり涙は出てこなかった。

あきらめて立ち上がると、あのひとは僕と目が合うのを避けるように、中川さんに話しかけた。

「ほんとうに、よく来てくれたなあ」

「いえ……」

うつむいて応える中川さんを、あのひとはせつなそうに見つめていた。

「迷惑をかけた、って……俊介、書いてたけど……」

そんなことないです、と中川さんは細い声で言う。

「どんな迷惑だったのかな。もしアレだったら、代わりに謝らなきゃいけないし」

そんなことないです、なにもないです、と声はさらに細くなった。

「好きだったんだろうなあ、あいつ、やっぱり。女の子の話なんて、ウチではしたことなかったけど」

あのひとは、そんなのあたりまえか、とつぶやいて、とにかく、とつづけた。

「あんなふうに遺書に書いちゃダメだよな、ほんとに、悪かったなあ。叱ってやりたいんだけど、ほら、もう本人いないし」

寂しそうに笑ったが、中川さんは笑い返さず、顔も上げなかった。僕も笑えない。あのひとは、フジシュンが遺書に名前を出したことを、僕には謝ってくれなかった。

「誕生日祝いのプレゼント、本多さんから聞いたけど、貯金箱だったんだってな」

「はい……」

「こんなことになってから訊いても意味ないんだけど、気に入ってもらえたかな」

中川さんは、こくん、とうなずいた。

「夏休みの終わり頃、買ってたらしいんだけど、知ってるかな」

「……本多さんに、教えてもらいました」

「リボンのことは?」

それは中川さんも知らなかった。

本多さんは市内の雑貨屋を何軒も回って、郵便ポストの貯金箱を売っていた店を見つけだした。駅ビルに入っている店だった。店員もフジシュンのことは覚えていた。

「リボンをどうするか訊かれて、最初は要らないって言ったんだけど、ふつうに包んでもらって店を出てから、やっぱりお願いしますって戻ってきて、それで店のひとが覚えてたんだ。プレゼントっていうのが店のひとにばれちゃうのが恥ずかしかったんだろうなあ」

あのひとは「勇気をふるったんだ、あいつなりに」と笑う。

「……リボン、ピンクで、きれいでした」

「そうか。じゃあ、やっぱりリボンかけてもらってよかったんだな」

中川さんの目に、また新しい涙が浮かぶ。あのひとはそれを見て、うん、うん、と嚙みしめるようにうなずき、「迷惑じゃなかったら、捨てずにいてくれるかな」と言った。

「捨てません」

「それでも、邪魔になることも、あると思うんだ」

「ないです」

「まあ……要らなくなったら、捨てずに、ウチに持ってきてくれよ」

「……要らなくなりません」

中川さんは肩を震わせて泣きだしてしまった。あのひともまぶしそうに目をまたたいた。居間では、お母さんと本多さんが座卓に料理を並べていた。

あのひとは中川さんが泣きやむのをしばらく待っていたが、涙は止まりそうにない。やがて、あのひともしきりにハナを啜るようになった。僕は空を見上げる。さっきまでわずかに残っていた夕陽はもうすっかり消えて、星の数も増えてきた。

あのひとの咳払いが聞こえた。ふう、というため息もつづいた。

「二人とも、よく来てくれた、ほんとうにありがとう。俊介も喜んでるけど、いちばん喜んでるのは、母親だよ」

居間からお母さんの笑う声が漏れる。

「あんなにしゃべって、よく笑うの、ひさしぶりだ」

あのひとはそう言って、「風邪ひくといけないから、戻るか」と歩きだした。

フジシュンが死んでからの一ヵ月半、花と線香の香りが入り交じった居間で、家族はどんな話をしていたのだろう。アルバムをめくるお母さんの姿を思いだすと、テレビに見入っていたあのひとの横顔もよみがえってきた。

胸が少しずつ熱くなる。水が伝い落ちるように、頭の中の悲しみがやっと胸に染みてきた。

でも、それをあのひとに伝えるすべがない。

手で顔を覆って泣いている中川さんのことがうらやましかった。

「行こう」

中川さんのそばに寄って声をかけた。

返事の代わりに、嗚咽交じりのつぶやきが聞こえた。

ごめんなさい、ごめんなさい、ごめんなさい、ごめんなさい……。

中川さんは泣きながら、一心に繰り返していた。


夕食の間も、お母さんはよくしゃべった。話題はすべてフジシュンの思い出だった。赤ん坊の頃や幼稚園に通っていた頃のあいつのことを、次から次へと休む間もなく話していく。しんみりするときもないわけではなかったが、ビールのほろ酔いもあって、笑うことが多かった。

あのひともビールを最初の一口だけ啜った。でも、あとはコップに手を伸ばさず、黙ってお母さんの話を聞くだけだった。

健介くんはお母さんが呼んでも二階から下りてこなかった。「お兄ちゃんがいなくなってから、難しくなっちゃって……」と苦笑するお母さんに、本多さんがとりなすように「そういう年頃ですよね」と言った。

僕と中川さんは黙々と食べつづけた。ロールキャベツもグラタンも、味がほとんどしない。フジシュンの遺影の前には、わざわざそのためにつくった小さなロールキャベツと、キッシュの器に入れて焼いたグラタンが供えてある。ままごと遊びのような料理の皿を下げるとき、お母さんはどんなことを思うのだろう。胸の奥はさっきからずっと熱い。でも、それをお母さんにもわかってほしいと思えば思うほど、涙は遠のいてしまう。中川さんの目はまだ赤くうるんでいる。ごめんなさい——謝る理由はつかめなかったが、形だけではなく心から申し訳なく思っていることは、僕にも伝わっていた。

話に一区切りつくたびに、おかわりを勧められた。中川さんに無理をさせるのがかわいそうだったので、おかわりはぜんぶ僕が引き受けて、ロールキャベツを三個も食べた。引き替えに、話に相槌を打つのは中川さんに任せた。

僕には、お母さんの思い出話にうまく相槌を打つことができない。お母さんが語る幼い頃のフジシュンが、僕の知っているあいつときれいに重なり合ってくれない。嘘をついているとは思わないし、そもそも僕たちが知り合う前の話だから確かめるわけにもいかないのだが、なにか微妙にずれている。「違う」とは言い切れなくても「そうだ」ともうなずけない。ほんの一目盛りか二目盛りだけ、明るすぎるのだ。わんぱくすぎて、いたずら坊主すぎて、人気者すぎるのだ。親のひいき目で見ているからそうなるのだろうか。頭ではなんとなく納得できても、素直に受け取ろうとすると、背中がむずがゆくなってしまう。

おまえはどうだ――？

フジシュンの遺影を見ても、あいつは笑ったまま、なにも応えてくれない。

あのひともときどき、フジシュンの遺影に目をやっていた。困ったような、つらそうな、申し訳なさそうな、胸の奥で何度もため息をついているような横顔だった。

「また遊びに来てね」

帰り際に、お母さんに言われた。

「俊介、明日から仏さまになっちゃうんだけど……また会いに来てやってくれる？　あの子も寂しがってると思うから、ときどき、暇なときでいいから、遊びに来て……」

声に涙が交じりかけたが、グッと踏ん張るように笑って、「俊介のこと、もっとたくさん知ってほしいの、二人には」と言う。

もう外は真っ暗だったので、本多さんが僕たちを車で送ってくれることになった。

健介くんは最後まで顔を出さなかった。

お母さんと一緒に門の外まで見送ってくれたあのひとも、結局、僕には一度も話しかけてこなかった。

4

「ちょっとだけ遠回りしてもいい?」

本多さんが言ったのは、中川さんを家の前で車から降ろして、僕の家に向かいかけたときだった。「真田くんに話しておきたいことがあるんだけど、ここからだと近すぎて、すぐに着いちゃうから……悪いけど、付き合って」

「ウチの場所、知ってるんですか?」と後部座席から訊いた。

「お邪魔したことはなくても、わかってる」

ごめんね、これが仕事だから、と交差点を僕の家とは逆の方向に曲がった。

僕に話しておきたいというのは、中川さんのことだった。

「さっき、サユちゃん、庭で泣いてたよね」

女子の友だちと同じ呼び方をする。本多さんに相談に乗ってもらっていると中川さんが言っていたのは、ほんとうなのだろう。

「なにか言ってた？　あなたにでも、あと、お父さんにでもいいから、彼女が話してたこと教えてくれる？」

中川さんが乗っているときには訊かなかった。訊かないほうがいい――本人には訊けないことだったのかもしれない。

覚えているとおりに伝えた。最後に泣きながらつぶやいていた「ごめんなさい」も、迷ったが、そのまま伝えることにした。

「そう……謝ってたんだ、あの子」

本多さんは少し困ったように言って、あのひとがその言葉を聞いたかどうか念を押して尋ねてきた。だいじょうぶだと、思う。あのひとには聞こえなかったはずだ。本多さんはほっとした様子で息をついて、話をつづけた。

「俊介くんのお母さん、張り切ってたでしょ。朝からご機嫌だったの。その反動で、いまごろぐったりして、俊介くんのお骨《こつ》の前で泣いてるかもね」

僕も、そんな気がする。

「うれしかったのよ、ほんとうに、あなたたち二人が来てくれて。わたしからもお礼言う、ありがとうね」

そこまでは、「どうも……」と照れ笑いで応えられたが、「なんてったって、好きだった女の子と親友が来てくれたんだもん」と言われると、うつむいてしまうしかなかった。

そんな僕に、本多さんは言った。

「知ってるよ。真田くん、俊介くんの親友なんかじゃないでしょ」

思わず顔を上げた。本多さんはさらに「どんなに取材しても、あなたと彼が親友だとは思えなくてね」と言う。「幼なじみかもしれないけど、少なくとも、二年生になってからは、特別に仲が良かったりしたわけじゃないでしょ？」

「……そうです」

「勝手に遺書に書かれちゃったんだね、たぶんね。でも、お父さんもお母さんも信じてる。息子が最後にのこした言葉なんだもん、信じるしかないよ」

「でも……なんで、書かれちゃったのかわからなくて……」

「心当たり、やっぱり、ない？」

「ないです……」

すぐに答えると、本多さんは「ちょっとぐらい迷ってあげなよ」と笑って、「遺書を書くときの気持ちなんて、わかんないよね、わたしたちには」とつづけた、

僕がなぜ親友になってしまったのか、堺の名前がなぜ書かれなかったのか、中川さんの名前を書いたときにどんな気持ちだったのか、それはフジシュン本人にしかわからないことで、あいつに確かめることは、もうできない。

「心が追い詰められて混乱してたのかもしれないし、名前を書くことで、なにか、すがりつきたい気持ちもあったのかもしれないしね」

「すがりつきたい、って？」

「よくわからないけど、誰かの名前を呼んだり書いたりするのって、やっぱりつながっていたいからじゃないのかなあ。最後の最後に、ひとりぼっちでいたくなかったのかもしれないし」

「そんなの……」

困る――と言いたかった。

でも、本多さんは、「いじめの中心にいた二人と、あなたたちとは、同じ名前を書かれたのでも意味が違うから」と言った。僕を慰めているのか、フジシュンをかばっているのか、よくわからない。

「どっちにしても、真田くんやサユちゃんを苦しめるつもりはなかったと思う」

「でも……」

「わかってる。告別式のときの話も聞いたし、『月刊オピニオン』の記事も読んだから。はっきり言っちゃえば、真田くんもいい迷惑よね」

うれしかった。僕のことをちゃんとわかってくれて、励ましてくれるひとが、一人でもいる。それだけで元気になれる。だから逆に、そんなひとが誰もいなかったフジシュンのことも思った。胸がまた熱くなる。さっきフジシュンの家の庭で感じたものとは違う、じっとりと湿り気を帯びた温もりだった。

「もう勘づいてると思うけど、お父さん、やっぱりあなたのことがゆるせないみたい」

「……はい」

「お母さんは正反対。あなたのこと、すごく大事にしてる。俊介くんのたった一人の親友なんだから、これからもずっと親友のままでいてほしい、って」

「……ほんとうは親友じゃなくても？」

「だって信じてるんだもん。あなたが自分から言わないかぎり、お父さんにとってもお母さんにとっても、俊介くんの親友はずうっと真田くん」

「ウチに遊びに行ったりしてなくても？」

「部活があるんでしょ、あなたは。それに、中学生になったら、学校であったことや友だちのことなんて、親にしゃべる？　真田くんだってしゃべらないでしょ？」

確かにそうだ。もしもフジシュンが学校であったことをなんでも親に話していれば、いじめのことだって、きっといまとは別の結果になっていただろう。胸が熱い。湿り気も増してきた。

「真田くん、どうする？　俊介くんの両親に、ほんとうのこと、しゃべる？」

答えに詰まった。

「しゃべれば、あなたは楽になるよね。お父さんもあなたのことを恨んだりしない。でも、お母さんは、やっぱり……寂しがると思うし、悲しむと思う。俊介くんには友だちは誰もいなかったんだって、ひとりぼっちだったんだ、って……悲しいよね、そんなの」

本多さんは僕にどうするか訊いたのではなかった。

「わたしなら、黙ってる」

きっぱりと言った。

「親友だろうとなんだろうと、俊介くんがいじめられてるのを黙って見てたのは変わらないわけで、それを、ちょっとでも申し訳ないと思ってるんだったら、言えないと思う」

逃げ道をふさがれた。

「赤の他人が言える筋合いじゃないんだけど、いちおう、わたしはそう思ってるから、それだけ言っておきたかったの」

本音では納得できなかった。なぜ僕が選ばれたのか、なぜ僕が背負いつづけなければならないのか。こんなのクラスの誰でもよかったんじゃないか、と思った瞬間——同じだ、と気づいた。フジシュンがいけにえに選ばれたのも同じだった。誰でもよかった。どうしてもフジシュンでなければならない理由などなかった。

胸がさらに熱くなる。炎のあたる熱さではなく、ぐらぐらと煮え立つような熱さだった。

「ごめんね、なんか押しつけるみたいな言い方になっちゃったけど、ほら、わたしずうっと見てきたから、お母さんのこと。一睡もできなかったり、ごはんを一口も食べられなかったりしてたお母さんが、ちょっとずつ元気になってくるのを、そばで見てきたから……もう、これ以上悲しい思いをさせたくないな、って」

知らないうちに、うなずいていた。それに気づくのと同時に、胸の奥の熱いものが外にあふれた。

いまになって、やっと涙が出てきた。

車は交差点を曲がった。ぐるっと回って、わが家に向かうコースに戻ったことになる。

「ねえ、真田くん。泣いたこと、お父さんとお母さんに伝えておこうか?」

涙を拭いながら首を横に振ると、本多さんも、だよね、と笑って、「もうひとつ話しておきたいことがあるの」と言った。

中川さんのこと——。

「サユちゃん、責任感じてるから、すごく。自分を責めて……責めすぎちゃってると思うんだけど、だからさっきも急に泣きだしたり、謝ったりしてるわけ」

「でも、あいつが責任感じることなんて……」

「あるの。本人には、すごく、あるの」

「なんで？」

本多さんは「いろいろとね、難しいんだ」としか言わず、とにかく、とつづけた。

「あの子にとっては、俊介くんの家に行くのは、すごくキツいことなの。でも、俊介くんのお父さんとお母さんのために行く、って決めてる。今度からも、ずっと」

「なんで？」

今度も、だからね、とかわされた。

「サユちゃんをひとりぼっちにしないで。あの子が責任を感じすぎて、つぶれちゃわないように、あなたが守ってあげて」

「……はあ？」

「今日わかったでしょ。あなたとサユちゃんは選ばれたのよ」

フジシュンに。そして、お母さんと、あのひとに。

「俊介くんはサユちゃんのことも大好きだったし、あなたのことも大好きだったのよ」

本多さんはそう言って、車のスピードを上げた。

第四章　卒業

1

季節が流れた。秋が深まり、冬が来て、何度か雪が積もって、春になった。

二年生の日々が終わる。僕たちは「フジシュンの同級生」から、「かつてフジシュンと同じクラスだった生徒」に変わる。二年三組というクラスがなくなれば、フジシュンの事件の舞台も消え失せることになる。もしもあいつの魂が、恨みでも未練でも後悔でも、この世に残っているのなら、おそらくそれはずっと二年三組の教室の片隅にひそんでいたはずだ。でも、四月からは僕たちはばらばらになって校舎の三階に移る。居場所を失ってしまったフジシュンの魂は、これからどこへさまよっていくのだろう。

「意外なこと言うんだな」

田原さんに笑われた。「怪談話、好きなのか?」

そんなことないですけど、と僕も苦笑いを返す。

「でも、信じてる奴もいるんじゃないか?　中学生なんて、そういうの好きだろ」

そのとおりだった。僕自身はフジシュンの霊の気配などまったく感じないし、そもそも霊魂の存在など信じてもいない。でも、女子のみんなから霊感少女と呼ばれている宮原さんは、「さっき藤井くんが廊下を通った気がする」「いま藤井くんが見てるよ、天井のほうから」と真顔で言うことがある。ほかの話なら女子は「やだぁ」と半分ふざけて怖がり、男子は最初からあきれて相手にしないのだが、フジシュンにまつわる話のときだけは、男子も女子も、なんともいえない困った顔になってしまう。

もちろん、それを田原さんに伝えるつもりはなかった。どうせ、フジシュンを見殺しにしたクラスの連中が死んだあとまでつまらない話をしている、と思われてしまうだけだ。それとも、フジシュンを見殺しにした罪の意識にさいなまれているんだ、と受け取られるだろうか。どちらにしても、ろくなことにはならない。

田原さんはショルダーバッグからボールペンとノートを取り出しながら、言った。

「さっき藤井くんの家に寄ったけど、また増えてたな、写真」

お母さんが飾っている。最初は仏壇の遺影だけだったのが、小さな写真立てがどんどん増えて、そこにアルバムから出した写真が納められて、いまではサイドボードの上はフジシュンの写真コーナーのようになっている。

「きみによろしくって言ってたぞ、おふくろさん。また遊びに来てくれ、って」

「はい……」

「今月はまだ、顔を出してないんだってな」

少し咎《とが》めるように言われた。学年末試験が迫っていたので、お母さんから誘われたが、風邪気味だということにして断ったのだ。

それでも、二月も、一月も、十二月も、お母さんによばれるたびに、僕はフジシュンの家を訪ねたのだ。なにを話せばいいのかわからないまま、お母さんがとりとめなく話すフジシュンの思い出話に相槌を打って、うなずいたり笑ったりして、ときには自分から質問までしていたのだ。いつも中川小百合さんが一緒だった。彼女は僕よりもっと居心地悪そうで、僕よりもっとお芝居に熱心で、だからフジシュンの家を出たあとは、歩くのもつらそうだった。

僕がお母さんの誘いを断ったときも、中川さんは一人で出かけた。田原さんに文句を言われてもムッとするだけだが、彼女に対しては、あいつ一人に押しつけて悪かったな、と素直に思う。

「親父さんには、あいかわらず会ってもらえないみたいだな」

「……っていうか、いつも夕方に行ってるから」

「でも晩飯を食って帰るときもあるんだろ？　親父さんはいないんだろ、そのときも、残業とかなんとかで」

認めるしかない。「じゃあ、避けられてるんだよ。きみの顔なんて見たくない、っていうことだ」と顎をしゃくり上げるような口調で言われても、言い返すことができない。なにより、ずっと家にいるはずの健介くんも、僕がいるときは決して居間には降りてこないのだ。

「おふくろさんによばれなくても、自分から線香をあげに行ってやればいいんじゃないか？　おふくろさんも喜んでくれると思うし、突然訪ねたら親父さんだって逃げられないだろ」

どこまで本気なのか、にやにや笑いながら言う。僕にはこのひとのことがわからない。おとなはみんな、中学生の僕にはよくわからないのだが、その中でも特に、なにを考えているのか、なにを狙っているのか、まるでわからない。

まあ、でも、と田原さんは口調を元に戻した。

「さっきの幽霊話に戻るけど、人間には霊魂があったほうがいいのかもな」

「そうですか？」

「そりゃそうだろ。死んだあとはきれいさっぱりなにも残らないっていうのは……残されたほうからすると、けっこうキツいもんな」

思わずうなずいてしまった。少しだけ、うれしくもなった。

田原さんには、こういうところがある。東京から取材にこの街を訪れる最後の記者になったいまでも「俺はおまえらなんて大嫌いだよ」と言い放ちながら、ときどき、僕たちのすべてを見透かしたようなことを言う。僕たちが自分では説明できずにもやもやと感じていることを、すうっと言葉にしてくれるのだ。

もちろん、自分から会いたくはない。できれば、ずっと、かかわり合いにならずにいたい。

でも、フジシュンのお母さんに言われたのだ。

田原さんに俊介のことをたくさん話してあげてほしい――。

「あの子が学校でどんな子だったか、いちばん知ってるのはユウくんだから」と言われると、断れなかった。実際には、田原さんはこんなふうに僕をホテルのティーラウンジに呼び出しても、フジシュンの昔のことなどほとんど訊かない。でも、お母さんは、それを知らない。「田原さんは、俊介のことを少しでもくわしく知って、しっかり理解して記事を書きたいって言ってくれてるの。うれしいよね、そういうの」と、田原さんのことを信じ切っている。

「ユウくんのご両親もそうだと思うけど、親ってねえ、子どものことを『知りたい』『もっと知りたい』って言ってもらえるのがうれしいのよ」——僕たちはフジシュンの苦しみを知ろうとしなかった、と思ってしまった瞬間、もう断れない、と覚悟を決めたのだ。

田原さんはノートを開いて、「藤井くんの机が片づけられたのって、いつだったたっけ」と訊いてきた。

「十月の終わり……四十九日が終わった頃でした」

ノートをめくって日付を確認して、そうか、そのへんのこと、まだあんまり訊いてなかったな、とつぶやいた。

「机がなくなって、すっきりしたか？」

「すっきりっていうか……」

「でも、これで終わった、とは思ったんじゃないか？」

うなずくと、だよな、とノートの新しいページになにか書きつける。僕はあわてて「終わったっていっても、べつに、もう関係ないとか、これでもう忘れたとか、そういうんじゃなくて」と付け加えた。田原さんは、うん、うん、と気のない相槌とともにメモ書きをつづける。

「寂しかったか、机がなくなって」

「ええ……まあ……」

「嘘つくなよ」

ぴしゃりと言われると、黙り込むしかなかった。すべてを見透かされているというのは、こういうことだ。

確かに、あのときは寂しさなど感じてはいなかった。ただ、もうフジシュンの席はなくなったんだと思っただけで、ほっとした気分も、正直に言えば、あった。

「花、毎朝飾ってたんだよな。で、それは日直の仕事だった、と」

「はい……」

「きみもやったんだよな」

指を二本立てた。「花当番」と富岡先生が名付けた二人一組の当番が、二回まわってきて、そろそろ三回目が来るというタイミングで机は片づけられたのだ。富岡先生が学級費と自分のお小遣いで買ってくる花は、僕の順番のときには二回ともコスモスだった。

「どんなことを思いながら、花を飾ったんだ？」

「どんな、って……」

「まさか黒板消しをはたくのと同じ感覚でやってたわけじゃないんだろ？」――イヤミを込めた言い方は、フジシュンの自殺直後と変わらない。

「当番だからしかたなく、だったか？」

「いえ……」

「じゃあ、どうだったんだよ」――問い詰める言い方も、同じ。

「だから、フジシュンの冥福を祈って……」

「嘘つくなって」

田原さんはボールペンをドラムのスティックのようにノートにぶつけながら、「あとから話をまとめて、いい子になるなよ」と言った。「そんなのって、俺、ずるいと思うぜ」

なにも言い返せなかった。「反省の作文と同じじゃないかよ」とつづけて言われると、顔も上げられなくなった。

「まあいいや」

田原さんはペンを持ち直した。「最近のこと、なんでもいいから教えてくれよ」

その頃の——三学期が終わりに近づいた頃の二年三組の様子を、田原さんには話さなかったことから書いておく。

フジシュンの話をすることはずいぶん減った。

あいつの机が教室にあった頃はその話題になるのをはっきりと避けていたのだが、机がなくなり、あいつの欄を二重線で消した出席簿も新しくつくり直されると、やがて、ごく自然に、僕たちの会話からあいつの存在は消えていった。

もちろん、忘れてしまったわけではない。フジシュンのことも、あいつに対して僕たちがやってしまったことも、心の片隅にずっと残っている。ただ、そこに蓋《ふた》ができたのだと思う。最初の頃は無理やり蓋を押さえつけて開かないようにしていたのが、いつのまにか、蓋がぴったりとはまって、放っておいても開かなくなったのだと、思う。

でも、ときどきそれが不安になる。一人になると、蓋をそっと、ほんの少しだけ持ち上げて、貼りついて動かなくなっていないかどうか、確かめたくなってしまう。

あいつはもう死んだ。もういない。あいつのあの顔や、あの姿や、あの声は、もう二度と戻ってくることはない。あたりまえの話だ。あいつが死んで間もない頃には、あらためて考えるまでもなく受け容れていた。でも、この教室で過ごすのもあと何日かになって、三年生のクラス替えについてみんなでしゃべっていると、そこからこぼれ落ちたフジシュンのことがむしょうに気になってしまう。

教室のどこかに、あいつの書いた落書きが残っていないか。誰かのロッカーの中に、あいつの持ち物が紛れ込んでいないか。あいつの机を運び出すときに、なにかの間違いで別の奴の机が外に出されて、じつはあいつの机はいまも教室に残っていて、僕たちは知らずにそれを使いつづけていた、というようなことはないか……。

ひとが死んだあとで形見分けをする意味が、やっとわかった。まだ写真が発明される前のひとたちは、死んだひとをどんなふうに偲《しの》んでいたんだろう、とも思った。

フジシュンの両親は、クラスのみんなに形見分けをしてくれなかった。それはしかたのないことだし、渡されたら渡されたで、みんな困ってしまうだろう。

でも、誰にも話していないことだが、お母さんは、僕には「なにか手元に持っておきたいものがあったらいつでも言ってね、遠慮しないでいいからね。中川さんには貯金箱があるから、ユウくんにもなにか持っていてほしいの」と言ってくれる。僕はうなずくだけで、形見分けをお願いするわけでも断るわけでもなく、そのままにしている。押しつけるように渡されたなら、受け取るだろう。自分の部屋のどこに置いておけばいいのか悩みながらも、捨ててしまうことはないはずだ。でも、自分から「ください」とまで言う気は起きない。それを言ったほうがお母さんは喜ぶだろうな、と思っていても、やはり、言えない。

僕はフジシュンのことを早く忘れ去りたいのか、ずっと覚えていたいのか。ほかの連中はどうなのだろう。みんなは完全に立ち直っているのか、まだなにかを背負ったままなのか、ふだんの様子からはわからない。確かめてみて、「俺も同じ」と言ってもらったら、気が楽になるのか、逆に重苦しさが増してしまうだけなのか、それもわからない。

田原さんに話したのは、三島たちのことだった。自分からではなく、「あいつら、どうなった？」とうながされたのだ。

「まだ荒れてるのか？」

「はい……」

「あのチョロチョロした奴」

「堺、ですか」

「そうそう、堺だ、あいつ、あいかわらずなのか」

少し迷って、まあいいや、と事実をそのまま伝えた。

「三学期になってから、あまり学校に来てません」

「それってどっちなんだ？　学校に行けなくなったのか、行かなくなったのか」

「いまは……」

「行かなくなったんだろうな、どうせ」

うなずいた。堺のことは、田原さんもくわしく知っている。というより、田原さんにも関わり合いのある話だった。

三島や根本を怒らせた堺は、十一月に入ると二人に無視されるだけではすまなくなり、ささいなことで殴られたり蹴られたりするようになった。最初は堺も二人にゆるしてもらおうとして、あいつらが遊ぶための金を差し出していた、という噂だ。それも、千円や二千円ではなく、何万円も——その金をつくるために毎日のように駅前に出かけ、手当たり次第に小学生やおとなしそうな中学生から恐喝をしていた、という噂もある。

二人も、それで機嫌を直した。いままでのように仲間扱いすることはなくても、思いどおりになる子分としてそばにいることぐらいはゆるして、殴り方や蹴り方も、小突いたり尻に回し蹴りを軽くあてたりという程度になっていた。

ところが、十一月の半ば過ぎに発売された『月刊オピニオン』の記事で、堺はまた二人を敵に回してしまった。フジシュンの受けていたいじめの詳細が、田原さんによって〈いけにえ自殺、戦慄の生き地獄〉というタイトルの記事になったのだ。

田原さんは記事が活字になる前に、「間違いがあったらいけないから」と、原稿を僕に確認させた。

いじめの内容はほとんど僕たちの知っているとおりだった。

「そうだろ？　なーんにも目新しいことないだろ？　俺も記者として失格だよなあ」

おどけて落ち込んだ顔をして、こっちの緊張がゆるんだのを狙いすましたように「そこまで知ってて、見殺しにしたっていうことだよな」と低い声で、刺す。田原さんとの付き合いは、その繰り返しだった。

ただ、田原さんの原稿には一つだけ、僕たちの知っている事実と違っていることがある。田原さんは、いじめの首謀者を〈俊介くんの遺書でも名指しされていたMとN〉と書いていた。堺のことには一言もふれていない。

でも、「それでいいんだよ」と田原さんは平然として言った。「遺書には二人しか出てなかったんだから」

「……知ってるんでしょ？　堺のことも」

「ああ、知ってる。やってることは、三島や根本よりもひどかったらしいな」

なのに、あえて書かなかった。「本人からも話は聞いてるんだぞ」と原稿の一節を指差した。

そこには、〈MやNとも親しい同級生〉のコメントとして〈止めようと思ったが、あとでMとNに仕返しされるのが怖くてなにも言えなかった〉とあった。

「これ……堺が言ったんですか？」

田原さんはきっぱりとうなずいて、「テープレコーダーにも録音してるから、なんだったら聴かせてやろうか？」とも言った。嘘ではないのだろう。

「あいつ、自分がいじめたことはなにも言わなかったんですか？」

「逃げたなあ、あいつは。遺書に名前が出てないことだけで、逃げ道が一つできたような気になってるんだ、バカだよなあ。こっちはぜんぶ調べがついてるっていうのに、逃げ切れると思って、俺じゃない、俺じゃない、いちばん悪いのは俺じゃない……ってな」

ほんとにバカだ、と吐き捨てて、「だから、こっちもお望みどおり、堺を『いい奴』にしてやった」とつづけた。

なぜ、そんなことをするのだろう。なぜ、それを僕に話すのだろう。「極悪人がさらにもう一人いました、なんて言わないほうがいいに決まってるだろ、俊介くんの両親にとっても、学校にとっても」――それは嘘ではないにしても、すべてではない、という気がする。

とにかく、『月刊オピニオン』のその記事が出て、三島と根本は再び、十一月の初め頃よりもさらにひどく、堺を痛めつけるようになった。二人だけでなく、なんの関係もないはずの先輩まで加わった。記事に出ていた同級生が堺だというのは、誰が広めたのだろう。田原さんかもしれない。田原さんならやりかねない。遺書のコピーだって、「ああ、あれは俺が貼った」と悪びれもせず言っていたのだった。

フジシュンの遺書に名前が出ていなかっただけなら、堺はまだ運の悪い被害者ですんでいた。でも、あの記事で、はっきりと裏切り者になった。

堺は何度も弁解した。ちゃんと自分の罪は認めたんだ、と泣きながら訴えた。それでもゆるしてもらえない。十二月に入ると、堺は学校を休みがちになった。登校しても朝から保健室に逃げ込むことが増えた。

いけにえは、ここにもいた。そして、僕たちはまた、今度のいけにえも、見殺しにしてしまったのだ。

三学期の始業式、堺はげっそり痩せた姿で学校に現れた。目つきが、ぞっとするほど鋭くなっていた。その目で、三島と根本をにらみつける。憎しみのこもった表情だった。そこには、十二月の頃のようなおびえた様子はなかった。

にらまれた三島と根本の反応も変わった。いままでなら間違いなく堺を殴りとばしていたはずなのに、二人とも気まずそうに目をそらしてしまうのだ。

そこまでの話をメモに書き取った田原さんは、ノートに目を落としたまま「冬休みになにかあったのか」と訊いてきた。「堺が、あの二人よりもっと悪い連中とくっついたとか」

「……噂ですけど、そうです」

冬休みに駅前のゲームセンターで知り合った暴走族に気に入られた、という話だった。暴走族ではなく風俗店の店員だという噂もあるし、ヤクザの組員だという噂もある。どちらにしても三島や根本が太刀打ちできない相手で、その相手に付き合ってもらうために、堺は二人に媚びていたときよりもさらに多額の金を払いつづけている、らしい。

「わかりやすいよなあ、バカなガキのやることは」

田原さんは冷ややかに笑った。「で、堺は仕返ししたのか、三島と根本に」

「いえ……それは、まだ……」

「もうすぐっていう感じか？」

「あの、最近、堺は学校に来てないんで……」

「遊びほうけてるか」

「たぶん……」

「逃げるだけか、あいつら三人とも」

もっと冷ややかに、嘲《あざけ》るように笑って、ようやくノートを閉じてバッグにしまった。

「とりあえず、あさってまではこっちにいるから、なにか訊きたいことがあったら、また電話するよ」

十二月に発売された号では、フジシュンが自殺をしたあとの学校や教育委員会の対応を厳しく批判していた。一月の号では、僕たちの学校が去年から荒れていたことが暴かれ、それを抑えた富岡先生の体罰も〈教師の暴力によって鬱積《うっせき》した生徒の暴力は、陰湿ないじめになって現れたのだ〉と批判された。二月の号で標的になったのは、三島と根本の親だった。取材を申し込んでもずっと断られていること、フジシュンの両親を訪ねようともしていないこと、そもそも放任主義の無責任な育て方をしたせいで息子たちがこんなに悪くなってしまったこと……。

ページ数は最初に比べるとがくんと減り、目次での扱いも小さくなっていたが、今月もこの街に来たわけだから、まだ取材はつづいているということだった。

「次は……なにを書くんですか」

「自分のこと書いてほしいか？」

冗談だと頭では理解していても、胸が高鳴り、背筋がこわばってしまう。

「まあ、今夜、親父さんと呑んでから決めるよ」

胸の高鳴りも背筋のこわばりも、よけい増してしまった。

「親父さんになにか伝言あるんだったら言っといてやるぞ」

僕の返事を待たずに、ははっと笑って、伝票を手に席を立つ。僕も一緒に出ようとしたら、「ジュース、最後まで飲んでいけよ」と言われた。「ひとにおごってもらって、もったいないことするな」

しかたなくテーブルに残ってオレンジジュースを飲んでいたら、ウェイトレスがカレーライスを持ってきた。レジで支払いをするときに田原さんが頼んで、勘定もすませてあるという。

僕にはわからない。田原さんというおとなが、なにを考え、僕のことをどう思っているのか、なにもわからないまま——田原さんが次に僕の前に姿を見せるのは、四年後のことになる。

2

三学期の終業式まであと数日になった日の昼休み、中川小百合さんが二年三組の教室に来て、僕を廊下に呼び出した。

「ちょっと見てほしいものがあるんだけど……」

困惑顔で、まわりの目を気にしながら差し出したのは、図書室の利用カードだった。

二年三組、出席番号二十三番——藤井俊介。

三学期の図書委員だった中川さんは、昨日の放課後、年度末で用済みになる利用カードを整理していた。僕たちの学校では生徒一人ずつに利用カードがつくられ、借り出した本の名前や返却日などを書き込むことになっている。本を一冊借りたらカードを図書室のカウンターに預け、本と引き替えに返してもらい、次の本をつづけて借りないときにはクラス別のボックスにしまっておく、という仕組みだ。

フジシュンのカードは、二年三組のボックスにあった。ほかの図書委員と一緒に整理に取りかかる前に、もしかしたら、と思いついてボックスを探したら、入っていたのだという。

「富岡先生、処分するの忘れてたんだね」

「俺だって……全然考えてもみなかった」

図書室の本を借りることはめったにないし、クラスの整理箱から自分のカードを取り出すときも、他人のカードなど気に留めない。

でも、言われてみれば確かにそうなのだ。フジシュンがいなくなっても、あいつのカードは残る。誰かが気づいて取り出さないかぎり、ずっと箱の中に残りつづけるのだ。

「けっこう、本、借りてたんだな」

カードには二十冊近い本の名前が書いてある。そのほとんどが、『世界の旅』というシリーズものだった。

「藤井くんって旅行が好きだったの?」

「いや、そんなことなかったと思うけど……」

フジシュンの好きなものも嫌いなものも、ほんとうはよく知らない。

「日付、見て」

中川さんに言われて、最後の本を返した日を確かめた。

九月四日──。

土曜日の九月二日に借りた『世界の旅　ヨーロッパ』という本を、月曜日の四日に返して、その日、首を吊って死んだ。

「……本なんて読んでる元気があるんだったら、死ぬな、っていうの」

無理に笑った声は、うわずって震えてしまった。

カードの名前は名簿用のハンコを捺《お》したもので、借りた本の名前や日付はカウンターにいる図書委員が書き込んでいる。どうせならフジシュンの字が残っていればいいのに。ふと思い、そんなことを思うのは初めてだなと気づいて、手に持ったカードからそらした目で自分の足元をにらみつけた。

「これ、藤井くんのお母さんに返してあげたほうがいいかなあ」

中川さんは首をかしげながら言って、僕があいまいにうなずくのを見て、「返さないほうがいい？」と訊いた。

「っていうか、まあ……やっぱり、返したほうがいいと思うけど……」

「黙って捨てちゃう？」

それは、ない。首を横に振った。中川さんも、だよね、とほっとした顔になる。

「じゃあ、富岡先生に渡して、あとは先生に任せる？」

それは、もっと、ない。

僕は咳払いして、声が震えないように気をつけて、言った。

「俺、もらおうかな」

「真田くんが？」

「うん……」

なんで、と訊かれたら、うまく答えられる自信はなかった。

でも、中川さんは少し考えてから、「そのほうがいいかもね」と言った。

驚いて顔を上げた。目が合うと、中川さんはクスッと笑い、「なんとなく、そう言うんじゃないかな、って思ってた」と言ってくれた。

僕は僕で、なんとなく、もしも僕が要らないと言ったら、中川さんが「じゃあわたしがもらう」と言うんじゃないかと思っていた。

安心して、あらためてフジシュンのカードを見つめた。

六月の半ば頃から、途切れることなく本を借りつづけている。ちょうど、三島や根本に堺が加わって、いじめが一気に激しさを増した頃から、ということになる。『世界の旅　アジア』『世界の旅　北米』『世界の旅　中南米』『世界の旅　オセアニア・南極』『世界の旅　アフリカ』『世界の旅　ソ連・東欧』『世界の旅　ヨーロッパ』――まだロシアがソ連だった時代だ。

小説や歴史の本もぽつりぽつりと混じっていたが、何度も借りている本はすべて『世界の旅』で、最後に借りた『世界の旅　ヨーロッパ』も三度目だった。

「中川さん……」

「なに？」

「今日、図書室、入ってもいいの？」

ごめん、と言いかけた中川さんは、自分の言葉を打ち消すように首を横に振った。「いまからなら、なんとかなるけど」

昨日から書庫の整理も始まり、図書室は四月まで利用できない。ただ、中川さんは放課後の書庫整理のために図書室の鍵を預かっているのだという。

ためらいは、ないわけではなかった。

でも、四月まで待ちたくはなかったし、中川さんだけに任せてしまいたくもなかった。僕が自分自身で確かめなければならない。誰に言われたのでも、誰のためでもなく、僕自身のために、そう思った。

「行ってみる？」と中川さんが訊いた。

うなずいて、歩きだした。

中川さんも僕の斜め後ろを歩きながら、「そう言うんじゃないかと思ってた」と言った。「なんとなくだけど」

その頃の中川小百合さんに対する僕の思いは、いま――二十年たって振り返ってみても、不思議なものだった。

好きか嫌いかと訊かれれば、好きになる。でも、その「好き」は、付き合ってみたい、という種類のものとは違う。

一緒にいて楽しいかと訊かれれば、正直に言うと、そんなに楽しさは感じない。でも、一緒にいないときの不安で落ち着かない気持ちを思うと、やはり、一緒にいたほうがいい。

フジシュンの家でお母さんの思い出話に付き合うのを見ていると、かわいそうだな、とは思う。でも、「今日は行かなくていいよ、俺が一人で相手をするから」とは言わない。

たぶん、それは中川さんも同じだろう。

そんな僕たちといちばん似ている二人組は、あるときテレビのサスペンスドラマを観ていて、気づいた。

僕たちは共犯者なのかもしれない。

罪を犯して逃亡する二人組のように、僕たちはつながっている。

でも、僕たちを追いかけてくるのは、誰なんだ――？

誰もいない図書室のテーブルに、『世界の旅』を並べてみた。実際に旅行をするためのガイドブックというより、世界の観光名所をカラー写真で眺めて楽しむための、大判の写真集シリーズだった。

「フジシュンって、国語が苦手だったから、字が少ない本のほうがいいんだよ」

わざとふざけて言ってみたが、中川さんは笑ってくれなかった。

「でも……すごいな、なんか」

今度は本音。中川さんは、黙ってうなずいた。

実際、七冊の『世界の旅』が並んだ光景は壮観だった。アメリカの自由の女神、パリの凱旋門、エジプトのピラミッド、蛇行するアマゾン川の空撮写真、赤茶けたオーストラリアの大平原に、中国の万里の長城、モスクワの赤の広場とクレムリン宮殿……。それぞれの巻の表紙の写真を眺めるだけで、確かに世界旅行をしている気分になる。

「これって、ほかの奴らもけっこう借りてるの？」

「そんなことない。持って帰ると重いし、かさばるし」

「だよな……」

「だから、たまたま暇つぶしに選んで借りて帰ったんじゃなくて、藤井くん、どうしても読みたかったんだと思う」

それも、全巻。繰り返して何度も。

「なに考えて読んでたんだろうな……」

中川さんの返事はなかった。だから、きっと彼女も僕と同じことを思っていたのだろう。

僕たちは『世界の旅』を挟んでテーブルに向かい合わせに座り、近くにある巻から手に取って、ぱらぱらとめくっていった。

フジシュンの気持ちになって――そんなのは無理なことだし、それを探るつもりもなかった。ただ、フジシュンは学校で逃げ場所のないいじめを受けていた毎日に、家に帰るとこの本を読んでいたんだ、と嚙みしめた。

体は逃げられなくても、心だけでも遠くに逃げ出したかったのだろうか。

ここではないどこかに旅立ってしまいたかったのだろうか。

お金さえあれば、もっとおとなだったら、あいつは、自殺ではなく家出を選んだのだろうか。

「ねえ、ちょっと」

中川さんが僕を呼んだ。

ルーズリーフが一枚、フジシュンが最後に借りた『世界の旅　ヨーロッパ』に挟まっていた。

〈世界一周ツアー（決定版）〉とシャープペンシルでタイトルが書いてある。

日本を出発して、まずオーストラリアに渡る。シドニーのオペラハウスから、グレートバリアリーフ、タスマニアを巡り、ハワイを経由して、アメリカのロサンゼルス、ラスベガス、グランドキャニオン、五大湖、ナイアガラの滝、ニューヨーク……。

矢印で結んだ行き先が小さな字でぎっしり書いてある。

「この字……藤井くん？」

うん、と僕は言った。あいつの字は「ツ」と「シ」の区別がつけづらい。点々を、どちらも横に並べて書いてしまうから。それでわかった。

「いっぺんに書いたんじゃないよね」

だってほら、と中川さんは紙を指差した。「字の太さとか濃さが途中で何度も変わってる」

「『決定版』っていうのも、最後に書いたのかもな」

「そうかもね……」

「世界一周ツアーが最後まで完成したから、死んじゃったのか、あいつ」

中川さんはなにも応えず、首を小さく横に振った。違うよ、と返したのか、そうではない意味を込めていたのかは、わからない。

北米大陸を回ったツアーは、南米大陸を南下して、パタゴニアからアフリカへ、アフリカを細かく巡りながら北上して、中東からアジアに移る。ユーラシア大陸をいったん東の端まで横断したあと、シベリア鉄道で今度は東から西へ渡る。ヨーロッパの各地を巡って、最後はスウェーデン――『スクーグスチルコゴーデン』とあった。

聞いたことのない名前だった。

「ここって、有名なのか?」

「わたしは知らなかったけど……」

紙が挟んであったのが、まさにそのスクーグスチルコゴーデンを紹介したページだった。

『森の墓地』という意味らしい。ストックホルム郊外の森がまるごと墓地になっていて、礼拝所や火葬場もある。解説文によると、世界的に有名な建築家が設計して、風景と墓地との調和は芸術作品とさえ呼ばれているのだという。

芝生の丘に、大きな十字架が立っている。

青空を背景にしたその十字架は、色は沈んだ灰色だったが、サイズが大きいからか、よけいなレリーフや装飾がなにもないからなのか、墓地に立つ十字架とは思えないような明るい雰囲気だった。それでいて、まわりになにもない丘のてっぺんなので、ぽつん、とひとりぼっちの寂しさもある。

ヨーロッパの教会の十字架はテレビで何度か観たことがある。僕たちの街にもキリスト教の教会はいくつかあって、その屋根には十字架がそびえている。

でも、『森の墓地』の十字架は、僕の記憶の中にあるどの十字架とも違っていた。

十字架って、こんな形だったっけ——？

つい、そんなことまで思ってしまった。

「ふつう、こんなところ、ゴールにしないよね……」

ぽつりとつぶやく中川さんの顔は、いまにも泣きだしそうになっていた。「もっとにぎやかで、派手なところにすればよかったのに」——無理してつづけたのだろう、顔よりも声のほうが先に涙ぐんでしまった。

僕はあわてて声を張り上げた。

「だいたい、これ、全然世界一周になってないじゃないかよ。日本を出発してスウェーデンでゴールだったら、一周にならないだろ」

なあ、中川さんもそう思わない、絶対おかしいよなあ、と無人の図書室に響きわたる声でつづけた。腹から声を出さないと、僕まで泣いてしまいそうだった。

世界一周の旅は出発点に戻ってこなければならない。必ず帰ってくるのが旅だ。でも、あいつは戻ってこなかった。帰ってくることのない、行ってしまったきりの旅を選んだのだ。

「でも……ゴールって、書いてない」

中川さんはハナを啜って言った。「ほんとは、もっと、つづき、あったのかもしれない」

「ないよ」

僕は言い切った。胸に浮かぶいろいろな思いを振り払って、一つだけ、残した。

フジシュンは『森の墓地』をゴールに決めていた。丘の上の十字架が終着点になるような旅をしよう、と考えていた。死ぬつもりだったのだ、もう、ずいぶん前から。だから、僕たちがなにをどうしようと、あいつの自殺を止めることはできなかった。死にたかったのはあいつの意志だ。個人の自由というやつだ。よけいなおせっかいをしてもしかたないことだった。強引でも、身勝手でも、そう決めつけてしまいたかった。

「じゃあ、なんで挟んでたの？　つづきを書こうと思って、今度また同じ本を借りるつもりで、挟んでたんだと思わない？」

「違うよ、絶対に違う。あいつ、バカだから忘れてたんだよ。挟んでたのを忘れて、返しちゃったんだよ。それだけだよ。あいつ、ガキの頃から、すごい忘れ物多かったもん。ぼーっとしてるんだよ、ほんと、バカなんだよ……」

必死に言った。でも、中川さんはテーブルに突っ伏して泣きだしてしまった。

僕は自分の目に浮かんだ涙を制服の袖で乱暴に拭い、ばたばたと音をたてて本を片づけて、

「これ、俺が預かっとくから」と世界一周の紙を持って、そのまま図書室を出て行った。一緒にいないほうがいい。この紙は中川さんに持たせないほうがいい。中川さんも、突っ伏したまま、

なにも言わなかった。

僕はまだ、知らなかった。中川さんが、あの日フジシュンから電話を受けていたことを——その電話をそっけなく切ってしまったことへの後悔を、胸にずっと隠し持って、一人で苦しんでいたことを、僕はまだ、なにも知らなかったのだ。

3

図書室の利用カードと世界一周のことは、フジシュンの両親には話さなかった。隠したというより、それどころではない騒ぎが数日後に持ち上がってしまった。

僕たちが書いた反省の作文が、『月刊オピニオン』に掲載された。

そもそもは、あのひとに門前払いされたはずの作文だった。それを富岡先生が、三学期に入ってフジシュンの家をあらためて訪ね、とにかく生徒の気持ちだけでもお伝えしたいので、と頼み込んで置いて来た。でも、あのひとは僕たちをゆるそうと思って受け取ったのではなかった。『月刊オピニオン』の最初のインタビューで語った「ひとの命の重さは、作文では書けないでしょう」という言葉を忘れていたわけでもなかった。田原さんとの話が先についていたのか、あとからだったのか、とにかく僕たちの作文は田原さんに渡され、書き手の名前は伏せられたまま活字になって、〈空虚な言葉の羅列〉と切り捨てられてしまったのだ。

実際、記事には十人近い生徒の作文が抜粋されて載っていたが、それが誰の文章なのか、僕たち自身にもわからないほどで——そこがつまり、〈空虚な言葉の羅列〉ということなのだろう。

僕たちだって、作文を書いてゆるしてもらえるとは最初から思っていなかった。なにを書いても〈空虚な言葉の羅列〉にしかならないことは、僕たち自身がよくわかっていた。門前払いされたときには、かえってそのほうがよかった、とみんなで言っていたし、三学期に入ってようやく受け取ってもらっても、喜んでいるのは富岡先生だけだったのだ。

それでも、まさか、こんな仕打ちを受けるとは思わなかった。みんなはただ愕然としていた。記事を書いたのは田原さんで、活字にして全国に流したのは『月刊オピニオン』でも、僕たちには、あのひとが作文をマスコミに渡したことのほうがずっとショックだった。

裏切られた、と誰かが言った。女子の中には泣きだした子も何人かいたし、男子でもまじめな奴のほうが怒っていた。

あのひとは「被害者」だったはずなのだ。どんなに憎まれても、恨まれても、しかたない。理屈では覚悟していて、でも心のどこかでゆるしてもらいたくて、だからこそみんな、悲しくて、悔しかったのだろう。

学校側は対応に追われた。編集部に抗議して、田原さんにも抗議して、春休み中に臨時に開いた全校集会では「きみたちは間違っていないんだから、みんなが心から反省していることは、先生方はちゃんと知ってるんだから」と校長がくどいほど繰り返した。

あのひとに対しては、どうだったのだろう。富岡先生がフジシュンの家に怒鳴り込んだという噂もあったし、『月刊オピニオン』にまたよけいなことを書かれるのを恐れて泣き寝入りしたという噂もあったが、ほんとうのところは誰にもわからなかった。

ただ、ウチのおふくろが教えてくれた。二年三組の保護者会では、あのひとをかばう声はいっさい出なかったのだという。僕たちよりも、学校よりも、親が怒っていた。

「あたりまえじゃない。みんなの気持ちを踏みにじるようなことして。非常識にもほどがあるでしょ。藤井くんもあんなお父さんだから自殺しちゃったんだって、みんな言ってるわよ」

僕たちも最初のショックが薄れると、もういいや、という気になっていた。「向こうがあんなことするんだったら、これでもう、おあいこだよな」——ほっとしていた。

ようやく「被害者」になれた。二年三組の生徒も、親も。同じ「被害者」になってしまえば、もう負い目を感じることはない。

フジシュンのお母さんはクラス全員の家に電話をかけて、記事のことを謝った。

でも、どの親の反応も冷ややかだったらしい。

おふくろも、そうだった。

「お母さんは気の毒だと思うけど……いままでだって、みんな好き勝手なことを記事にされても我慢してたんだから、もう限界よ。お父さんがそこまでみんなを恨んでるんだったら、こっちだって言いたいことは山ほどあるんだからね」

フジシュンは自分から死を選んだ。殺されたわけではない。

「だって考えてみたら、あの子がいじめのことを先生に相談してれば、あんなことにはならなかったわけでしょ？　息子は言わなきゃいけないことを言わずに勝手に死んで、お父さんは言わなくてもいいことまでマスコミにべらべらしゃべって、なんなの、あの家は」

憤然としてまくしたてたあと、おふくろは、「……って、みんな言ってるんだから」と付け加えた。

『月刊オピニオン』の記事は見開きで二ページしかなかったし、作文そのものより「心の教育」の必要性を説く教育評論家のコメントのほうが主役の構成だったので、結局、心配していたほどの大きな問題にはならなかった。

あの記事は、結局、フジシュンの両親を悪者にしてしまっただけだったのだ。

健介くんのことを書いておく。

ほんとうなら四月から僕たちの学校に入学するはずだった健介くんだが、隣の学区の中学に通うことになった。

『東洋日報』の本多さんがいろいろと動いて市の教育委員会に特例を認めさせたのだと、中川小百合さんが教えてくれた。

「お母さんが、どうしてもあの学校には行かせたくない、って言ったんだって」

春休みに入って、急にそう言いだしたらしい。

「もし無理やり入学させるんだったら、毎日学校に行って、健介くんがいじめられてないかどうか見張るから、って。本多さんもその気持ちはわかるから、新聞社の偉いひとにも頼んであげたみたい」

「でも、それ、ケンちゃんは……いいって言ってるのか？」

「言ってるみたい」

中川さんは「ほんとうの気持ちがどうなのかは、わからないけどね」と付け加えた。

「新しい学校、友だちなんかいないだろ」

「うん……」

「そっちのほうがいじめに遭うんじゃないか?」

「そうかもしれないけど、とにかく、ウチの学校に行かせるよりはましだから、ってことなんじゃない?」

悔しさとも悲しさとも、もどかしさともつかない思いに包まれて、僕は「俺らの代が卒業したあと、また転校してこっちに来たりして」と笑って言った。

中川さんは「そうかもね」と寂しそうに微笑んで応え、もっと寂しそうに「家族全員の人生を変えちゃったんだね……」とつづけた。

「ひどいよな、フジシュンも」

違うよ、と中川さんは言った。「人生を変えちゃったのは、やっぱり、わたしたちなんだよ」


四月になった。

富岡先生は教育委員会勤務になり、校長も別の学校に転任した。僕たちは三年生になって、もとの二年三組の教室には、新しい二年三組が入った。

三島と根本と堺は、ばらばらのクラスになった。僕と中川小百合さんも同じクラスにはならなかった。フジシュンの自殺にかかわり合いを持ってしまった五人は、学校側の思惑があったのかどうか、五つあるクラスのそれぞれにきれいに分かれてしまったのだ。

四月の終わりに発売された『月刊オピニオン』には、田原さんの記事はなかった。三月に会って以来、連絡もない。五月の号にも僕たちのことは出ていなかった。田原さんからの連絡も途絶えたままだった。

最後までしつこく記事にしてきた『月刊オピニオン』が手を引いて、〈いけにえ自殺〉の報道はやっと終わった。

そして、僕たちの毎日からも、フジシュンのことは急速に遠ざかっていった。


「フジシュンの一周忌、どうするんだろうな」

元二年三組の宮村が、ふと思いだしたように言った。六月――雨の降るグラウンドを教室の窓からぼんやり眺めながら、外で遊べない退屈な昼休みを過ごしていたときのことだ。

フジシュンの名前を学校で聞くのはひさしぶりだった。その頃は、もうあいつのことは「ふと思いだしたように」や「なにかのきっかけで」という形でないと話題に出なくなっていた。

「葬式のときみたいに俺らも行かなきゃいけないのかなあ。ユウ、どう思う?」

「……全員ってことはないんじゃないか?」

「だよなあ。元二年三組がその日だけ集まるのって、なんかヘンだもんな」

「それに富岡先生もいないし」

「そうだよな、やっぱりヘンだよな、そんなの」

うなずいた宮村は、「代表で誰か行くんだったら、ユウで決まりだな」と笑った。「親友なんだもんな」

軽い言い方だったので、僕も軽く「俺、その日は休むから」と笑い返した。

二年生の頃は、みんなもなるべく「親友」の話には触れないようにしてくれていた。でも、いまは冗談のネタになっている。

あっけなかった。

二年生の終わり頃の微妙な重苦しさが嘘のように、三年生になった僕たちはフジシュンがいないことをすんなりと受け容れた。僕たちが特別になにか考え方を変えたというわけではなく、フジシュンのほうからごく自然に、同じペースで走っているマラソンの集団から脱落するように、忘れられていった。

「代表が行くんだったら、中川小百合もユウと一緒ってことだよな」

「うるせえなあ」

「なあ、おまえらほんとにデキてるの？」

「違うって、なに言ってんだよバーカ」

「記者会見するか？」

マイクを差し出す真似をする宮村の肩を、笑って小突いてやった。

中川さんのこともそうだ。僕と彼女が廊下で話していると、男子の奴らは、ふつうにからかってくる。女子もふつうに、友だち同士で耳打ちしながら、意味ありげに笑ってくる。もしかしたら、「なんであの二人、くっついてるんだっけ？」と、そもそもの始まりさえ忘れてしまった奴もいるかもしれない。

宮村は大げさに肩をさすって痛がりながらも、くじけずに中川さんとの話をつづけた。

「いつもなにしゃべってるんだよ、二人で」

「部活のこととか、適当なことだよ」

「だって、あいつテニス部だろ。サッカー部と関係あるのかよ」

「どっちもキャプテンだから、いろいろあるんだよ、キャプテン同士」

嘘をついた。どんなに学校でフジシュンのことが遠ざかってしまっても、僕と中川さんはみんなと同じようにあっさり忘れてしまうわけにはいかない。マラソンの集団から脱落してしまったフジシュンの居場所を、走りながら何度も振り向いて確かめる。あいつは集団からずいぶん遅れてしまい、追いつく気配はない。でも、まだ、視界の中には入っている。コースはどこまでもつづく一本道で、あいつの姿は、やがて豆粒のように小さくなったとしても、きれいに消え去るには、まだだいぶ時間がかかるのだろう。

だから僕たちは、ときどき小声で話す。四月になってから、フジシュンのお母さんから「遊びに来ない?」という誘いはなくなった。それが、心配というのではないのだがむしょうに気になって、「なにか変わったことあった?」「どうする? 一回こっちから電話してみる?」と、結論の出ない話をつづけているのだった。

「でも、おまえと中川がほんとにデキちゃったら、フジシュンのおかげってことになるんだよなあ……」

宮村はしつこい。長梅雨で雨がつづいて、よほど退屈して、暇つぶしの話題に困っているのだろう——という扱いにすぎなくなっていたのだ、その頃のフジシュンは、もう。

「あいつ、どうなんだろうな。ユウと中川がくっついてるの、うれしいのかな、悔しいのかな」

「知らねえよ、そんなこと」

「嫉妬して、化けて出てきたりして」

相手にするのが面倒になって、さっきより強く、半分本気で肩を小突いてやった。宮村の痛がり方も、今度は本気だった。

去年のいまごろは僕より宮村のほうが少し背が高かったが、いまは追い抜いた。一年間で十一センチ、フジシュンが死んでからでも七センチも背が伸びた。

フジシュンと会ったら見下ろすような感じになるのかもしれない、と思いかけて、でもあいつだって少しは背が伸びてるかもな、と気づいた。何センチぐらいだろう。小柄な奴だから、せいぜい二センチか三センチ、いや、意外とここで一気に成長期を迎えて五センチぐらいは……と想像してみたが、うまくいかない。

廊下のほうの席にいた友だちから名前を呼ばれた。振り向くと、二年生のサッカー部員が戸口で頭を下げて挨拶した。雨でグラウンドが使えないので、今日の練習メニューを訊きに来たのだろう。こっちも宮村の話を切り上げる口実ができた。

じゃあな、もう一方の肩をついでに小突いてやってから廊下に向かいながら、あの二年生よりフジシュンは背が高かったかな、どうだったかな、と思った。

同級生よりも、二年生と比べたほうが、イメージしやすい。マラソンの集団から脱落するというのは、そういうことなのだろう。

七月に入っても、フジシュンのお母さんからの連絡はなかった。

三月までは折りに触れて声をかけていた二年三組の保護者会も、そもそも二年三組がなくなってしまったわけだし、やはり『月刊オピニオン』のこともあって、すっかり疎遠になってしまったらしい。

「それに、いつまでもべたべた付き合ってると、かえって悲しみが消えずに迷惑かもしれないしね。弟さんもいるんだし、気持ちを切り替えることも大事でしょ」

おふくろの言いぶんは、わからないでもない。

ただ、元二年三組の友だちから聞いた親同士の会話は、もうちょっと根が深かった。

高校受験のことを心配している親が何人もいるのだという。

元二年三組の「見殺しクラス」にいたということが、受験で問題になったら――。

私立の推薦入学だけでなく、県立や市立高校を受験するときにも、それがマイナスになってしまうかもしれない――。

内申書にそのことが書かれるのかどうか、担任の先生に直接尋ねた親もいたらしい。

僕たちは、生徒も親も、なにか間違っているのだろうか。それとも、なにも間違っていないのだろうか。

答えは、おとなになったいまもわからない。

自分が親になって、いっそうわからなくなってしまった。

4

夏休みも半ばを過ぎた頃、おふくろがフジシュンのお母さんの噂話を街で聞いてきた。

市内でいちばん大きな市立病院のロビーで、お母さんを見かけたひとがいる。パジャマや寝間着ではなかったので入院しているわけではないようだったが、ベンチに座った姿は、最初は別人ではないかと思ったほど老け込んで、体が小さくなっていたのだという。

「まだ四十になったかならないかのはずだけど、なんかもう、おばあちゃんになりかかってるような感じだった、って……」

おふくろもさすがに心配そうだった。

「そのひと、話はしたの？」と訊くと、「話しかけると悪いような気がして、そのまま外に出ちゃったんだって」と言う。

「そんなの意味がないじゃない」

「お母さんに怒らなくてもいいでしょ」

「……なんの病気かも、わからないの？」

「だってロビーは、どこの科も一緒だから」

体よりも心のほうが心配だった。

おふくろも僕と同じことを考えていた。

「やっぱり、精神的なものとか、いろいろあるのかもね。ああいうのって、身内が亡くなったすぐあとは気が張ってるからいいけど、少し落ち着いてから出てくるものみたいだし……」

お母さんだってわからないわよ、更年期障害とか大変なんだから、あんたもしっかりしてくれないと、とつづく小言を受け流して、自分の部屋に入った。

中川小百合さんは、このことを知っているのだろうか。電話をかけて確かめたいし、知らなかったら教えてやりたいが、電話のある居間にはおふくろが居座っている。

サッカー部は七月の終わりにおこなわれた県大会予選で負けて、僕たち三年生は引退していた。中川さんの率いるテニス部も県大会へは進めなかった。夏休み中に会う唯一の接点がなくなってしまったわけだ。

塾に行くか、と決めた。中川さんは今日も夏期講習で夕方六時まで塾にいるはずだ。塾の入っているビルの前で待っていれば会えるだろう。

こんなことになるのなら、僕も講習に申し込んでおけばよかった。県大会ベスト8を目指していたサッカー部がまさか市の予選で負けるとは思わず、おふくろにぶつぶつ言われながらも、「夏休みは練習で大変なんだから、そんな時間ないって」と申し込まなかったのだ。

最後の試合は、悔しさだけが残った。勝ち越しのチャンスのフリーキックを失敗してしまった。悪いのは蹴った僕だ。でも、その前に相手チームの選手が近寄ってきて、審判には聞こえないように「おい、今度は誰を見殺しにするんだ?」と言ったのだ。僕たちの中学が試合相手に決まってから、いちばん効果的なタイミングをずっと狙っていたのだろう。

同点で迎えたPK戦はもっとひどかった。僕たちがボールをセットするたびに、相手チームの応援席から、ベンチに入れない一年生や二年生が「見殺しーっ!」「人殺しーっ!」とヤジを飛ばした。審判が注意してヤジは収まっても、どの選手も心の動揺は立て直せなかった。

PK戦で負けが決まったあとに流した悔し涙の半分は、試合に負けたことに対してだったが、残り半分は違った。

俺たちは、こんなふうにずっと「フジシュンを見殺しにした奴ら」と言われつづけなければならないのか――。

それがたまらなく悔しかった。

ふるさとの街の狭苦しさが嫌になった。

高校を卒業したら絶対にこの街を出よう、と真剣に思ったのは、そのときが初めてだった。


中川さんはフジシュンのお母さんの病気のことは知らなかったが、僕が思っていたほどは驚かなかった。顔はびっくりしていても、やっぱりそうなっちゃったのか、とすでに覚悟していたような表情でもあった。

本多さんから何日か前に電話がかかってきたという。

「お盆のこと、藤井くんのお母さんからなにか連絡あったかどうか訊かれたんだけど」

「あったの？」

「なにも……真田くんには？」

「俺も、ないけど……」

「初盆なんだよね、今年のお盆は」

そのことは僕も思っていた。来てほしいと言われたら困ってしまう。でも、なにも連絡がないのも、やはり落ち着かない。

ビルの前で話していると講習を終えて外に出てきた連中がからかってくるので、行こうぜ、と自転車のペダルを踏み込んだ。中川さんも、どこに、とは訊かずに自転車でついてきた。

歩くのとは違って、自転車はスピードもあるし、前を向いていなければならないので、かえって話しやすい。

「それでね……」と話を切り出す中川さんの声も、いつもよりすんなりと出ていた。

本多さんは、最近のお母さんの様子も中川さんに訊いてきた。なんの連絡もないと答えた中川さんは、こっちから電話をしたほうがいいのかどうか訊き返した。

すると、本多さんは「どうだろうね……」と煮え切らない様子で言った。

お母さんは喜ぶかもしれないし、喜ばないかもしれない。

「親父さんのほうじゃなくて？　お母さんが喜ばないかも、って？」

意外に思って僕が訊くと、中川さんは「わたしも同じこと訊いた」と苦笑した。「お母さんが喜んでくれるっていうのは、絶対間違いないと思ってたから」

「だよなあ……」

「でも、本多さんに言われて、そうかも、って思った」

四月に入って間もない頃、お母さんは本多さんに寂しさを訴えていたらしい。

俊介の思い出が尽きてしまった——。

確かに、生まれた日のことからさかのぼってお母さんから聞かされたフジシュンの思い出は、もう小学校卒業まで行き着いていた。二月に会ったときには、以前に聞いた話を繰り返すようにもなっていた。

「あとは中学に入ってからの話になるんだけど……やっぱり思いだしたくないよね、そこから先のことは」

「うん……」

「お母さん、本多さんに言ってたんだって。たった十四年しかない人生って、ほんとうにむなしい、って。思い出話があっという間に終わっちゃうのが、悲しい、って」

わかるような気がする。

「あとね、お母さん、こんなことも言ってたって。十四年間生きてきた俊介の思い出は、十四年間かけてしゃべらないといけないのに、それができないのが情けなくて……なんで、ぜんぶ覚えててあげなかったんだろう、って……」

そんなの無理に決まってるじゃないか、と思わず言いかけたが、口をつぐんだ。お母さんのその気持ちも、まったくわからないというわけではなかったから。

「考えてみれば、藤井くん以外のみんなは、ずっと生きてて、毎日毎日、思い出が増えてるんだよね。真田くんも、わたしも、これからずーっと、新しい思い出が増えていくんだよね」

すでにフジシュンが死んだあとの思い出もたくさんある。つまらないことだったが、あいつは修学旅行にも行けなかったんだなあ、と不意に思った。あいつのできなかったことを僕たちはこれからどんどん体験して、あいつが見られなかったものをたくさん見て……そうだ、あいつは校舎の三階からの景色すら見ることができなかったんだと、また不意に思った。

「真田くん、背が伸びたでしょ」

「うん……」

「わたしも、部活を引退したから、もうちょっと髪を伸ばそうと思ってる。高校生になったら制服も変わるし、友だちとか、趣味とか、世界がぜんぶ変わると思う。そういうのって、お母さんは見たくないよね……」

本多さんは、こんなことも中川さんに言っていた。

亡くなったわが子のぶんも友だちには幸せになってほしい――というのは、嘘だ。

「嘘っていうか、いくら頭ではそう思ってても、本音の本音は違うんだって。それはそうだよね、自分の子が死んじゃったあとは、誰がどうなろうと関係ないし、逆に、みんな幸せになってるのに、なんでウチの子だけ死んじゃったんだ、とか……思うよ、わたしだって」

本多さんが取材した事件にも、そんなものがあった。公園で遊んでいる幼児に若い女が近づいて、いきなりその子を抱き上げて、地面に叩きつけようとした。そばにいた母親があわてて止めて事なきを得た。犯人は赤ん坊を不慮の事故で亡くした母親で、幸せそうに遊んでいる子どもを見ているうちに憎しみが湧いてきたのだという。本多さんが新聞記者になりたての頃の事件だ。

「そのときはすごいショックを受けたんだけど、いまならわかる、って。藤井くんのお母さんを見てたら、その犯人の悲しみもわかる気がする、って」

ずしんと重いものが背中にのしかかった。それを払い落としたくて、「俺らもフジシュンの母ちゃんに殺されたりして」と、ふざけて言った。

中川さんは笑わなかった。

「そういう逃げ方って、やめようよ」

自転車のブレーキの音と一緒に「じゃあね」とも言った。

僕はブレーキをかけずに、いちばん手前の角を曲がった。後ろを振り返るのが怖かった。

結局、フジシュンの両親は初盆にも一周忌にも僕たちをよばなかった。

学校の関係でよばれたひとは誰もいなかったし、新任の校長が一周忌に供花を送ろうとしたら、親戚のひとから断りの連絡があったのだという。

フジシュンの命日に、僕は図書室から『世界の旅　ヨーロッパ』を借りてきた。『森の墓地』の十字架の写真を、自分の部屋でじっと見つめた。窓の外がまだ明るかった頃から、陽が暮れて解説文が読めなくなるまで、時間の感覚をほとんどなくしたまま、ひとりぼっちの十字架と向き合っていた。

なにを考えていたのか、わからない。なにも考えず、からっぽになっていたような気もする。本を閉じる前に、机の中からフジシュンの書いた世界一周の紙を取り出して、十字架のページに挟んだ。そのまま返却するつもりだった。あいつがうっかり忘れたのではなく、紙を挟んでおきたかったのなら――世界一周の旅を想像するという旅を、そこで終えたかったのなら、そのとおりにしてやりたかった。

中川小百合さんも、自分の部屋でフジシュンの命日を過ごした。十五歳の誕生日の家族のお祝いは、二日前の日曜日にやってもらった。そのほうがゆっくりケーキを食べられるから、という理由をどこまで信じていたかは知らないが、両親はなにも言わずに、九月四日は彼女の希望どおり「おめでとう」は口にしなかった。

あとで知った。

その日、中川さんは手紙を書いていた。フジシュンの電話をそっけなく切ってしまったことを謝って、冥福を祈る手紙だった。

ごめんなさい、と書いた。生まれ変わってきたら今度は幸せになってください、と祈った。

便箋を折りたたんで、フジシュンからもらった貯金箱に入れようとした。でも、お金を入れる穴の横幅が狭すぎた。さらに折りたたむと、今度は嵩《かさ》が増して、やはり穴を通らない。しかたなく、思いは伝わるはずだから、と便箋を小さくちぎって貯金箱に入れた。

「せっかくポストの形してるのに、意味なかったの」――寂しそうに笑って教えてくれたのは、ずっとあとになってからのことだった。

5

その日、僕はむしょうにいらいらしていた。十一月の終わりの日曜日だった。朝から自分の部屋にこもって、週明けにおこなわれる模擬試験のための勉強をしていた。受験勉強のペースが上がらない。十月の模擬試験では、ずっと男子のベスト10に入っていた順位が、初めて、しかも一気に、二十番台にまで落ち込んでしまった。夏休みまでは「合格確実」だった第一志望の県立東ヶ丘高校も、いまは「十分有望」レベルだろう。三十番台だとボーダーラインになり、志望校の変更も考えなければならなくなる。

あせる。でも、どこからどう手をつければいいのかわからない。受験勉強に本格的にとりかかるのが遅れた。おふくろは塾の夏期講習を受けなかったことを、いまになってまたぶつくさ言うようになり、親父は僕の顔を見ると「勉強しろよ」としか言わなくなった。おふくろに言われなくても夏期講習のことは僕自身が誰よりも悔やんでいるし、親父の「勉強しろよ」を聞くたびに、せっかく湧いてきたやる気も失せてしまう。

走りたい。グラウンドを思いきり走りまわりたい。サッカー部を引退してから体が重い。家に帰ってからちょっと近所をランニングしようとしても、おふくろに「そんなことやってる暇ないでしょ」と言われてしまう。しかたなく、放課後に少しだけ、二年生のチームのコーチという口実で練習に顔を出している。

でも、日曜日はそれすらできない。金曜日の夕方からずっと、家の外に一歩も出ていない。

もううんざりだ、とペンを置いた。机の上の参考書やノートを、手でなぎ払うように床に落とした。それだけでは気がすまず、ベッドの枕をつかんで壁に放り投げた。まだ足りない。このままだと窓のガラスぐらい割ってしまわないと収まりそうにない。

スタジャンを着て部屋を出た。居間にいる親父とおふくろには玄関から「コンビニに行ってくる」とだけ言って、返事を待つと面倒なのでそのまま外に出た。

夕方の風は肌寒かったが、まだ空は明るい。

ちょっとだけ、ほんとうに軽く、近所をぐるっと一周だけ……自分に言い訳していても、自転車は家に帰るなら曲がらなければいけない四つ角をどんどんまっすぐ進んで、家から遠ざかる一方だった。

気持ちがずっとすさんでいた。自分でもわかる。サッカー部の練習に出るのも、ほんとうは運動不足の解消などという理由からではなかった。走っても追いつけないパスを出して罵声《ばせい》とともにボールを拾いに行かせたり、至近距離からシュートのような強いパスをぶつけたり、試合ならレッドカードになるラフプレーをしたり……。

後輩が文句を言えないのをいいことに、ひどいことばかりしている。というより、ひどいことを、したい。後輩がかわいそうでも、自分で自分が情けなくてもかまわない。僕は、後輩をかわいそうな目に遭わせたいのだ。ずるくて、ひきょうで、弱くて、情けないことを、したくてしょうがないのだ。

去年のいまごろは立場が逆だった。引退した三年生にしょっちゅう練習の邪魔をされ、ムッとしたら生意気だと言って殴られた。そのときは三年生を心底軽蔑したものだが、いまならわかる。先輩たちは、後輩から軽蔑されるようなことだからこそ、やりたかったのだ。

国道の交差点を、家とは反対側に曲がった。

自分のやっていることは、いじめと同じだ——と気づいたのは、つい最近だった。

いじめは悪い。わかっている。いじめをするのは弱虫の卑怯者だ。わかっている。それでも、誰かを、なにかを、踏みにじってしまいたい。

三島や根本もそうだったのだろうか。堺も同じだったのだろうか。

あいつらは三人とも、どんどん悪くなっていった。もう学校にはほとんど来ていないし、たまに来てもすぐに仲間がバイクで校門まで迎えに来て、ついでにグラウンドをバイクで乗り回して、どこかに行ってしまう。先生たちも、なにもしない。授業の邪魔をされたり暴力をふるわれたりするよりはましだと考えているのか、どうせあと半年足らずで卒業だからと思っているのか、富岡先生のいなくなった学校は、見て見ぬふりが上手な先生ばかりになった。

でも、三人は仲直りしたわけではなかった。三島と根本は、堺のいるグループとは別の連中と付き合っていた。それで奇妙なバランスがとれた。お互いに手出しができなくなった。すれ違うときに舌打ちし合うのがせいぜいだった。

しかも、あいつらは学校の外に楽しい世界を見つけたので、いらだちを教室で解消する必要はなくなった。

富岡先生に教えてやりたい。

先生、いまのウチの学校には、いじめはありませんよ――。

先生が去年、三島と根本を押さえつけて外に遊びに行かせなかったのって、なんの意味があったんでしょうか――。

最初から放っておけば、ひょっとして、フジシュンはいけにえにならずにすんで、死ななくてよかったんじゃありませんか――？

短くても急な坂道を、サドルから尻を浮かせて一気に上りきると、視界が開けた。

川に出た。土手道を、川上に向かって進んだ。

なぜそこへ行くのか、そこへ行ってなにをしたいのか、理由は胸の中のすぐそこにありそうな気がするし、逆に、それは見せかけの理由で、ほんとうの理由はどんなに手を伸ばしても届かないところにあるんじゃないか、とも思う。

とにかく、僕はそこに向かう。気がつくと向かっていた、とは言わない。途中からはっきりと、そこに向かうんだ、と決めていた。

しばらく土手道を走って、自転車を停めた。ひさしぶりに見るフジシュンの家の庭は、柿の木の梢にいくつか残った実が夕暮れと同じ色に熟していた。

居間の窓に明かりが灯っている。カーポートに車があるので、あのひとは家にいるのだろう。

台所の窓は暗い。お母さんは居間にいるのか、それとも、奥の部屋で休んでいるのだろうか。お母さんの噂話は、市立病院で見かけた話を最後に途絶えていた。本多さんによると、入院したり寝込んだりというほどではないが、秋になっても調子はよくないのだという。それは体の調子なのか、心の調子なのか、中川小百合さんが訊いても、本多さんは言葉を濁してきちんと答えてはくれないらしい。

玄関のインターホンを押すつもりはなかった。フジシュンの両親に会いたかったわけでもない。ただ、土手の上からフジシュンの家を見たかっただけだ。

もう用はすんだのだから、帰ればいい。帰らなければいけない。わかっていても、自転車を漕ぎ出せず、サドルにまたがったままフジシュンの家を見つめつづけた。

家の中から、ジャージの上着を羽織ったあのひとが庭に出てきた。

手に湯呑みとミニサイズのスナック菓子を持って、ゆっくりと柿の木に向かう。

僕に気づいた様子はない。自転車の向きを変えずにいたことを後悔した。へたに動くと、僕の姿が目の端をよぎってしまうかもしれない。

あのひとは柿の木の前にしゃがんで、供えてあった湯呑みを取り替え、線香を立てて、手を合わせた。そんなに深い思いのこもったしぐさには見えなかった。植木に水をやるように、ごく自然に、あたりまえのことをあたりまえにやっている。

それはもう日常になってしまったのだろう。日常になったことに、深い思いが染みているのだろう。

僕はじっとあのひとを見つめた。身動きできない――さっきとは違った意味で。

あのひとは合掌を終えて立ち上がる。柿の木に向かって、じゃあな、と声をかけるように小さくうなずき、踵を返して家に戻ろうとして、僕に気づいた。

僕は動かない。

あのひとも僕から目をそらさず、しばらく見つめていた。

やがて、歩きだす。居間に戻るのではなく、台所の外の狭い通路を通って門の外に出て、土手につづく道を進む。

僕は、動かなかった。

土手を上ってきたあのひとは、途中から目を合わせてくれなくなった。最初はうつむいて、次に暮れかかった空を見上げ、土手道まで来ると暗くなった川を眺めた。

「なにか用があって来たのか？」

声に怒気はなかったが、抑揚のない冷たい口調だった。

答えに詰まった僕に、「おばさん、横になってるから」と言った。「突然来られても迷惑だし、今日はもう帰ってくれ」

「……おばさん、具合悪いんですか」

「風邪ひいただけだ。最近冷え込んだから」

会話が成り立ったのも、そもそもあのひとの顔を見たのも、納骨の前に家によばれたとき以来――すでに一年以上たっている。去年と比べて風貌にそれほどの変化はない。少なくとも、お母さんのように別人かと思うほど老け込んでいるわけではなかった。

もしかしたら、と一瞬期待した。ゆるしてもらえるとは思わなくても、去年よりはあのひとの心もやわらいでいるかもしれない。

「おばさんのこと、市立病院で見かけたひとがいる、って」

「いつだ、それ」

「夏休みですけど……」

「夏バテだったんだ」

怒ってはいない。秘密を知られてあせっている、というふうにも聞こえない。でも、川を眺めたまま話すあのひとの声は、自分の心よりうんと前のほうにフェンスを置いているみたいに、そっけなかった。

「中川さんは元気にやってるのか」

「はい……」

髪が長くなったことは言わなかった。

「今度、受験なんだよな」

「そうです……」

早いなあ、とあのひとはつぶやいて、「みんな、ばらばらになっちゃうんだな」と言った。

僕と中川さんは、僕さえこれ以上成績が落ちなければ、おそらく一緒に東ヶ丘高校に通うだろう。でも、元二年三組で東ヶ丘に行けそうな奴はほかにいない。三島と根本と堺は、高校に行く気があるのかどうかもわからない。ばらばらになってしまうのだ、ほんとうに。

あのひとが二年三組の話をするのなら、訊きたいことがあった。ずっと知りたかった。

どうして、僕たちの作文を田原さんに渡したんですか――。

責めるのではなく、とにかく知りたかった。

あんなことをすれば、それまでフジシュンや両親に同情していたひとたちまで怒らせてしまう。それがわからなかったのだろうか。わかっていたのなら、なぜ、わざわざ孤立してしまうことを選んだのだろう……。

でも、あのひとは庭のほうに目を移して、ぽつりと言った。

「今年はあんまり柿が生《な》らなかったんだ。はずれ年だったな」

去年はどうだっただろう。家によばれるたびに柿の木にも線香を供えていたのに、柿の実のことは記憶に残っていない。

あのひとも同じだった。

「だったら去年はそうとう実がついたはずなんだけどな……覚えてないんだ、なんにも。実を穫《と》ったかどうかも、穫ってないはずはないんだけど……覚えてない……」

初めて、ほんの少しだけ、声に感情がにじんだ。

「そのかわり、今年の夏は、蟬が多かった」

「……柿の木に、ですか？」

「あんなにたくさん蟬の来た夏はなかったな」

小学生の頃、フジシュンと蟬捕りをしたことを思いだした。あいつは虫捕り網の扱いはへたくそだったが、木の皮に紛れたニイニイ蟬を見つけるのは得意だった。ユウちゃん、あそこ、あそこ、あそこにいるから、と大きな声で指差すので蟬が逃げてしまったことも、何度もあった。

お母さんは知っているだろうか。教えてあげたら、フジシュンの思い出が一つ増えて、喜んでくれるかもしれない。

伝言してもらおうかと思ったが、あのひとは一人で土手を降りていった。

「もう、勝手に来るなよ」

振り向かずに言った。

僕は黙ってうなずき、別れの挨拶のかわりに一礼もしたが、気づいてもらえたかどうかはわからない。

それが、中学時代に僕とあのひとが二人で会った最後だった。


フジシュンのお母さんは、息子の思い出がこれ以上増えないことを悲しんでいた。

でも、僕は思う。

思い出は、楽しいものだけを選んで増やすわけにはいかない。むしろ、忘れたくても忘れられない記憶というのは、嫌なもののほうが多いような気もする。

あのひとはそれを知っていたのかもしれない。

楽しい思い出しか持たずに卒業することはゆるさない——と、元二年三組のみんなに訴えたかったのかもしれない。

卒業式でのできごとだ。おふくろはずいぶんあとになっても、「せっかくの卒業式を台無しにされた」と腹を立てていた。

僕たちは卒業生の席にいたので、その後ろの保護者席の様子はわからない。でも、式が終わりにさしかかった頃、保護者席からこわばった空気が漂ってきたのは感じていた。

式のおこなわれていた体育館に、あのひとが入ってきたのだ。きちんと背広を着て、堂々とした足取りで、ただし、にこりともせず、保護者席の隅に座った。

僕たちはなにも知らなかった。

すでに高校の合格発表は私立も公立も終わっていたので、卒業式は間違いなく、中学時代との別れと新しい毎日への門出のための儀式だった。校長の式辞にも、来賓の祝辞にも、送辞や答辞にも、「楽しかった中学時代」「輝かしい未来」という言葉がつかわれて、僕たちもそれをすんなりと受け容れていた。

僕は無事に第一志望の東ヶ丘高校に受かっていた。キツかった受験勉強が報われた。もう秋の終わり頃のようないらだちは消え、サッカー部の後輩たちにも優しくなった。

四月から新しい日々が始まる。中学時代は少しずつ遠くなり、上澄みのように、楽しかった思い出だけが残るはずだった。

でも、あのひとは僕たちに、忘れるな、と無言で伝えた。

式の最後の最後、卒業生退場のときだ。拍手と『蛍の光』のメロディーに乗って歩きだした僕たちが保護者席の横を通り過ぎるとき、あのひとはいきなり立ち上がると、背広に隠して抱いていたフジシュンの遺影を両手で高々と掲げたのだ。

声はあげなかった。感情を高ぶらせていたわけでもない。

ただ黙って、遺影を掲げていた。

僕たちも騒ぎ立てることはなかった。保護者席や在校生席はざわついて、拍手の音も途切れてしまったが、退場する卒業生の行列は静かなままだった。

誰も足を止めなかった。うつむいてしまう生徒は何人もいたが、列が乱れるというほどではなかった。フジシュンの遺影をちらりと見て、照れ笑いの顔をこわばらせながらも、僕たちは『蛍の光』とともに歩きつづけた。

やがて、会場に拍手が戻った。あのひとのことを無視して、ふるまいを消し去るように、拍手の音はさっきまでより大きく、きれいに重なって体育館に響きわたった。

あのひとは一人だった。お母さんも健介くんもいなかった。お母さんは前夜から体の具合を悪くして寝込んでいたのだと、あとで知った。あのひとはたった一人で、フジシュンを連れてきたのだ。学校中のすべてのひとたちを敵に回して、遺影を掲げつづけたのだ。

行列は進む。僕たちのクラスが保護者席にさしかかる。あのひとは誰も見ていない。生徒の一人ひとりをにらみつけるのなら、まだよかった。おびえて身をすくめることができた。逃げるように目を伏せたまま通り過ぎてもいい。でも、あのひとはパイプ椅子が並んだ無人の卒業生席をじっと見つめるだけだった。

フジシュンの遺影のすぐそばまで来た。写真の中のあいつも遠くを見ていた。じゃあな、と心の中で声をかけても、応えてもらえない。僕たちのほうがフジシュンとあのひとに無視されて、見捨てられてしまったような気さえする。

うつむいた。申し訳なさやいたたまれなさとは微妙に違う重苦しさに、自然と首が前に倒れてしまった。僕たちはそのときまた、なにかを背負ってしまったのだろう。

保護者席を抜け、在校生席まで来ると、やっと顔を上げられた。数人の先生があのひとを取り囲んでいるのが視界の隅をよぎったが、振り向かなかった。

体育館の外に出てから空を見上げ、深いため息をついた。みんなも同じだった。大きなため息のかたまりが、透き通った雲のように、僕たちの頭上に垂れ込めていた。


その夜、おふくろはあのひとの悪口ばかり並べ立てた。卒業生が全員体育館から出ると、あのひとは黙って遺影を降ろし、保護者席に向かって小さく頭を下げて、そのまま立ち去った。騒ぎにはならなかった。でも、きっとおふくろたちも、騒ぎになってくれたほうがかえって気が楽になったのかもしれない。

仕事の都合で卒業式には来なかった親父は、おふくろの話に気のない相槌を返しながら、不機嫌そうな顔で晩酌の焼酎を啜っていた。

話に一区切りついておふくろが台所に立つと、親父はムスッとしたまま、僕に語りかけたともひとりごとともつかない低い声で言った。

「父親、か……」

その言葉の意味は、おとなになったいまも、まだわからない。髪がすっかり薄くなった親父に訊いても、たぶんしゃべったことも覚えていないだろう。でも、言葉の――というより、それを口にしたあとの静けさの重みは、最近少しずつわかりかけてきた。

もちろん、それは、ずっとずっと先の話だ。

第五章　告白

1

高校ではバス通学になった。家のすぐ近くの停留所で乗ったバスは、途中までは中学時代の通学路と同じコースを通るが、国道の交差点に出ると、中学校に背を向ける格好で駅のほうへ向かう。三月までは歩いて学校に通っていた道を、バスはあっけなく通り過ぎてしまう。国道の交差点から先は馴染みのない街並みを進む。たったそれだけのことでも、もう高校生になったんだなあ、と実感する。

世界が広がった。新しい制服を着て、新しい景色を眺め、新しい友だちと話す、新しい毎日が始まった。

東ヶ丘高校は県内でも一、二を争う進学校なので、生徒はみんなまじめだった。三島や根本や堺のような奴はいない。確かに、出身中学の話になったときには、「そこって、いじめ自殺の学校だよな」「死んだ奴って友だちだったの?」と興味深そうに訊かれ、卒業式であのひとがフジシュンの遺影を掲げたことも意外と広まっていた。でも、それだけだった。いじめのことや自殺の手段などを根掘り葉掘り訊いてくる奴はいなかったし、僕たちを「見殺し」と責める奴もいなかった。フジシュンのことが話題になったのも入学後の半月ほどだけで、学校や教室に慣れた頃には、もう誰も口にしなくなっていた。

中川小百合さんのクラスも似たようなものだった、と通学のバスの中で聞いた。

「別の学校から来た子には、藤井くんのことなんてなんの関係もないいんだもんね」

拍子抜けしてほっとしたように、でもなんとなく寂しそうに言って、膝の上の通学カバンが落ちないように手を添える。

「俺たちだって関係ないよ、もう」

僕は中川さんのすぐ後ろの席から身を乗り出し、窓とシートの隙間に顔をねじ込むようにして応えた。

中川さんは窓のほうに少しだけ顔を向けて「そう？」と返す。

「うん……終わったんだよ」

シートの背についたグリップを握って、もうすぐバスが差しかかるカーブに備える。「忘れたわけじゃなくても、やっぱり、もう終わったんだ」とつづけると、予想以上にカーブの曲がり方が荒く、隣に座ったおばあさんに倒れかかりそうになった。

入学して一ヵ月たっても、バスの揺れには、まだ慣れない。本を読むと気持ち悪くなってしまう。でも、いずれは僕も先輩たちのようにバスの中で宿題をやったり、吊革に片手でつかまったまま文庫本のページをめくるようになるだろう。そして、その頃には、フジシュンのことはいまよりさらに遠くなってしまうのだろう。

それより、と僕はまた身を前に乗り出して、中川さんに話しかけた。

「俺らの数学の先生、教え方が下手だって先輩が言ってたんだけど、そっちはどう?」

中川さんも「けっこういい先生だよ。宿題多いけど」と応え、そこから先はお互いのクラスを受け持つ先生についての話になった。

新しい生活でいちばん変わったのは、中川さんとの関係だった。

僕たちは毎朝同じバスで東ヶ丘高校に通う。僕のサッカー部も中川さんの硬式テニス部も、一年生は早く登校してグラウンドやコートの整備をするしきたりだった。そのおかげで、バスの車内には同じ中学から東ヶ丘高校に来た連中は誰もいない。バスに乗っている三十分ほどの時間は、僕たち二人きりの時間でもあった。

中川さんの乗るバス停の三つ先で僕が乗り込む。バスは国道に出るまではがら空きなので、すでに彼女は二人掛けのシートの窓際に座っている。目で「おはよう」を交わし、ちょっとだけ笑い合って、僕は彼女のすぐ前かすぐ後ろに座る。最初のうちは話があるからという口実が必要で、シートに腰を下ろすなり、どうでもいいようなことを話しかけていたが、いまは黙って、あたりまえのように前後に座る。中川さんもそれを嫌がっている様子はない、と思う。隣には座らない。バスのシートは二人でゆったり座るには狭すぎる。中川さんも、僕が乗り込むときには通学カバンを自分の隣に置いている。僕に座らせまいとしているわけではない、と思う。もしも僕が隣に座ろうとするそぶりを見せたら、彼女はカバンを膝に載せて、席を空けてくれるだろう、と思う。

高校で出会った友だちは、僕たちが付き合っていると思い込んでいるようだ。もちろん、「違うよ」と打ち消す。でも、なにがなんでも否定しようという気はない。中川さんも同じだと思う、とまでは言い過ぎでも、そうだといいな、と思う。

会話の内容も変わった。そもそもフジシュンのことでつながった僕たちなのに、いまはフジシュンとは無関係の話をすることのほうがずっと多い。

一年半でそうなるのは早すぎるだろうか。もうじゅうぶんだよ、と誰か言ってくれるのだろうか。でも、一年半という時間は確かに流れたのだ。一冊の本と同じだ。フジシュンのいたページはもう読み終えてしまった。消えてなくなってしまったわけではなくても、僕たちはもう新しいページを開いている。

「ねえ、まだ出てるよ、こいのぼり」

中川さんが窓の外を指差した。国道沿いに一軒、ひときわ高いポールを立てて、朝早くから陽が暮れるまでこいのぼりを舞わせている家がある。四月に入って早々に出して、五月のゴールデンウィークが明けても、まだしまっていない。古い農家だ。男の子の孫でも生まれて、おじいちゃんが張り切っているのだろうか。

「おひなさまって、三月三日が過ぎたらすぐにしまわないと結婚が遅くなる、って言うじゃない。こいのぼりにはそういうのって、ないの？」

「聞いたことないけどなあ」

「真田くんの家は？」

「ウチは全然。庭も狭いし、親父もおふくろも、あんまり興味ないみたいだし」

「興味って話じゃないと思うけど」

あきれて笑った中川さんは、そっかあ、とうなずいた。「庭が広くないと揚げられないよね、こいのぼり」

相槌を打つのが遅れた。一瞬、フジシュンの家の庭が思い浮かんだせいだ。中川さんも同じだったらしく、少しためらいがちに「藤井くんちは？」と訊いてきた。

「……けっこうでかいのを揚げてた」

思いだした。フジシュンの家でこいのぼりを見ながら、フジシュンと健介くんと僕の三人でかしわもちを食べたことがあった。まだ健介くんが幼稚園に通っていた頃だから、僕たちは小学一年生か二年生だった。

お母さんの思い出話には出ていなかった。教えてあげたら喜んでくれるだろう——いつか、会えるときが来れば。

「今年はどうなんだろうね。揚げたのかな」

「去年は……揚げてないよな、たぶん」

「うん、わたしも……やっぱり、そう思う」

フジシュンの話になると、言葉のテンポが遅くなる。

こんなふうに、ときどき、本が風でめくられて前のページになってしまうように、中学時代に引き戻される。読み終えたページは糊付けされて、もう二度と開けない、そんな本はどこかにないのだろうか。

でも、こいのぼりが見えなくなると、僕たちはすぐにいまのページに戻る。「一年生から進路調査するなんて思わなかったね」「進学校だからなあ」「真田くんはどうするの？　文系？　理系？」「俺、文系。数学ダメっぽいし」「わたしも」……と、先のほうのページをめくって覗いてみたりもする。

僕は、中川さんの席の前と後ろなら、後ろに座るほうが好きだ。去年の秋から伸ばしている彼女の髪は、もう肩までかかる長さになった。バスの窓から射し込む陽光を浴びると、黒髪のところどころが虹色に光って、とてもきれいなのだ。

フジシュンはその美しさを知らない。髪を伸ばした中川さんは、フジシュンのいなくなったあとのページにしか載っていないのだ。


五月の終わりに、中学校の卒業アルバムが小包で届いた。

正直に言うと、卒業前に注文していたのを忘れていた。もっと正直に言うと、こんなのいまさら送ってきてもなあ、と冷めた気分で梱包を解いた。三月の卒業式の写真もアルバムに入れるので、仕上がりがこの時期になる。理屈では納得していても、僕たちはもう新しい生活を始めていて、しかも懐かしさを感じるにはまだ日が浅すぎる。いちばん中途半端なタイミングだった。

卒業式の様子は四ページにわたって紹介されていた。卒業証書を受け取るときの写真や、式辞を述べる校長の写真と、それを退屈そうに聞いている卒業生の写真、校歌を歌っている写真、ハンカチを目にあてる誰かの母親の写真、体育館の二階席から撮った写真……あのひとが立ち上がってフジシュンの遺影を掲げている写真は、当然だが、なかった。

十月に撮った各クラスの集合写真のページもあった。フジシュンはいない。撮影の日に学校を休んだ奴の顔は写真の隅に切り抜きで載っていたが、フジシュンにはそもそも三年生の日々というものがなかったのだ。

クラスごとの寄せ書きのページもあった。僕たちのクラスのテーマは、将来の夢。僕が書いたのは〈I will go to Tokyo!〉——英語で書いたのは照れ隠しだったのか、格好をつけたかったからなのか、寄せ書きをしたのは十二月だったのに、もう忘れてしまった。〈真田裕〉と名前を書いた自分の字が、幼く見えてしかたない。

寄せ書きに『中学時代の自分に一言』というテーマを設けたクラスもあった。中川小百合さんのクラスだ。彼女は〈テニス部でよくがんばったね〉と書いていた。いちばん言いたかったことではないとわかるから、明日バスで一緒になってもそのことは話さないようにしよう、と決めた。同じクラスには元二年三組が七人いたが、フジシュンにまつわることを書いた奴は誰もいない。『中学時代でいちばんうれしかったこと or 悲しかったこと』というテーマで寄せ書きをした別のクラスでも、誰もフジシュンのことにはふれていなかった。

部活動の写真を並べたページにも、フジシュンはいない。修学旅行のページにも、もちろん、いない。

アルバムの後半のメインは『中学生活　あの日あの時』と題された、入学以来のさまざまな行事やふだんの生活のスナップ写真を集めたコーナーだった。六ページにわたって、写真の数はざっと見ただけでも百枚近くある。数えてみると、僕はそのうちの六枚に写っていた。中川さんは四枚。三島と根本と堺でさえ、一枚か二枚は写っている写真があった。

でも、フジシュンはそこにもいない。背景の一人として写り込んだ写真すらない。何度も見返した。最後は指でたどりながら、一枚ずつなめるように見ていった。それでも、やはり、フジシユンはどこにもいなかった。学校側が意識的にはずしたのか、偶然だったのか、あいつが僕たちと過ごした一年半足らずの日々は「なかったこと」にされてしまったのだ。

三年間の年表があった。入学式から卒業式までの行事や出来事を、日付入りでまとめてある。絵の得意な板谷が市の読書感想画コンクールで入賞したことや、陸上部の佐伯さんが県大会に出て走り幅跳びで三位になったことはもちろん、球技大会や防災訓練や、運動会で何色の組が優勝したかということまで出ているのに、フジシュンの自殺ははずされていた。

僕たちが入学した一九八八年四月から、卒業した一九九一年三月までの、世の中の年表もある。時代が「昭和」から「平成」に変わったこと、東西冷戦が終わったこと、バブル景気で土地の価格が高騰したこと、そのバブルがはじけたこと、青函トンネルと瀬戸大橋開通、消費税施行、幼女連続誘拐殺害事件の容疑者逮捕、「オバタリアン」、『ノルウェイの森』、湾岸戦争、『ちびまる子ちゃん』……一九八九年の日本シリーズでジャイアンツが八年ぶりに日本一になったことは出ていても、〈いけにえ自殺〉がマスコミをにぎわせたことは出ていない。

アルバムの巻末は卒業生の名簿だった。三年生のときのクラスごとにまとめられた名簿に、フジシュンの居場所はどこにもない。結局、最初から最後まで、フジシュンの存在は——あいつが生きてきたことも、死んでしまったことも、「なかったこと」にされていた。

ＳＦのパラレルワールドみたいだ、と思った。フジシュンのいた世界と、いない世界がある。僕たちが過ごした中学時代は確かに「いた世界」なのに、「いない世界」に迷い込んでしまった。もしも僕たちみんなの記憶が一斉に消え失せてしまい、あの頃を伝えるものが卒業アルバムだけになってしまったら、フジシュンは、いったいどこにいればいいのだろう。

アルバムの届いた翌朝、バスに乗り込むと、中川小百合さんは席に座って居眠りをしていた。

僕は通路の反対側の席に座った。中川さんが話しかけてくるなら席を移って話し相手になろうと思ったが、彼女は居眠りをしたままだった。僕もほんとうは少しほっとして、目をつぶった。

途中で中川さんは寝たふりをやめ、僕に声をかけようとしたらしい。でも、そのときは逆に僕のほうが寝たふりをしてしまっていたので気づかなかった。

「アルバムのこと、話したかったの？」

あとで訊くと、彼女は少し間をおいてから、「忘れた」と言った。

2

本棚のいちばん下の段の隅に入れたきりだったアルバムを取り出したのは、その年の九月四日のことだった。

「お母さんが会いたいって言ってるの」

本多さんがひさしぶりに電話をかけてきた。

フジシュンの三回忌は、その前の日曜日に身内だけで終えていた。

「法事は法事ですませても、命日はちゃんとあるわけだから、なにもしないわけにもいかないでしょう？」

だから、僕と中川小百合さんをよぶことにした。

「いいんですか？」

思わず訊くと、「サユちゃんと同じこと言うのね」と笑われた。

「だいじょうぶ、お母さんが自分からよんだんだし、もうだいぶ元気になってるし」

ほっとした。肩や背中が少し軽くなった。自分では意識していなくても、やはり心のどこかでお母さんのことがひっかかっていたのだろう――と気づいたことで、もっとほっとした。

「それでね、お母さん、卒業アルバムを見たがってるの。持ってるよね？　真田くん」

ゆるみかけた背筋が、一瞬にしてこわばった。

黙り込んだ僕に、本多さんは「そういうところも同じ、サユちゃんと」と笑わずに言った。

「写真、一枚も載ってなかったんだってね」

「ええ……」

「お母さん、楽しみにしてるんだよね、アルバムを見るの」

背筋がさらにこわばる。あのひとはどうなのだろう。ふと思った。あのひとは、アルバムからフジシュンの存在がすべて消されていることを知っているんじゃないか。

「……お父さんは、なんて言ってるんですか？」

「見てみたい、って。お母さんほど楽しみにしてるわけじゃないけど、なんていうか、お母さんがそれほど楽しみにしてるんだったら、一緒に見てみたい、っていうか……」

微妙に煮え切らない言い方になったあと、ため息交じりに「お母さんが楽しみにしてる夢をこわしたくないってこと」とつづける。「せっかく、ちょっとずつ立ち直ろうとしてるんだから」

「でも……」

見れば、夢はこわれる。

「だいじょうぶだ、ってお父さんは言ってる。あとは自分がなんとかするから、あれだけ言ってるんだから見せてやってほしい、って」

中川さんは、アルバムを持っていない、と言った。

「田舎のおばあちゃんにプレゼントしちゃったんだって。だから、真田くんのを持って来てほしいの」

たぶん、それは嘘だ。本多さんも「まあ、気持ちはわかるよね」と言って、気を取り直すように声を高くしてつづけた。「ね、真田くんとサユちゃん付き合ってるんだって?」

「いや、そういうわけじゃないんですけど……」

「照れなくてもいいじゃない。そう言ってたよ、サユちゃん」

別のときに聞いていたら、胸が高鳴ったはずだ。

でも、僕の背中はこわばったままだった。


僕たちはバスの中で並んで座るようになっていた。

最初は中川さんのほうからだった。一学期の期末試験の前、英語のリーダーのノートを持って「ちょっと、ここ、訳し方がわからないんだけど、教えてくれる?」と僕の隣に移ってきた。

次の日は、僕が中川さんの隣に座った。中川さんは僕がバスに乗り込むと、おはよう、と手を振って笑い、自分の隣に置いていた通学カバンを膝に載せたのだ。

「好き」という言葉を交わしたわけではないし、「付き合おう」と言葉に出したわけでもなかったが、中川さんは本多さんを通じて、自分の気持ちを伝えてくれたのだろう、と思う。

僕たちは、ページをめくった。

フジシュンのことがなくても、僕はきっと中川さんを好きになっていて、中川さんもきっと僕を好きになってくれた。そう信じていても、いつだったか、元二年三組の宮村に言われた言葉もずっと胸の奥に残っている。

「あいつ、どうなんだろうな」と、宮村はフジシュンのことを言っていたのだ。

ユウと中川がくっついてるの、うれしいのかな、悔しいのかな——。


九月四日、本多さんは部活を終えた僕たちを東ヶ丘高校の正門まで車で迎えに来てくれた。

本多さんと会うのは事件後にフジシュンの家を初めて訪ねたとき以来——だから、約二年ぶりだった。

二人ともおとなっぽくなったね、と最初に言われた。

「サユちゃんとはたまに会ってるからアレだけど、真田くん、ほんと、背が高くなったし、体つきもがっしりしてきたよね」

高校に入ってから二センチ伸びた。中学三年生の頃に比べると伸びるペースは落ちたが、かわりに筋肉がついた。軽自動車の後部座席だと狭苦しくてしかたない。

でも、そんなことよりも、中川さんと本多さんが会っているということに驚いた。知らなかった。なにも聞いていない。思わず隣の中川さんを見ると、彼女は僕の目を避けるように窓のほうを向いていた。

「さっき家に寄ってきたんだけど、お母さん、すごく楽しみにしてたよ。ケーキも買ってた」

「ケーキ？」

「うん……だって、今日、サユちゃんの誕生日じゃない」

中川さんは黙って、窓の外を見つめる。

「高校一年生だと何歳になるんだっけ、って訊かれちゃった。俊介くんがいなくなると、そういうのもすぐにはわからなくなっちゃうんだって」

十六歳でいいんだよね、と本多さんに訊かれても、中川さんは黙っていた。僕も、なにも応えない。今日が中川さんの誕生日だということは、もちろん知っていた。プレゼントを渡すのは照れくさかったので、朝、バスの中で「ハッピー・バースディ、ってことで」とだけ言った。でも、フジシュンも生きていれば僕たちと同じ十六歳になっているんだということは、考えていなかった。というより、「フジシュンが生きていれば」という想像じたい、ずっとしてこなかった。

「ねえ真田くん、俊介くんの誕生日って、何月だったか覚えてる？」

「六月……だったと思うけど」

「小学五年生のときに家でお誕生日会したんだってね。で、そのとき、真田くんと俊介くん、二人でコーラの早飲み競争した、って」

覚えている、というより、言われて思いだした。

「あいつ、あわてて飲んだから、コーラが鼻に入って、むせちゃって……」

「そうみたいね」

「白い服着てたんだけど、コーラがこぼれて、染みになっちゃって……」

「そうそう、まっさらのシャツだったの。それでお母さんに怒られちゃったの。お母さんもしゃべってるうちに思いだして、喜んでた。思い出が一つ増えた、って」

でもね、と本多さんはつづけた。「お母さん、喜んだあと、後悔してた。せっかくの誕生日だったのに、怒ってかわいそうだった、って」

フジシュンにとっては最後から四番目の誕生日になる。十五歳も十六歳も、その先も、誕生日を迎えることができないなんて、あの頃は夢にも思っていなかった。フジシュンだって、お母さんだって、僕たちだって。

「去年も今年も、誕生日にはケーキを仏壇にお供えした、って言ってた」

僕は黙ってうなずいた。

中川さんは窓の外を見つめたまま、小さくハナを啜った。まさか、と思ったが、気づかないふりをして、僕も自分の側の窓に目をやった。


フジシュンのお母さんは、門まで出て僕たちを迎えてくれた。車の停まる音が聞こえたので、急いで外に出たのだという。

小さくなった。すぐに思った。でも、すぐにまた思い直した。僕の背が伸びたので、そのぶんお母さんが小さくなったのだ。

お母さんも僕と向き合うと、背比べをするように手をかざして、「おとなっぽくなったねえ、ユウくん」と言った。明るい声だった。噂話で聞いていたほど老け込んではいない。僕やフジシュンが小学生の頃は、身振り手振りが大きくて、口も手もひとときも休まないほどだった。その頃の記憶と直接つなげたほうが、フジシュンが死んでからの日々を挟むよりも、すんなりくる。

中川さんに対しても、お母さんは明るかった。来てくれたことにていねいに頭を下げてお礼を言って、「今夜は俊介の命日っていうより、小百合ちゃんのお誕生日会だから」と笑った。

照れ笑いを返した中川さんは、その前にほんの一瞬、怪訝そうな顔になった。僕もそうだ。僕たちがここによばれてフジシュンの思い出話を聞いていた頃、お母さんは「中川さん」と呼んでいた。「小百合ちゃん」という呼び方は、一度もしたことがなかったはずなのだ。

でも、お母さんは門の前で僕たちと向き合ったまま、「小百合ちゃん、長い髪、すてきよ」と言った。「本多さんから聞いて、小百合ちゃんならきっと似合うと思ってたんだけど、もう、想像以上じゃない、すごくかわいいわよ」

中川さんは肩をすぼめて、申し訳なさそうにうなずく。

お母さんの口調は一年半ぶりに会ったとは思えないほど親しげで、なめらかだった。

「俊介もびっくりしちゃうんじゃない？　小百合ちゃんがきれいになってるから」

さっきの中川さんの表情は、怪訝そうなのではなく不安そうだったのだと、いま気づいた。向かい合う距離が近すぎる。「ほんと、よく似合うわ……」と手を伸ばして、中川さんの髪の毛先を撫でる。中川さんが一瞬身をすくめたのがわかった。お母さんは「ねえ、似合ってるわよね、長い髪も」と僕を振り向いて笑う。僕の浮かべた笑顔はぎごちなくこわばっていたはずだが、お母さんはなにも気に留めず、というより最初からほんとうはなにも見ていないように、屈託なく「ウチは女の子がいないから、小百合ちゃんのお母さんがうらやましいわ」と言う。

明るくて、上機嫌で、明るすぎて、上機嫌すぎる。僕たちと会わずにいる間、お母さんはフジシュンの遺影と心の中でどんな会話を交わし、僕たちとの関係をどんなふうに落ち着かせたのだろう。フジシュンの親友だから。フジシュンが好きだった女の子だから。お母さんの心の中では、僕とフジシュンの友情はいっそう深まっていて、中川さんは、もしかしたら、フジシュンの思いを受け容れたということになっているのかもしれない。

玄関のドアが開いた。

「なに立ち話してるんだ、早く中に入ってもらわなきゃ」

あのひとだった。

上機嫌な声だった。外灯に照らされた顔も笑っていた。

卒業式以来――半年ぶりになる。笑顔を見たのは初めてだった。こんなに軽い響きの声を聞くのも初めて。ただ、白髪は増えた。外灯の光のせいで髪の色が抜けているんじゃないか、と思ったほどだった。

僕と中川さんが会釈をすると、「いらっしゃい」と返す。中川さんはともかく、僕に対しても、なんのためらいもなかった。

本多さんは「じゃあ、お邪魔しまーす」と言って、よけいなことは考えないで、というように僕たちの背中を軽く叩いて門をくぐった。

僕たちもあとにつづいて玄関に入りかけて、足が止まった。中川さんが声にならない悲鳴をあげかけた。僕も息を呑む。

玄関の中に、フジシュンがいた。黙ってたたずんで、僕たちを見ていた。

違う――。

健介くんだった。

目が合うと、健介くんは「こんばんは」と低い声で言って、階段を上がっていった。

健介くんが立ち去ったあとも、胸の動悸《どうき》は収まらない。靴を脱ぐとき、膝が震えているのがわかった。

冷静になってみると、顔立ちも体つきも、フジシュンと似通ってはいても、見間違えるほどではなかった。声変わりの時期を迎えて低くなった声は、子どものように細く甲高い声だったフジシュンとはまったく違う。

それでも、あの瞬間は、健介くんとフジシュンが確かに重なったのだ。兄弟だからというのではなく、フジシュンの面影があるというのでもなく、二人はきれいに、ぞっとするほどなまなましく重なり合っていたのだ。

「やだ、ケンちゃん、もう上がっちゃったの？　ちゃんと挨拶したの？」

お母さんは鼻白んだ様子で階段を見上げ、僕たちに向き直ると「ケンちゃんも大きくなったでしょ。もう二年生なのよ」と笑った。

中学二年生の九月四日を、健介くんも、今日、迎えた。

中川さんがお母さんと本多さんにうながされて歩きだしてからも、僕は上がり框《かまち》に立ったまま階段を見上げていた。

「どうした？」

最後に靴を脱いだあのひとは僕に声をかけて、「健介も大きくなっただろ」と言った。外で僕たちを迎えたときと変わらない、上機嫌な声だった。

「バスケットをやってる。今度からレギュラーになるって言ってた」

よかった。もしもサッカー部を選んでいて、しかも途中でやめていたなら、ほんとうにフジシユンそのものになるところだった。

「でも、まあ、あっちの学校より生徒の数が少ないから、レギュラー獲《と》るのも簡単なんだ」

あのひとは「あっち」を突き放すように言った。最初はピンと来なかったが、僕たちの中学校のことだとわかったあとは、相槌が打てなくなってしまった。

「卒業アルバム、持ってきてくれたんだよな」

うなずいて、「あの……」と顔を上げると、目が合う前にあのひとは居間に向かって歩きだしていた。

「いいんですか?」

思いきって、訊いた。もしもあのひとがアルバムの中身をなにも知らないのなら、ここで打ち明けておきたかった。

あのひとは足を止めて振り向き、じっと僕を見据えて、一言だけ言った。

「安心しろ、破ったりしないから」

そっけない口調に戻った。でも、不思議と、上機嫌な声を聞いているときよりもほっとした。あのひとの目は、ぜんぶわかってるから、と伝えてくれているようにも見えた。

お母さんは中川さんのためにホールケーキを買ってくれていた。

「ごめんなさいね、小百合ちゃんのおうちでも、今夜、パーティーだったんじゃないの?」

ずっと呼び方は「小百合ちゃん」のまま、フジシュンの仏壇に線香をあげるときにも「シュンちゃん、小百合ちゃんが来てくれたわよ、よかったね」と写真に話しかけていた。

サイドボードの上の写真立ては、さらに数が増えていた。じっくり見る勇気はなかったが、中学生になってからの写真は一枚もなかった、と思う。

ケーキにはチョコレートで〈さゆりさん　おたんじょうび　おめでとう〉の文字が描かれていた。その文字を囲んで、お母さんはロウソクを一本ずつ、歳の数を鼻歌のようにはずんだ声で数えながら立てていった。

「じゅーに、じゅーさん、じゅーし……」

十四本目のロウソクを立てたあと、ほんのつかの間、声が止まった。

「……じゅーご、じゅーろく、はいっ、おしまい。お父さん、火を点けてくれる?」

あのひとは、ひとづかい荒いよなあ、と苦笑しながら、ライターで火を点けた。また上機嫌になっている、というより、お母さんの明るさに合わせて、とにかく今日のこのひとときは楽しく過ごすんだ、と決めているようでもあった。

「はい、じゃあケンちゃん、電気消して、ほら、なにぼーっとしてんのよ」

健介くんは居間に下りてきてから、一言も口をきかない。僕のほうを見ようともしない。でも、にこにこ笑って、お母さんの言うことには素直に従っている。

室内灯が消えた。居間は十六本のロウソクの明かりと、フジシュンの仏壇の中の数本の線香の小さな明かりだけになった。

ロウソクの火が揺れるのに合わせて、仏壇の中の写真やサイドボードの上の写真も、微妙に光と影の位置が変わる。水の中に沈んだものを上から見ているみたいだった。この部屋すべてが水の中に沈んでいるのかもしれない。どこかへ流れていくのではなく、ただゆらゆらと小さく揺れているだけの水の中に、僕たちはいま、漂っているのかもしれない。

「小百合ちゃん、はい、どうぞ」

中川さんは黙って、ロウソクに顔を寄せた。

一度では吹き消せなかった。息が浅すぎる。二度、三度……最後の一本の火がなかなか消えず、結局、六度目でやっと部屋は真っ暗になった。

真っ先にお母さんが拍手をして、「お誕生日、おめでとう」と言った。

少し遅れて本多さんの拍手がつづき、健介くんも手を叩いた。僕も叩いた。そして最後に、ゆっくりとしたテンポの、あのひとの拍手も加わった。

室内灯が再び灯った。まぶしそうに目を細め、少ししかめっつらになったあのひとは、いつから顔を向けていたのだろう、仏壇をじっと見つめていた。


お母さんは取り分けたケーキを仏壇に供えると、引き替えに仏壇に置いてあった小箱を手に座卓に戻ってきた。きれいに包装されて、リボンがかけられた小箱だった。

「これね、気に入るかどうかわからないけど、俊介からだと思って、もらってちょうだい」

差し出された小箱を、中川さんは泣きだしそうな顔で受け取った。

「ヘアバンドなの。髪を伸ばしてるって聞いたし、高校でもテニス部なんでしょ？　練習のときに髪が邪魔になっちゃいけないと思って」

「……ありがとう、ございます」

「小百合ちゃん、ごめんね、俊介にも言ってあげてくれる？」

お母さんの言葉に、健介くんはうつむき、あのひとは横を向いて、本多さんはそっと中川さんの背中に手をあてた。

中川さんは仏壇の前に座り、手を合わせて、ほとんど息だけの声で、ありがとう、と言った。

「シュンちゃん、よかったね、よかったね」

お母さんは涙の交じった声で言って、そのあとしばらく部屋は静けさに包まれた。

それを振り払うように声をあげたのも、お母さんだった。「ああそうだ、ユウくん、卒業アルバム持ってきてくれたんでしょ？」と言って、見せて見せて、と子どもがおねだりをするように両手を伸ばしてきた。

しかたなく、カバンからアルバムを出した。止めてください、止めてください、お願いします、とあのひとに目で訴えたが、あのひとは横を向いたままだった。

お母さんは、わくわくした顔でアルバムを開く。

一ページずつ、ゆっくりと、写真の一枚一枚を見つめる。ときどき、あら、と目を丸く見開いて、なつかしそうに微笑む。

でも、そこにフジシュンはいない。

「ねえ、ほら、お父さん、見て見て、これ、ユウくんじゃないの？」

あのひとを手招きして、アルバムの中の写真を指差す。あのひとも身を乗り出して、興味深そうな顔で写真を覗き込む。

ページをめくる。お母さんの微笑みは消えない。「あ、小百合ちゃん見ーつけた」と声をあげ、あのひとに「ねえ、やっぱり一年生の頃って子どもよね、みんな」と言う。あのひとも、そうだなあ、と微笑んで応える。

ページをめくる。ゆっくりと、のんびりと、まるですべての生徒が知り合いだったみたいに、うん、うん、とうなずいて、ページをまためくる。

でも、そこにもフジシュンはいない。

フジシュンはどこにもいない。

どこにもいないフジシュンを探しているのか、いないのか、お母さんは微笑んだまま、ページをめくりつづける。

あ、これ、とお母さんは声をあげそうになった。スナップ写真の一枚に目が吸い寄せられたのがわかった。違うんです、と僕は心の中で言う。マラソン大会の写真でしょ、写真の端っこに小さく写ってる奴、フジシュンに似てるでしょ、でも違うんです、僕も最初はそう思ったけど、違うんです、あれは樫野くんっていう奴で、フジシュンじゃないんです……。お母さんもすぐにそれに気づいて、目の力が抜けた。でも、微笑みは残したまま、さらにまたページをめくる。

フジシュンはいない。アルバムの中にも、名簿の中にも。僕たちの記憶の中のフジシュンも、やがていなくなってしまうだろう。

それでも、お母さんはページをめくる。フジシュンが出てこない思い出を、それを見ることもできないフジシュンの代わりに、ゆっくりとたどりつづける。

いたたまれなくなって、僕は立ち上がった。中川さんが、逃げないでよ、という表情を浮かべたが、かまわず居間を出て、トイレに向かった。

用を足したあとも、しばらく外に出られなかった。手洗い台の鏡に映る自分の顔を相手ににらめっこをするように、ヘンな顔をしたり、にらんだり、子どものように口をとがらせたりした。

もうお母さんはアルバムを閉じてくれただろうか。

最後にはこらえきれずに泣き出すのか、最後まで微笑んだままなのか、どちらが幸せなのか、僕にはもうわからなくなってしまった。

トイレを出ると、ドアの前に健介くんが立っていた。

「悪い……時間かかっちゃって」

道を空けようとしたら、健介くんは、低く押し殺した声で「帰ってよ」と言った。「もう、このまま帰ってよ」

なんで、と訊く前に、健介くんは言った。

「親父も俺も、必死だから。必死に母ちゃんのこと支えてるから」

「……おばさん、まだ具合悪いのか」

健介くんはそれには答えず、「帰ってよ」と繰り返した。「母ちゃんも必死だし、俺らも必死だから、見ないでよ」

「でも、急に帰ると……」

「いいから、俺、うまく言うから、母ちゃんに。カバンも本多さんか中川さんに預けとくから、あとは知らないけど、なんとかすれば？」

僕をにらんだまま、玄関を指差した。

「あんたなんかに見られたくないから、早く帰ってよ」

にらみ返すことはできなかった。

おまえたちがやったことは、そういうことなんだよ――。

玄関でうつむいて靴を履いているとき、なぜだろう、不意に田原さんの声が聞こえたような気がした。

3

三島が死んだ。

高校二年生の冬――といっても、あいつは入学した私立高校を半年で中退していたのだが、とにかく十七歳で、無職で、あっけなく死んだ。

僕はそれを中川さんから知らされた。学校へ向かうバスの中で、朝刊を見せられたのだ。

「これって……三島くんのことだよね」

交通事故だった。前夜、車でカラオケに向かう途中の事故だ。無免許で運転していた十七歳の少年がスピードの出しすぎでハンドル操作を誤って、電柱に激突してしまった。助手席に乗っていた三島は、全身を強く打って、病院に運ばれたが、間もなく死亡。運転していた少年も腰の骨を折るなどして重傷。警察の調べによると、二人は遊び仲間の先輩たちに「根性を見せろ」と挑発されて、交互に無免許運転をしていたのだという。

むなしい死に方だった。

「先輩って、三島くんが三年生の頃に付き合ってた、あのひとたちなのかな」

「たぶん、そうだろ」

「けっこう怖がってたもんね、あの頃も」

「あいつ、自分より強い相手には絶対に文句言えない奴だったからな」

冷ややかに言った。実際、三島の死はショックではあったが、悲しいとは思っていない。中学三年生の頃から付き合いはまったくなかったし、高校を中退してからさらに悪くなったという噂も聞いていたので、せいせいしたとまでは言わなくても、これで一件落着という気もした。

でも、中川さんは新聞をカバンにしまうと、ぽつりと言った。

「藤井くんのこと思いだした」

フジシュンをいじめたことではなく、あいつが死んでからのこと——。

遺書に名前のなかった堺を裏切り者扱いして、堺が悪い連中と付き合いはじめたとたん逃げ腰になって、堺の仲間たちに対抗するグループに出入りするようになって、結局、死んだ。

「あの遺書がなかったら、三島くんの人生も変わってたよね……」

「堺だってそうだろ」

あいつは高校にも行かなかった。中学を卒業すると、先輩に誘われるまま、県庁のある大きな街に行き、いまはそこで風俗店の店員になっているという噂だった。勉強はできないほうではなかった。あの連中と付き合わなければ、東ヶ丘高校は無理でも、大学を狙えるレベルの高校には進学できたはずだ。

「フジシュンも、ちゃんと遺書に名前書いてやればよかったのにな。そうすれば、堺も三島も、全然別の人生になってたんじゃないか？」

わたしたちだってそうじゃない、と話がひるがえるのが怖くて、わざと冷ややかなまま、軽く言った。

中川さんは首を横に振って、「違うよ」と言った。「藤井くんのことをいじめなければ、別の人生になってたんだよ」

「……あいつらは、な」

僕たちは違う。でも、中川さんは「みんなそうだよ」と言う。「藤井くんを苦しめた子も、助けてあげなかった子も、みんな同じなんだよ」

もういいよ、やめよう、と僕は笑って、まわりの乗客の目には触れないよう、そっと中川さんの手を握った。彼女もその手を遠慮がちに握り返してくる。僕たちはそういう関係になっていた。二年生になってグラウンド整備からは解放されても、やはり朝早いバスに乗って、二人の時間を過ごす。「好き」や「付き合おう」はあいかわらず口にしていなくても、僕は彼女を「サユ」と呼び、彼女は僕を「ユウくん」と呼ぶ。僕たちは十七歳で、高校生活も残り一年あまりになって、二人とも東京の大学に進むつもりだった。

フジシュンが遠くなる。僕たちは次々に新しいページをめくり、マラソンのコースは、もう一本道ではない。いくつもの角を曲がり、チェックポイントを越えていった。振り向いても、つい最近集団から脱落した奴の姿は見えても、三年以上も前にレースからリタイアした奴の姿など、なにも見えないはずだった。

でも、ときどき、フジシュンはこんなふうに僕たちのもとに現れる。

いないのに、帰ってくる。

「三島くんのお葬式、連絡来るのかな」

「どうだろう……」

「来れば、ユウくん、行く?」

「同窓会みたいになるんだったら、ちょっと行ってもいいかな、って」

ひどい、と中川さんは――サユは、僕を軽くにらんで、つづけた。

「三島くん、一緒に悪いことして遊んでる友だちはたくさんいたけど、ほんとうの友だちっていたのかな」

「根本は付き合ってたんじゃないか? 最後まで」

あいつも三島と同じ私立に入って、三島より少し遅れて中退した。似たもの同士だ。

「そっか、根本くんかあ……。でも、中一の頃は仲悪かったよね、三島くんと」

「……二年生からだよ、仲良くなったの」

またフジシュンの話に戻りそうになる。

もうやめようぜ、ほんと、もう、やめよう、とサユの手を強く握った。

「根本くんも、事故のとき一緒にいたのかな」

サユは僕に手を握られたまま、自分では握り返さずに言った。

僕はなにも応えない。新聞記事を見たとき、小さな、嫌な予感が胸をよぎっていた。サユも同じだったのだろう、つないだ手をはずし、その手で窓ガラスの結露を拭き取りながら言った。

「お通夜とかお葬式、雪になっちゃうのかな……」

この冬一番の寒気団が来ていた。明日とあさってが寒さのピークだという。窓の外に見える街並みは、ガラスが汚れてくすんでいるせいで、実際に見るよりも色が暗く、寒々しかった。

嫌な予感はあたってしまった。その夜、中学校の女子の同窓会委員をつとめる長峰さんが「もう知ってるかもしれないけど」と教えてくれた。

事故を起こした車を無免許で運転していたのは、やはり、根本だった。

「罰ゲームだったんだって。なんか、三島くんと根本くん、先輩に毎月お金払ってたみたい。上納金ってやつだと思うんだけど、先月は払えなくて、それで罰ゲームで、先輩たちが先にカラオケに行ってるから、二人で追いかけてこい、って」

「いじめられてたの？」

「そんな幼い感じじゃないと思うけど、まあ、いじめなんだろうね、こういうのも」

長峰さんの言い方に、悪気はないとわかっていても、ムッとした。

「幼いとか言うなよ」

「え？」

「……まあ、いいけど」

自分でも、ときどき不思議に思う。フジシュンのことはもうずいぶん遠ざかったはずなのに、新聞やテレビで「いじめ」という言葉に接すると、胸がドキッとする。いじめ問題を重々しく話す評論家やニュースキャスターがいると、教育の荒廃とか心の闇とか、そんな大げさなものじゃないよ、と言いたくなるのに、逆に軽く扱われても腹が立つ。いじめなんかに負けずに強く生きていかなきゃ、と年寄りの大学教授が励ますつもりでテレビで言ったときには、思わずティッシュの箱をわしづかみにしてつぶしてしまったほどだった。

いじめは幼くなどない。ひとが死んでしまうほどのことを、子どもの幼い世界の間違いで終えないでほしい——これは、おとなになって、思うことだ。

長峰さんはお通夜と告別式の日程を教えてくれた。明日の夜がお通夜で、あさっての午前中に告別式。どちらも場所は市営斎場だった。

「告別式は学校があるから、行くとしたらお通夜になると思うけど」

「みんなどうするって？」

「男子は何人か行くって言ってた。でも、女子は誰も行かないみたい。クラスも違うしね」

「だよな……」

「わたしも最初は行こうかなって思ってたけど、市営斎場って聞いたから、藤井くんのお葬式のこと思いだしちゃって、なんか、ちょっと嫌なんだよね」

「長峰さん、行ったの？」

「だって、わたしも二年三組だったもん。クラス全員参加だったじゃない。覚えてないの？　ひどーい、なにそれ」

忘れていた。フジシュンのことも、中学二年生の日々も、もうそこまで遠くなってしまった。

「三島くんと根本くん、藤井くんのお父さんに断られて、焼香させてもらえなかったんだけど、それくらいは覚えてるでしょ？」

そのとき僕がホールの中にいたことは、長峰さんの記憶には残っていないみたいだ。そうやって僕たちは、いろいろなことを忘れ、いろいろなことを忘れられていくのだろう。

「皮肉だよね。三年前に焼香させてもらえなかった三島くんが、同じ場所で、今度はみんなに焼香してもらうなんてね」

「根本は？　来るの？」

「無理だと思うよ。腰だけじゃなくて脚とか鎖骨とかも折ってるし、退院するまで半年ぐらいかかるんじゃないか、って」

でも、と長峰さんはつづけた。「大ケガをして、かえってよかったんじゃないかな、根本くんにとっては」

僕もそう思う。無傷でいることは、傷つけてしまったことよりも、ときとして罪が重くなってしまうものなのかもしれない。

「フジシュンのウチには電話したの？」と訊くと、意外そうに「ううん」と返された。

「だって、わたしは元三年二組の同窓会委員なんだもん。クラスの子には電話してるけど、藤井くんは、本人もいないんだし……そんなこと言うんだったら、じゃあ、どこのクラスの委員が電話すればいいわけ？」

最後はなにか怒ったような口調にもなっていた。

翌日は、朝からのみぞれが夕方に雪に変わった。

サユはお通夜に行かない。三島の両親の顔を見たくないのだという。三島だからというのではなく、子どもを亡くした親の姿は、もう見たくない。その気持ちはわかるから、無理には誘わなかった。

いったん家に帰って、使い捨てのカイロをいくつも仕込んで、歩いて斎場に向かった。バスのほうがずっと速くて楽でも、フジシュンを送ったあのときと同じように徒歩を選んだ。

雪はまだ道路には積もっていないが、家の屋根や駐めてある車のボンネットはうっすらと白く染まっていた。このまま一晩中降りつづくと、明日のバスは時間が読めない。帰ったらサユに電話して明日のことを決めよう、と思い、帰ったあとにそんな気分になれたらいいな、とも思って、白い息を吐き出した。

斎場に着くと、中学時代の友だちのグループを見つけて合流した。三島を偲んで、というにはあいつの中学卒業後の日々はあまりにも僕たちの生活から遠かったので、結局それぞれの近況報告で焼香が始まるまでの時間をつぶすしかなかった。

お通夜が営まれているのは、斎場の二階の、フジシュンのときよりもだいぶ手狭なホールだった。亡くなり方が亡くなり方だっただけに、内輪ですませたかったのだろうか。フジシュンより三年長く生きた三島の人生は、べつにフジシュンより三年ぶん世界が広がっていたというわけではなかったのだろうか。

ロビーで立ち話をしながら、僕は何度も玄関に目をやった。「誰か待ってるの?」と友だちに訊かれたが、「いや、べつに……」としか答えなかった。

焼香が始まった。行列はロビーにほんのわずか尻尾が出る程度の寂しいものだった。

遺影がある。あいつは高校を中退したあとはスキンヘッドにして眉毛も剃っていたはずだが、遺影の写真は高校に入学したときのもので、いかにも真新しい詰襟の制服を着て、照れながら、半分すごみながら、笑っていた。

　遺族の席には、でっぷり太ったお母さんが座って泣きじゃくっていた。派手な色に染めた髪にパーマをあて、化粧も濃かった。あいつの家にはお父さんがいない。お母さんが、たしか化粧品の訪問販売をして生計を立てていたはずだ。母一人、子一人——三島がいなくなると、お母さんはひとりぼっちになってしまう。

　フジシュンが自殺したときには、田原さんの取材に「勝手に死んだわけでしょ？　なんでウチが責任取らなきゃいけないのよ」と食ってかかったらしい。『月刊オピニオン』でそれを読んだときには、ひどい親だと思った。いまでも思っている。それでも、息子の死に取り乱している姿を冷ややかに見ることは、やはりできなかった。

　うつむいて、行列が進むのに合わせて足を前に運びながら、思う。遺影を選んだのはお母さんなのだろうか。遺影はどうやって選ぶのだろう。亡くなったひとがいちばん幸せだった頃の写真なのか、亡くなったひとのこの頃のことをいちばん覚えていてほしい、と遺族が願う写真なのだろうか。

　三島が入学した高校は、学費が高い代わりに、試験などほとんどできなくても入学できる学校だった。不良の吹きだまりとも呼ばれていた。そこを卒業したからといって、バラ色の未来が拓《ひら》けるわけではなかった。それは本人がいちばんよくわかっていたはずだ。

　でも、遺影の写真を撮った頃の三島は、半年後に学校をやめ、二年足らずのうちに人生を終えてしまうなど、思ってもみなかっただろう。中学二年生に進級したときのフジシュンがそうだったように。

三島はフジシュンの死を悲しみ、あいつをいじめたことを悔やんでいたのだろうか。根本や堺はどうだろう。自分はなぜここでこんな暮らしをしているのだろうと、なにかの拍子にふと思い、やり直せるものならやり直したいと思うことはないのか。どこで間違えたんだろうと記憶をさかのぼると、フジシュンのことに行き着いてしまい、胸をうずかせたりため息をついたりすることは、なかったのだろうか……。

ホールに金切り声が響いた。

ふと我に返って、顔を上げると、三島のお母さんが立ち上がって、焼香台の前にいるひとに怒鳴っていた。

帰れ――！

出て行け――！

怒鳴るだけでは気がすまず、手首にかけていた数珠《じゅず》を投げつけた。相手は中年の男のひとと女のひとだった。お母さんは草履《ぞうり》が脱げるのもかまわず二人に詰め寄ろうとして、遺族席のひとたちに押しとどめられていた。

「今日のところは帰ってください、早く、もう帰ってください、明日も来ないでください……」

お母さんの肩を抱いた女のひとが、焼香台の二人に言った。

二人は沈痛な様子でお母さんに頭を深々と下げたが、お母さんはあらんかぎりの声を振り絞って叫んだ。

「タケを返せ！　返せ！　返せないんだったら、おまえらの息子も死ね！」

二人は足早にホールを出て行った。

根本の父ちゃんと母ちゃんだよ、あれ、と僕と並んでいた友だちが小声で言った。

僕は黙ってうなずいて、立ち去る二人を目で追いながら行列の後ろを振り向いた。

あのひとが、いた。

喪服を着て、いまの騒動を嚙みしめるように口を結んで、天井の明かりを見つめていた。

来てくれたのか。来てしまったのか。ただ、あのひとにお通夜と告別式の日時を伝えたのは、僕だ。


ゆうべ電話したとき、最初はお母さんが出た。僕の声が聞けたことをとても喜んでくれて、「勉強や部活で忙しいと思うけど、もっと気軽に遊びに来てよ」と笑った。

三島の事故のことは知らない様子だった。知らないほうがよさそうな声の明るさでもあった。「おじさんもお元気ですか」と訊いてみると、あのひとはまだ仕事から帰っていなかった。

「ごめんね、おばさんの調子が悪くて会社を休む日も多いから、出られるときは残業たくさんしてるの」――三島の名前を聞かせなくてよかったのだ、やはり。

健介くんに代わってもらった。話したいという理由を詮索されたら面倒だったが、お母さんは上機嫌に「だったら、ケンちゃんに受験のことといろいろアドバイスしてあげて。県立の入試まであと一ヵ月なのに、マンガばっかり読んでるんだから」と言った。

もう健介くんも高校受験を迎える。フジシュンの生きられなかった中学三年生の日々を生きて、高校生の日々を生きる。

「志望校、どこなんですか？」

「東ヶ丘って言えればいいんだけどね、高望みせずに西高にする、って」

じゃ、ちょっと待っててね、と電話は保留に切り替わった。

東ヶ丘でなかったことにほっとした。もしも同じ学校になったら、僕とサユのことがわかってしまうかもしれない。そのことだって、きっとお母さんには聞かせないほうがいいはずなのだ。

保留メロディーが途切れ、健介くんが低い声で「はい」と言った。電話の向こうから、勉強のやり方ユウくんに訊いてごらん、とお母さんの声がする。お母さんがそばにいるのなら邪険に電話を切られてしまうことはないだろう。

三島が死んだことを伝えた。健介くんはあまり驚いた様子はなく、興味のなさそうな声で「はあ……」と応えるだけだった。お通夜と告別式の日程を伝えたときも反応は変わらない。

僕も長電話をするつもりはなかった。

「来てほしいっていうことじゃないんだけど、できれば、それをお父さんに伝えてほしいんだ」

そのまま切ろうとしたら、健介くんは「はあ？」とのんきな声をあげた。「えー、そうなんですか？　ちょっと、わけがわからないんですけど」

ケンちゃん、なに話してるの、とお母さんの声が聞こえる。勉強の話しなさいよ、せっかくユウくんが電話してくれたんだから……。スリッパの足音とともに、声が遠ざかる。

「コードレスの電話にしたんだけど、おふくろ、すぐに親機のほうで取っちゃうんですよ。意味がないですよねえ」

そこまでがお芝居だった。

話し声が届かなくなったのを確かめてから、健介くんは、ふう、と息をついた。

「なんで電話してきたの」

声が低くなって、不機嫌さがにじんだ。「行かなくていいっていうんだったら、なんで電話してきたの」

「うん……」

「三島って奴が死んだから、喜べ、ってこと？」

「そうじゃない、違う、そんなのじゃないって」

「じゃあ、なに」

ただ伝えたかっただけだ。切れてしまった僕たちとフジシュンとの関係を、せめていまだけは結び直したかった。

「理由は説明できないんだけど……お父さんに知ってほしかった」

「知って、どうしろっていうの」

「どうもしない」

「どうもしないのに、親父に伝言しなきゃいけないってわけ？」

「……伝えるだけでいいから」

健介くんは少し黙って、さっきよりさらに不機嫌さのにじむため息交じりに言った。

「知ってると思うよ、親父は、もう。お通夜の時間なんかは知らないけど、事故があったことは、もう知ってると思う」

今朝の新聞を、家族が読む前に会社に持って行った。いつもはＮＨＫのニュースを観ている朝食のときも、テレビをつけなかった。

「あと、兄貴に線香あげてる時間が長かった」

フジシュンが首を吊った柿の木に水と線香を供えるのは、あのひとの朝晩の習わしだった。でも今朝は、冷え込んでいたのに、柿の木の前に長い間しゃがみ込んで、手を合わせていた。

「俺は、学校に行って友だちから聞いたんだけど」

「おふくろさんには……」

「言わないよ。言うわけないでしょ、そんなの」

あんたも、と健介くんは言った。「言ってないよね、だいじょうぶだよね」

「うん……」

「いっぱいいっぱいだから、おふくろ。最近はわりと調子いいけど、そんなの、なにかあったら一瞬で終わっちゃうから。よけいなこと言ったら、ほんと、ゆるさないからね」

一息に言ったあと、口調がまた変わった。

「じゃあ、どうもありがとうございました。受験がんばります」

お母さんが戻ってきたのだろう。

電話を切ったあと、おまえはずっとそうやって守ってきたんだな、と嚙みしめた。いつまでお母さんを支えなきゃいけないんだろうな。

子どもの頃の健介くんの顔が浮かんだ。ケンって甘えん坊だから、すぐに母ちゃん母ちゃんって甘えちゃうんだよなあ、と兄貴ぶって笑っていたフジシュンの顔も。

ひどい言い方をされても腹は立たなかった。むしろ、ありがとう、と言いたい気さえ――その前に謝れよ、と健介くんは言うだろうか。

僕はまだフジシュンを見殺しにしたことを、お母さんにも健介くんにも、あのひとにも、謝っていなかった。謝る必要なんかないとは、いつの頃からか思えなくなっていた。

斎場のロビーで待っていたら、焼香を終えたあのひとがホールから出てきた。

無視されるのも覚悟していたが、あのひとは僕に気づくと、よお、というふうに口を動かして、そばに来た。

会うのは一年生の年の九月四日――フジシュンの命日にサユの十六歳の誕生日を祝ってもらったとき以来になる。白髪がさらに増えた。もう、黒い髪のほうが少ないぐらいだった。

「一人なのか」

「はい……」

「中川さんも一緒だと思ってた」

あのひとはサユを「小百合ちゃん」とは呼ばない。僕のことは、名前で呼んですらくれない。

「すみませんでした」

「なにが？」

「あの……連絡とか、して」

いいよ、べつに、とあのひとは首を横に振り、「ウチのも喜んでたから」と少しだけ笑った。

「健介くんとも、ちょっと話をして……」

「伝言聞いたから、来たんだ」

「……来てもらえるって、思ってませんでした」

あのひとはそれには応えず、「車で来てるから、乗って行くか」と言った。「近くまで送って行ってやるから」

いいえ、バスで帰ります、と言いかけたときには、もう外に向かって歩きだしていた。

しかたなくあとを追って歩きながら、フジシュンの告別式のことを思いだした。あの日は、目に見えない重いものを背負って踏ん張っているみたいに、あのひとの背中は張り詰めていた。いまは違う。こんなに肩が落ちていただろうか。こんなに首が細く頼りなげだっただろうか。なにかを背負っているようには見えない。重荷を降ろしてすっきりしたというのではなく、もうあの日のような重いものを背負うことはできなくなっているのかもしれない。

外に出ると、雪は本降りになっていた。駐車場に駐めた車に向かうまでの間に、コートの肩や袖が白くなった。三島の棺は明日、雪景色の中で送り出されるだろう。ろくでもない人生でも、最後の最後ぐらいは、美しい風景に包まれたらいい。

少し迷ったが、後部座席ではなく助手席に座った。あのひともなにも言わず、エンジンをかけた。フロントガラスについた雪を、ワイパーがきしんだ音をたてて拭い取っていく。

「さっき、すごかったな」

三島のお母さんと、根本の両親のこと――。

「ああいうのはドラマの世界だと思ってたけど、ほんとうにあるんだな」

「ええ……」

「親は三人とも、俊介の葬式には来なかったんだけどな」

車を発進させる。

「言い訳して、逃げて、なにひとつ誠意は見せてくれなかったけど……」

斎場の門を抜け、外の通りに出てから、「さっきのこと、三島はうれしかっただろうな」と言った。「自分のためにおふくろさんがあんなに取り乱してくれて……うれしかっただろうな」

あのひとはそうしなかった。

顔も見たくない、俊介の前に顔を出すな、と三島と根本を最初から追い払った。

「俊介は、臆病な親だと思ったかな、俺たちのこと。あのときは、あれが俊介のためにしてやれる精一杯だと思ってたんだけど……」

違ってたかな、と苦笑した。「あいつらを俊介の前で殴って、土下座させたほうが、俊介は喜んでくれたかな」

どう応えたらいいか、わからない。珍しくよくしゃべってくれることに、ほっとするより困惑して、言葉が出てこない。

「結局……三島は一度も謝らなかったな。根本も、あと、堺っていう奴も……どうせ、なんにも思ってないんだろうな」

黙り込んだままの僕に、あのひとはぽつりと言った。

「ほんとうは殺してやりたかった」

クラス全員――。

「俊介をいじめた奴らも、知らん顔をしてた奴らも、全員、殺したかった」

つまり、僕のことも――。

「勇気がなかったんだな、結局」

話はそれで途切れた。

フロントガラスにあたってひしゃげた雪が、ワイパーに拭い取られる。いくつも、いくつも。何度も、何度も、繰り返し。

それをぼんやりと見つめて、僕は言った。

「僕たちの作文……なんで、マスコミに出したんですか」

「こっちがもらったんだから、どうしようと勝手だろう」

「……復讐だったんですか」

怒られるかもしれない。それでもいい、と思っていた。でも、あのひとは「そうだ」とも「そうじゃない」とも答えず、「嘘が書いてあったからだ」と冷静な声で言った。

「……どんな嘘だったんですか」

「一生忘れない、って書いてる奴が何人もいた」

フジシュンのことを――。

フジシュンに自分たちがやってしまったことを――。

いまの、この後悔と悲しみと申し訳なさを――。

「そんなの嘘だ」

いずれ忘れる――。

いずれ、なにごともなかったかのように日常が戻る――。

言い返せなかった。

「だから、忘れないようにしてやった」

卒業式のときにフジシュンの遺影を掲げたのも、同じ理由からだったのだろう。

「息子なんだ」

あのひとは言った。「三島の親にとっては、あんな奴でもたいせつな息子だ」

「……はい」

「俊介だってそうだ」

うなずくと、「おまえらになにがわかる」と突き放された。

「おまえらにとっては、たまたま同じクラスになっただけのどうでもいい存在でも、親にとっては……すべてなんだよ、取り替えが利かないんだよ、俊介の代わりはどこにもいないんだよ、その俊介を……おまえらは見殺しにしたんだ……」

話しているうちに震えてきた声は、最後はうめき声になっていた。

「おまえらは平気で忘れることができても、親は違うんだよ」

平気ではない。絶対に、違う。

僕も感情が一気に高ぶってしまった。

だって、しょうがないじゃないですか……僕ら生きてるんだし、フジシュンは、もういないんだし……忘れていくの、しかたないじゃないですか……。思いは、声にならずに、喉の奥で泡のようにはじけて、消えた。

悔しかった。悲しかった。でも、ほんとうの悔しさや悲しさは、自分の思いが伝えられないということではなかった。

僕たちはフジシュンを少しずつ忘れてしまう。どうしようもできず、フジシュンから遠ざかっていく。それを認めることが悔しくて、認めるしかないということが悲しかった。

あのひとはハザードランプのスイッチを押した。車はつんのめるように荒々しく減速して、路肩に停まった。

「ここからだと歩いて帰れるだろ」

僕は黙ってドアを開けた。これ以上しゃべると泣きだしてしまいそうだった。

車の外に出た僕に、あのひとは前を向いたまま「お通夜のこと、知らせてくれて……」と言って、ありがとう、の代わりなのか、大きく二度うなずいた。

僕も会釈を返して、ドアを閉めた。

車はすぐに走りだして、僕は降りしきる雪の中を歩いて家に帰った。

フジシュンは雪が降るとはしゃいでたな。ふと思いだした。小学校の低学年の頃だ。降ってくる雪を食べようとして、空に向かって口を大きく開けてうろうろしていたら、なにかにけつまずいて転んでしまったのだ。

途中から少しずつ足早になって、家に帰り着くとコートのまま自分の部屋に駆け込み、まだ使っていないノートにそのことを走り書きした。霜柱を踏むのが好きだったことも思いだしたので、書き留めておいた。「ゆき」と平仮名で書くときの「ゆ」の字が不格好だった。それも書いた。平仮名で言えば、「む」の字も、輪っかのところが妙に小さくてバランスが悪かった。それも書いておいた。

ストーブも点けていない部屋で、コートを着たまま、三十分近くかけてフジシュンの思い出をノートに二ページ書いた。

それが、次の日からも日課になった。

4

高校三年生の日々は、それまで生きてきた中でいちばん速く、流れるように過ぎていった。

フジシュンにまつわる話で書いておくべきものは、ほとんどなにもない。

受験勉強があった。遠い夢でもインターハイや冬の選手権出場を目指したサッカー部の練習があった。高校生活最後の文化祭があった。最後の体育祭もあった。修学旅行は二年生のうちに終えていたが、予備校の夏期講習が始まる前に、仲間数人で離島のユースホステルに泊まりに行った。浪人を端《はな》から覚悟している友だちに頼み込まれて、ブルーハーツのコピーバンドでギターを弾いた。サユと過ごした。サユと話した。サユと笑った。サユを思った。サユに会いたかった。会うと、いつまでもこうしていたい、と思った。サユがいた。サユがいた。サユがいた。サユがいた。目の前にいないときにも、ずっと胸の中にいた。

あのひとは怒るだろうか。でも、それが事実で、真実でもあるのだと思う。

僕は生きている。十八歳になった。やらなければならないことは山ほどあったし、やりたいことも数えきれないほどあった。忘れたくない思い出はいくつもできたし、覚えておかなければならない英単語や世界史の年号はもっとたくさんあった。中学二年生の少年に、いつまでも付き合っているわけにはいかないのだ。

その代わり、ノートにメモ書きしたフジシュンの思い出は、ほとんど一冊分になった。思いだすエピソードは他愛《たわい》のないものばかりだ。給食の時間に牛乳をこぼしたことや、ゆで卵の殻の剝き方がへただったこと、掃除の時間に持ち上げた机の脚を向こう脛《ずね》にぶつけてアザをつくったこと、鉄棒のさかあがりをするときに「ふんっ、ふんっ」と声を出すのでみんなに笑われていたこと……。あまりにも他愛なさすぎて、それがほんとうにフジシュンのことなのか自信がない。別の誰かのやったことを間違えて思いだしてしまったんじゃないか、という気もしないでもない。

それでも、フジシュンはここにいる。

ここにいるんだ、と思うことで、少し気が楽になる。

ノートのことは、サユには話していない。

サユはテニス部を引退したあと、二学期から、ときどき本多さんと一緒にフジシュンの家に行っているらしい。お母さんの話し相手になったり、ときには夕食の支度を手伝ったりしている。

本多さんは「わたしが話したことはサユちゃんには内緒にしてね」と言った。「でも、あの子の気持ち、わかってあげて。卒業したら東京に行っちゃうんだから、それまでの間、少しでもお母さんによくしてあげたいと思ってるのよ」

僕はサユの前では知らんぷりをつづける。それでいい、と思っている。彼女が自分から打ち明けたら、僕もノートを見せるつもりだった。それでいいんだ、と思っている。

サユはテニス部の最後の公式戦だった六月のインターハイ予選で、県のベスト16まで勝ち進んだ。一回戦からずっとピンクのヘアバンドで髪をまとめていた。十六歳の誕生日にフジシュンのお母さんから贈られたものだった。雑誌の占いで六月のラッキーカラーがピンクだったから、と本人は言っていたが、ほんとうの思いはわからない。

九月四日にフジシュンの家によばれたのは、結局、一年生のときが最初で最後だった。本多さんが教えてくれた。二年生のときも、三年生のときも、お母さんは寝込んでいたのだという。夏の終わりになって九月四日が近づくと、体も心も調子が悪くなる。

「また一年たった、っていうのがキツいみたい……」

本多さんは心配そうに言っていた。

その本多さんは、『東洋日報』で『再び歩みだす人たち』と題されたコラムの連載を始めることが決まった。「連載っていっても、月イチの埋め草企画みたいなものだから」と言いながら、初めてのコラム連載に張り切って取材に飛び回っていた。

『再び歩みだす人たち』は、タイトルどおり、絶望から立ち直ったひとたちや立ち直りつつあるひとたちを描くコラムだ。一月に掲載された第一話は、交通事故で半身不随になった女子高生が車椅子バスケットボールのチームに入った話だった。二月の第二話は、バブル崩壊後の不況でリストラされた中年男性が家族の励ましを受けながら再就職を目指す話。そして三月の第三話は、かつて甲子園のスター選手だった地元のヒーローが、プロでは芽が出ないまま帰郷して、紆余《うよ》曲折《きょくせつ》のすえ焼鳥屋を開いた話だった。

フジシュンの両親のことも、そのコラムで書く。息子をいじめ自殺で亡くした両親が、癒せぬ悲しみのなかで夫婦の絆《きずな》を深め合う、という筋立てになるらしい。

「連載は一年間だから、九月四日の命日を取材してから、原稿にするつもりなの」

お母さんはとても喜んでいるのだという。自分が新聞に載ることがうれしいのではなく、フジシュンの名前が活字として残ること――もっと言えば、お母さんとフジシュンがまぎれもなく母と息子なんだというのが形になって残ることが、なによりもうれしい。

「プレッシャーかかるけど、いいコラムにしようと思ってる」

「……お父さんは、どうなんですか？　楽しみにしてるんですか？」

本多さんは少し考えてから、「記事が出て、お母さんが喜ぶことを、楽しみにしてるみたい」と言った。「そうじゃなかったら、取材なんて受けてくれなかったよ」

僕も、そう思う。

「真田くん、あきれてるんじゃない？」

「なにがですか？」

「お母さんは俊介くんのことばっかり考えてて、お父さんと健介くんはお母さんの心配ばっかりしてて……家族ってバカみたいだ、とか思ってるんじゃない？」

「バカとは思わないけど……」

素直になろう。「なんか、大変だな、って」

「大変だよね。でも、それが家族なんだと思うよ」

「はい……」

「だから、その家族の一人がいなくなるっていうのは、大変なことなの」

取り替えは利かない、とあのひとは言っていたのだ。

俊介の代わりはどこにもいない、とうめきながら言っていたのだ。

「真田くんもおとなになって、自分が家族をつくったら、わかるようになるんじゃない？」

相手はサユちゃんかな、と本多さんはいたずらっぽく笑って、まあ、がんばんなさいよ、と僕の背中をぽんと叩いた。


その年のクリスマス前、駅前の商店街を歩いていたら、向こうから西高の制服姿の健介くんが友だちと一緒に歩いてくるのが目に入った。健介くんは僕に気づいていない様子だったが、うつむいて顔を隠すだけでは足りず、すぐそばの小さな書店に入った。

逃げたわけじゃない、後ろめたいことなんてなにもないんだから、と自分に言い聞かせ、そうだ受験で上京する前に東京の地図を買わなきゃいけないと思ってたんじゃないか、と無理やり理由をつけて、店の奥にある地図や観光ガイドブックのコーナーに向かった。

ポケットに入るサイズの東京のガイドブックを適当に手に取り、適当にぱらぱらとめくって、健介くんはもう店の前を通り過ぎただろうか、まだだろうか、とタイミングを探っていたら、背後にひとの立つ気配がした。

「どうも……ひさしぶりです」

振り向けずにいたら、健介くんは僕の背後から隣に移った。海外旅行のガイドブックを棚から抜き取って、僕と同じようにぱらぱらめくりながら、「逃げなくてもいいじゃないですか」と笑った。

僕は広げたガイドブックを見つめたまま、声がうわずらないように気をつけて、「親父さんやおふくろさん、元気なの？」と訊いた。

「中川さんがたまに顔を出してくれてるんで、おふくろ、けっこうそれを楽しみにしてて」

「……親父さんは？」

「まあ、ふつうです」

その「ふつう」にどんな意味や重さが込められているかはわからない。ただ、健介くんの声は、いままでのような怒りをはらんだものではなかった。

「東京の大学、受けるんですか」

健介くんは僕のガイドブックを指差して、目は向けずに「受かりそうですか？」と訊いた。

「わかんないけどな……」

「もし落ちても、予備校は東京のほうですか」

うなずいた。フジシュンのこととは関係なく、狭く小さなふるさとの街で大学時代やその後の人生を送るつもりはない。

「中川さんも東京の大学が第一志望だって言ってたけど」

一瞬ためらってから、へえ、そうなのか、と少し驚いたふりをした。サユが僕たちの仲をお母さんに伝えているとは思えない。

「みんな行っちゃうんですねえ」

健介くんは笑いながら言った。皮肉めいた口調ではなく、素直にうらやましがっている。それを僕にも伝えたかったのだろうか、念を押すように「でも、これで一区切りって感じですよね」とつづけ、どう応えていいかわからない僕に、さらにつづけて言う。

「中川さんには、俺もすごく感謝してます。ほんと、おふくろ、元気になってますから」

「そう……」

「真田さん、っていうか、ユウちゃんにも、俺、もう怒ってないですよ」

ほんとです、ほんと、とまた笑う。「怒りつづけるのって、キツいですよ、やっぱり」

僕は黙ってガイドブックをめくる。

「もう五年目ですからね」と健介くんは自分のガイドブックを棚に戻し、「長かったけど、速かったです、なんか」と言った。

心の底から納得しているというわけではないだろう。ゆるしているのではなく、ゆるそうと思うようになった、というだけかもしれない。でも、「俺までいつまでも引きずってたら、親父もおふくろも困るじゃないですか」とつづけた言葉と寂しそうな苦笑いは、本音だと思う。

「俺ね、兄貴が中川さんのこと好きだった理由、最近なんとなくわかるんですよ。優しいひとが好きなんですよね、兄貴。自分が弱いこと知ってるから、甘えたかったたっていうか」

「中学生の頃は気が強かったんだけどな」

がんばって冗談に紛らせると、健介くんは真剣な声で「じゃあ、ほんとうは優しいひとだっていうのを見抜いてたんですよ、兄貴」と言った。

そうかもしれない。そうであってほしい。サユが優しくなったのはフジシュンが死んでしまったからだとは、僕だって思いたくない。

健介くんは別のガイドブックを手に取りかけたが、まあいいや、と棚に戻し、「じゃあ、どうも」と僕に小さく頭を下げて、結局一度も目を合わせないまま、出口に向かって歩きだした。

「……ケンちゃん」

なにを言うか考える間もなく、勝手に口が動いていた。健介くんが振り向くと、もう、あとは言葉が出てこない。

代わりに健介くんが、笑って言った。

「俺も意外とがんばってるんですよ、前向きになろう、って」

僕は黙ってうなずくことしかできない。

「ユウちゃんも、受験がんばってください」

ありがとう、の一言すら、言えなかった。

僕とサユは東京の大学に合格した。

僕は都心にキャンパスのある大学の文学部で、サユは郊外の女子大の社会学部に進む。二人で首都圏の鉄道路線図を見て、住む街を決めた。同じ私鉄の沿線にした。電車と徒歩で小一時間かかる距離だったが、その距離を詰めるのは簡単なことで、それはあんがい早い時期かもしれない、と僕は思っていた。

いまは手をつなぐのがせいぜいの幼い関係でも、東京に行けば、僕たちの世界は一気に広がる。そう信じていたし、実際に間違いではなかった。

間違いがあったとすれば、それは、世界ではなく、僕たちの内側にあったのだろう。

ふるさとの街での最後の思い出を書いておかなければならない。

三月の下旬、東京に発送する荷造りをあらかた終えた頃、僕とサユはフジシュンの家を訪ねた。お母さんによばれたのではない。サユが「挨拶だけでもしていこうよ」と言いだして、本多さんにも頼らず、自分でフジシュンの家に連絡をとり、自分で日取りも決めたのだ。

その日は近所で待ち合わせて、散歩がてら土手道を歩いてフジシュンの家に向かった。

暖かい日曜日だった。空は霞んでいたがよく晴れていて、川の対岸の公園には、桜の木の下でお花見をするひとたちがたくさんいた。

ヒバリが鳴いている。足元ではタンポポの黄色い花がかすかな風に揺れている。冬の間は寒々しかった田畑にも耕耘機《こううんき》が入れられ、黒っぽい地面が一斉に深呼吸をしているみたいに、土手道を歩いていても土のにおいが漂ってくる。

受験が終わり、卒業式も終わって、あとは上京する列車に乗るだけ、というのんびりした時期にふさわしい、おだやかな休日の午後だった。

でも、サユは並んで歩いていても口数が少なかった。なにかを考え込むようにうつむいて歩き、僕が話しかけても、とんちんかんな受け答えばかりする。

最初から覚悟を決めていたのだ。

中学二年生の九月四日以来ずっと背負ってきたものを降ろそうとしていたのだ。

でも、あのときの僕は、緊張しているんだろうとしか思わなかった。

「なにかあったのか?」と訊いていれば、サユは答えてくれただろうか。もしもそのときに彼女が背負ったものの正体を知ったなら、僕はどうしただろう。行くのはやめよう、と止めただろうか。黙って背負いつづけたほうがいい、と言っただろうか。なにも方策が思いつかず、ただおろおろするだけだっただろうか。

すべては、あとになってから思うことだった。

お母さんはパジャマの上にカーディガンを羽織った姿で、僕たちを迎えてくれた。

ここのところ、また調子がよくないのだという。

「ごめんね、ほんとうはこっちから合格のお祝いしてあげなきゃいけなかったんだけど、ずっと寝たり起きたりでね……ユウくんと小百合ちゃんが遠くに行っちゃうのが寂しかったのかもね」

冗談めかして言った後半の言葉が、本音なのだろう。お母さん自身は笑っているつもりでも、頰はほとんど動かなかったから、きっと。

あのひとと健介くんも居間にいた。二人とも、見るからにお母さんを案じているのがわかる。

「高校卒業なんだもんねえ、大学生なんだもんねえ……早いわよね、ほんと……」

区切りのときを迎え、またあらためて、フジシュンのいなくなった寂しさに包み込まれてしまったのだろう。

でも、お母さんは懸命に明るくふるまっていた。

「なにもできなくて悪いけど、お菓子だけ、健介に買ってこさせたから」とシュークリームを僕たちにすすめ、自分で紅茶もいれてくれて、仏壇を振り向いて「シュンちゃん、小百合ちゃん四月から女子大生なんだって。すごいよねえ」と笑った。

仏壇の中の遺影も、サイドボードの上の写真も、いまはもうずいぶん幼く見える。友だちというより、年下のいとこという感じだった。あと何年かすれば、それも超えて、近所の小学生としか見えなくなるのかもしれない。そして、さらに何年も、十何年もたつと、自分の子どもと変わらない年格好になるのだろう。僕に息子ができて、その子が大きくなって、少しずつ、友だちとの関係に悩んだり救われたりというのを覚えてきたら、僕はフジシュンのことをどんなふうに思いだすのだろう。

「ねえ、シュンちゃん」

お母さんは仏壇の前に座り直し、線香をあげながら語りかけた。

「小百合ちゃん、こんなにきれいでかわいいんだもん、東京に行ったらモテモテになっちゃうよ。いいよね、それでいいよね？　小百合ちゃんが幸せになるのを祈ってあげようね、お母さんと一緒に」

健介くんはつらそうに顔をゆがめた。あのひとは黙って、誰とも目を合わせずに、窓の外の庭を見ていた。僕はため息を呑み込み、サユはうつむいて、肩を小刻みに震わせていた。

お母さんは鈴《りん》を一つ鳴らすと、サユに向き直って、かしこまって頭を下げた。

「いままでありがとう。おばさん、小百合ちゃんが遊びに来てくれるときがいちばん楽しかった。無理して付き合わせちゃって、ほんとうにごめんね」

サユはうつむいたまま首を横に振る。肩の震えがしだいに大きくなった。

「でも、もしね、ほんとうにもしも、小百合ちゃんさえよかったら、また遊びに来て。お付き合いするひとができたら、連れて来てよ。おばさんにも紹介して」

やめてよ――と言いたかった。

もう、これ以上サユを縛りつけないでよ――。

俺たちを、もう、解放してよ――。

「あ、でも、意外と、もう彼氏いるのかもね。どう？　いるんじゃないの？」

お母さんが含み笑いで訊いた、そのときだった。

サユは畳に突っ伏して激しく泣きだした。

悲しさというより苦しさを全身で吐き出すみたいに、丸めた背中を波打たせ、額を畳にこすりつけながら、嗚咽交じりになにか言った。最初は聞き取れなかったが、サユは同じ言葉をずっと繰り返していた。

ごめんなさい、ごめんなさい、ごめんなさい、ごめんなさい、ごめんなさい……。

初めて一緒にフジシュンの家を訪ねた日と同じだった。

でも、あの日は言わなかったことを——ずっと、誰にも言わなかったことを、サユは初めて口にした。えずくような声は嗚咽にかき消されながら、切れ切れに耳に届いた。

フジシュンの電話のこと。プレゼントを持って行きたいと言われたこと。そっけなく断ってしまったこと。電話を切ったあと、フジシュンが宅配便でプレゼントを送ったこと。そのコンビニでビニールテープを買って帰り、部屋に置いてあった遺書に、サユに詫びる追伸のメッセージを残したこと。そして、首を吊って死んだこと。

もしもフジシュンの望みどおり、会っていれば。

会わなくても、もっと優しい言葉をかけて電話を切っていれば。

「藤井くん……死ななかったかも……しれない……」

胸に残った息をすべて使い切った声で言って、あとはもう、泣きじゃくるだけだった。

お母さんはきょとんとした顔で、耳に入った言葉を払い落とそうとするように首を何度も横に振った。

サユの背中を見つめる健介くんのまなざしも混乱しきっていた。

あのひとは庭を向いたまま、眉間《みけん》に皺《しわ》を寄せて固く目をつぶっていた。

なんだよそれ、なんなんだよ……と、健介くんがつぶやく声が聞こえる。ちょっと待ってよ、なにそれ、ワケがわかんなくて、俺……。うわずって震えた声で繰り返しながら、肩で何度も大きく息を継ぐ。

僕も、同じつぶやきが漏れそうになるのを必死に喉元でこらえていた。サユの話を途中でさえぎればよかった。さえぎらなければならなかった。僕はまた、たいせつなものがこわれて終わってしまうのを、なにもできずに、ただ黙って見つめるだけになってしまった。

あのひとは身じろぎもせず、目をつぶったままだった。

お母さんの顔に、薄笑いが浮かんだ。脱力したような、放心したような、感情の消えた微笑みだった。サユは責めてもらえなかった。なじってもらえなかった。ゆるす言葉も、お母さんの口からは出なかった。

お母さんは薄笑いの顔でサユをしばらく見つめていたが、顔を上げそうにないのを確かめると、僕のほうを向いて、ゆっくりと一度だけうなずいて――違う、前かがみに倒れてしまった。

サユはお母さんがあのひとに肩を抱かれて居間を出たあとも、まだ畳に突っ伏していた。嗚咽はだいぶ収まっていたが、いまはフジシュンの仏壇に土下座をしているのだろう。

居間に残った健介くんは、ふてくされたように脚を前に投げ出し、後ろ手をついて、「まいったね……」と言った。「生きる希望あったんだ、兄貴。最後の希望だったんだな……」

やめろよ、と僕が制すると、それで逆に、「だってそうでしょ」と声をとがらせた。「中川さんに会えたら、兄貴、元気が出て、がんばれたよ、絶対に」

「……違う」

「違わないでしょ」

健介くんの声には、はっきりと怒りがにじんだ。投げ出した足の踵を畳に乱暴に打ちつけて、「俺ね、俺……がんばってたんだよね……」と言う。「ほんと、もうゆるさなきゃ、って……恨んだり、憎んだり、そういうの、もう、やめなきゃ、って……思って、俺、ゆるせるって思ってたんだよね、もうだいじょうぶだって、思ってたんだよね……」

「やめてくれ、頼む、黙っててくれ」

僕は頭を下げた。それで足りなければ土下座でもなんでもするつもりだった。

でも、健介くんは「だって、おふくろ、だまされたんだよ?」と言った。「兄貴は見捨てられて、おふくろはだまされて、って……なんなんだよ、それ、俺んち、なんなんだよ……」

「わかる、わかるから……頼む……もう、やめてくれ」

詫びなければならない。頭ではわかっている。悪いのはサユだ。言い訳はいくらでもできるはずでも、サユが自分でそれを受け容れたのなら、悪いのは、やはり、サユなのだ。

「ケンちゃん、なあ、頼む……そういう言い方、やめてくれ、頼む……」

健介くんは首を横に振って、さらに強く、床が揺れるほどの勢いで踵を畳に打ちつけた。

「必死だったんだよ、俺も。必死に、ゆるしたかったんだよ……すごいキツかったけど、兄貴のこと、ちゃんと乗り越えて、忘れるとかできるわけないけど、もう、誰かを恨んだり、憎んだり、そういうのやめよう、って……」

声が大きく波打って、はじけた。

「俺んちのこと、どこまでバカにしてんだよ！　ふざけんなよ！」

サユの背中がすくむ。ごめんなさい、ごめんなさい、と嗚咽に声が交じる。

僕の感情も、それではじけた。

「しょうがないだろ！　片思いなんだよ、あいつが勝手に好きになっただけなんだよ！　迷惑だよ、迷惑させられたんだよ！」

声を裏返して怒鳴った。お母さんに聞こえても、もうかまうものか、と思っていた。

「サユが勝手に遺書に書かれてどんなに苦しんだか、おまえにわかるか！　俺が、勝手に親友にされて、どれだけ困ったか、おまえにはわからないんだよ！」

同じだった。

僕は、三島の通夜のときにあのひとにぶつけられたことを、そっくり健介くんに返していた。

健介くんは「なんだよ、その言い方」と体を起こした。

「文句あるのか」と僕も身を乗り出した。

腹が立つ。とにかく腹が立つ。健介くんに対してではなく、サユが秘密を僕に打ち明けていなかったことに対してでもない。もっと違う、もっと大きくて、もっと深いなにかを、めちゃくちゃにこわしてやりたい。

「俺とサユ、付き合ってるんだよ！　フジシュンは死んだあとも振られたんだよ！　俺だって、あんな奴と親友でもなんでもなかったんだよ！　最初から最後まで、俺にもサユにも相手にされてなかったんだよ、あんな奴！」

健介くんが殴りかかってきた。かわしそこねて、拳が顎にあたった。でも、僕もすぐに健介くんの胸ぐらをつかんで、揉み合いになった。

あのひとが居間に駆け込んでこなければ、きっと、もっとひどいことになっていた。

あのひとは黙って僕たちの間に割って入り、先に健介くんの頰を張った。振り向きざまに、僕にも手を振り上げたが、平手打ちは来なかった。あのひとはゆっくりと下ろした自分の手のひらをじっと見つめ、顔を上げると、静かに言った。

「もう帰れ」

言われなくてもそうするつもりだった。サユを連れて帰る。もう二度と、ここには来ない。

あのひとは僕をその場に立たせたまま、仏壇から小さな箱を二つ取り出した。

「持って帰れ」

「……要りません」

「具合のいい日にデパートに行って、ウチのが買ってきた。持って帰ってくれ」

万年筆の箱だった。のしがついている。〈卒業御祝い〉とスタンプを捺した横に、それぞれ小さく〈ユウくん〉〈小百合ちゃん〉と、お母さんの字で小さく書いてある。

「色違いのを買ったみたいだから、間違えずに、あとで中川さんにも渡してくれ」

サユの泣き声が、居間にまた響きわたった。

第六章　別離

1

東京のアパートの部屋を意外なひとが訪ねてきた。五月の終わり、複雑な地下鉄の乗り換えにもようやく慣れた頃のことだ。

「エアコン付きなんて生意気だな、学生のくせに」

田原さんは部屋を見回して「俺たちの頃なんて、風呂なしがあたりまえで、トイレや流しまで共同だったんだぞ」と笑った。

会うのは四年ぶりだった。同じ年格好のあのひとと比べると、四年間でそんなに変わったようには見えない。駅前で待ち合わせたときにそれを口にすると、「フリーライターなんて仕事は年齢不詳が売りみたいなものだからな」と田原さんは言って、「でも、そうか……」とため息をついた。「老けちゃったか、親父さん」

「白髪が増えました」

「はげるよりはましだ」

あいかわらずの言い方をして歩きだしたのだ。

都心から少し離れた街だ。駅も各駅停車の電車しか停まらない。マスコミのひとがふだん歩くような街ではないはずなのに、田原さんは慣れた足取りで、二丁目だとこっちだよな、と三叉路も迷わず進んだ。

「会わないか?」と電話がかかってきたときは、僕のほうから田原さんの仕事先に出向くつもりだった。どうせ大学は都心にあるので、授業のあとで会うのならそのほうが都合がいい。田原さんも最初は「じゃあ夕方に来てもらって、俺の時間が空くようだったら晩飯でも食うか」と言っていたのに、僕のアパートの最寄り駅を知ると、「俺がそっちに行くよ」と言い出したのだ。

駅からアパートまでは徒歩十分、区画整理された駅前を抜けると道は急に入り組んでくる。田原さんもさすがに途中からは僕に前を歩かせたが、それでも、街並みを眺める表情はなつかしそうだった。「前に住んでたことあるんですか?」と訊くと、「そういうわけじゃないんだけどな、ちょっと土地勘はあるんだ」と言う。「取材かなにかで?」とつづけて訊くと、それには答えてもらえなかった。

「まあ、それにしても……」

僕がすすめる前にフローリングの床にどっかりと座った田原さんは、ベッドの縁を背もたれにして、あらためて部屋と僕を見つめた。「最初に会ったのって中二のときだろ? 早いよな、もう大学生なんだもんなあ」

「はい……」

「東京には慣れたか?」

それはもう、だいじょうぶ。水道水のカルキ臭さとラッシュアワーの電車の混雑を除けば、住み心地は悪くない。東ヶ丘高校から一緒に上京した友だちの中には、早くも里心がついてゴールデンウィークに帰省した奴らもいたが、そんな気はまったく起きなかった。夏休みもふるさとに帰るのはせいぜい数日、できれば帰らずにすませたいな、とも思っている。

「一人暮らしって初めてだろ？　寂しくないか？」

それも、ない。

「きょうだいいるんだっけ」

「いえ、一人です」

「じゃあ、親父さんとおふくろさんのほうが寂しがってるんだ」

「なんか、新婚時代に戻ったとか言ってますけど」

ははっ、と田原さんは笑って、「強がるんだよ、親は」と言った。僕も、それは少し、思う。

「寂しさってのは、両方で分かち合うものじゃないんだ。自分は寂しがってても向こうはそうでもなかったり、その逆のパターンだったり……。片思いみたいなものだよ。だから、寂しいっていうのは、相手がそばにいないのが寂しいんじゃなくて、なんていうか、そばにいない相手が、自分が思うほどには自分のことを思ってくれてないんじゃないか、っていうのが寂しいっていうか……その寂しさが寂しいっていうか……」

よくわからなくなっちゃったな、と首をひねって、話は尻すぼみで終わった。

でも、なんとなく言いたいことはわかる。自分の両親よりも、フジシュンの両親を思い浮かべたほうが、しっくりくる。

数日前、田原さんのもとにフジシュンのお母さんからの手紙が届いたのだという。

僕たちのために――。

僕とサユと気持ちのよくない別れ方をしてしまったから――。

東京は遠くて、田舎にいてはなにもしてやれないから、二人に困ったことがあったら相談に乗ってやってほしい――。

差出人は両親の連名になっていたが、封筒や便箋の文字はお母さんのものだったらしい。「親父さんに黙って書いたんじゃないかな、手紙」と田原さんは言っていて、僕もそう思う。

冷蔵庫からウーロン茶を出しかけて、もう夕方なんだし、と缶ビールに代えた。

田原さんは「十八歳が酒飲んじゃだめだろ」と笑いながら、さっそくプルトップを開けて、軽く乾杯のしぐさをしてから、うまそうに飲みはじめた。

僕も自分のビールを啜る。ふだんは風呂上がりに三百五十ミリリットルの缶を一本飲みきれるかどうかだが、いまは一口飲んでも、頬に火照るものがない。緊張しているのだろうか。

「この部屋、彼女……中川さんだっけ、あの子も遊びに来るのか?」

「ときどき、ですけど」

「泊まったり?」

いいえ、と苦笑した。お互いの部屋を行き来していても、サユは決してここには泊まらないし、僕を自分の部屋に泊めることもない。そっと手をつなぐのがせいぜいの幼い関係から、僕たちはまだ一歩も先に進んでいない。

「今日は来るのか? 彼女」

「いえ……サークルの飲み会があるみたいで」

嘘をついた。田原さんにも、サユにも。田原さんと会うことも、そもそもフジシュンのお母さんから田原さんに手紙が届いたことも、サユには話していない。

田原さんも「まあ、今日は彼女がいないほうがいいかもな」と言った。

「手紙にはどこまで書いてあったんですか？」

「謝ってただけだよ。彼女のことを傷つけた、申し訳ないことをした、って」

「お母さんが？」

「ああ……ずっと後悔してる、って」

僕たちだってそうだ。特にサユの落ち込みようはひどかった。上京する間際のタイミングでよかった。あのまま、ふるさとの街に長くいなければならなかったら、サユは精神的にまいってしまったかもしれない。

言わなければよかった。言うべきではなかった。本多さんにそのことを伝えると、「とうとう言っちゃったんだね、サユちゃん……」とつらそうにため息をついた。本多さんはずっと早い時期――フジシュンが死んだ直後から、サユに打ち明けられていた。誰にも言わないほうがいい、と止めたのも本多さんだった。

正直に話したからといって、誰も喜ばない。誰も楽になれない。サユもフジシュンの両親もよけい悲しい思いをしてしまうだけなら、最初から言わないほうがいい。

でも、サユは黙ったままではいられなかった。秘密を隠したまま、これ以上フジシュンの両親と会うことはできなかった。

「わたしがいけなかったのかもしれない。まだ中学生や高校生の子に、重い十字架を背負わせちゃったようなものだから」

本多さんはそう言って、でもね、とつづけたのだ。「十字架を降ろしたせいで、もっと重い十字架を背負うことって、あると思う」

お母さんが田原さんに手紙を書いたことを知っても、サユは、ゆるされたとは思わないだろう。救われたとも思わないはずだ。かえって、また一つお母さんを苦しめてしまったんだと、自分を責めるだろう。

「俺……あいつの背負ってるもの、一緒に、背負いたいです」

僕は言った。本気だった。サユに面と向かっては言えない。だから、本気の言葉だった。

本多さんは、そうね、とうなずいてくれた。

でも、「真田くんだって背負ってるよ、十字架」とも言った。

ナイフの言葉と十字架の言葉の違いについて教えられたのは、そのときだったのだ。

僕の長い話を聞き終えた田原さんは、空になったビールの缶を手で握りつぶして、「お代わりなんてあるか?」と言った。冷蔵庫から新しいビールを取り出すと、「ガキのくせに酒の買い置きなんて生意気だよなあ」と笑って、その顔のままつづけた。

「いろいろあったんだな、あれから」

「はい……」

「三島が死んだってのはなかなかのおまけだし、親父さんも教えてくれりゃよかったのになあ、薄情なもんだ」

昔と変わらず、冷ややかに嘲《あざけ》るような言い方をする。

「まあ、でも、アレだ、中川さんがあの日会ってやってても、どっちにしてもあいつは死んでるよ。遺書もだいぶ前に書いてたんだし、命日が一日遅くなったかどうかの違いだろ」

僕は黙っていた。

「……そうでも思わなきゃやってけないだろ、生きてるほうは」

田原さんも、笑わずに言った。


僕たちの作文を『月刊オピニオン』に載せたのを最後に、田原さんとフジシュンの両親は年賀状をやり取りする程度の付き合いになっていた。

「さすがに最後の記事は評判も悪かったし、まあ、こんなこと言うのはアレだけど、中学生の自殺だからな、しょせんは。あと何号もやれるような話じゃなかったし、親父さんやおふくろさんも疲れてきてたし、あのへんが潮時だったたんだ」

「そういうものなんですか？」

「なにが？」

「だから……用がすんだら、もうおしまい、っていうか……」

「なんだ、おまえ、酔ってるのか？」

僕の缶ビールも二本目になっていた。頬の火照《ほて》りはまだほとんどない。その代わり、いつもとは違うどこかに酒の酔いが染み込んでいるような気がする。

田原さんは、まあいいや、と僕から目をそらし、「いいこと教えてやるよ」とつづけた。

「裁判を起こしたらどうだって言ってたんだ、親父さんに。三島たちの親と、学校と、市を訴えるんだ。たまに新聞にも出てるだろ、いじめ裁判って」

「はい……」

「俺も何件か取材をしてきたし、そういう裁判に強い弁護士にもツテがないわけじゃないから、もし親父さんがその気だったら手伝うって言ったんだよ」

金じゃないぞ、と付け加えた。

「精神的苦痛の慰謝料は請求するけど、ほんとうは金なんてどうでもいいんだ。少なくとも、俺の取材してきた親はみんなそうだった」

負けてもいいんだ、判決や調停の勝ち負けじゃないんだ、とも言った。

「裁判を起こせば、ほんとうのことがわかる。自分の子どもが学校でどんな目に遭わされてたのか、学校の報告や生徒の作文っていうようなきれいごとじゃなくて、ぜんぶわかる。それを知りたいんだ、親は」

なんでだと思う？　と訊かれた。

答えられずにいたら、いつもの軽口は挟まず、すぐに話を先に進めた。

「親は、学校で起きたことをこの目で見るわけにはいかないんだよ。だから信じるしかないんだ。ウチの子は元気でやってる、毎日を幸せに過ごしてる……。だから親はみんな子どもに訊くんだ。学校どうだ？　毎日楽しいか？　って」

僕も子どもの頃は、親父やおふくろにしょっちゅう、うっとうしいほど訊かれた。

「考えてみろ、子どものほうは親には訊かないんだよ。お父さん、会社どう？　お母さん、毎日楽しい？　そんなことを訊く子どもはどこにもいないし、子どもにそんなことを訊かせちゃだめだろ、親としても」

「はい……」

「心配するのは、親の仕事だ。でも、子どもを信じるのも親の仕事だ。だったら、子どもが、学校は毎日楽しいよ、って言ったら信じるしかないだろ」

でも、ほんとうはそうではなかったのだとわかったら——。

それがわかったときには、もうすべて手遅れだったら——。

「親としては、せめて学校でほんとうはなにがあったのか、子どものために知ってやりたいと思うだろう？」

僕の肩に、ぽん、と手を乗せるような口調だった。おまえにはまだわからないと思うけどな、という声にならない言葉も、一緒に届いた。

「俊介くんの親父さんも、最初は裁判も考えてた。ただ、おふくろさんのほうがな……」

知ることを拒んだ。

俊介がこんなにもひどい目に遭わされて、こんなにもつらい思いをして、苦しみ抜いたすえに死を選んだというのを、受け容れたくない。知れば認めるしかないから、知りたくない。俊介は親に心配をかけたくないから、いじめられていることを最後まで言わなかった。ならば、いま親がすべてを知ってしまったら、あの子が一人でじっと耐えてきた意味がなくなる。

「耳をふさいで、目をつぶったんだ」

息子は、自殺という名前の不慮の事故で亡くなった――。

ほんの十四年の短い人生でも、楽しいことがたくさんあって、力いっぱい生きてきた――。

バカだよな、と田原さんは苦笑した。「現実逃避にもほどがあるって、あきれたよ。泣き寝入りの典型だからな」

「でも……」

たまらず言いかけると、わかってる、と目で制された。

「あれはあれで親の愛だよな、って最近思うようになった」

そして田原さんは初めて、たった一度だけ、自分自身のことを口にした。

「去年、子どもが生まれたんだ。四十半ばの恥かきっ子だけどな」

照れくさそうな顔を見せたのも初めてだった。

二本目のビールが空くと、「酔い覚ましに、ちょっと散歩するか」と言われた。「連れて行ってやりたい場所があるんだ」

アパートから、駅とは反対方向に向かった。まだほとんど歩いたことのない一画だった。道はさらに入り組んできたが、田原さんは、たしかこっちが近道だったよな、と細い路地にどんどん足を踏み入れて、四つ角をこまめに曲がっていく。

目的地はどうせ教えてくれないと思ったので、代わりに訊いた。

「なんであんなに僕たちの悪口ばっかり書いたんですか」

田原さんは振り向いて「ほら、やっぱり酔っぱらってるよ」と笑った。「おまえ、絡み酒になりそうなタイプだから気をつけろよ」

「……酔ってません」

たぶん、それは間違いだったのだろう。あの日の記憶では道はほんとうに複雑で、迷路を歩いているような気さえしていたのだが、その後一人で同じ道を歩いてみると、拍子抜けするほどあっさりと、目的地の大通りに出たのだった。

やれやれ、と田原さんは足を止めて僕を待ち、また並んで歩き出しながら言った。

「嫌いだったからだよ」

「僕たちが？」

「ああ、大嫌いだったし、いまでも大嫌いだ。ゆるせないんだよ、とにかく、誰かを見殺しにした奴らのことは」

「僕たち以外にもいるんですか」

「たくさんいるさ。そういうネタばかり拾い集めてるようなものだ」

金にはなかなかならないけど、こうなれば意地だよな、と付け加えた。

「たとえば……どんな」

田原さんが話してくれたのは、半年ほど前に起きた殺人事件だった。僕も覚えている。都心の駅のホームで、濡れた傘があたったことがきっかけで、中年のサラリーマンと若者のグループが口論になった。どちらも酔っていた。週末の終電間際だった。若者たちはホームでサラリーマンに殴る蹴るの暴行を加え、サラリーマンは逃げようとしてホームから線路に転げ落ちて、ちょうど駅に入ってきた電車に轢《ひ》かれて死んだ。

「死んだサラリーマンもばかだよな、逃げだしてダッシュした先が線路だよ。どっちが線路なのか、方向ぐらい確かめてから走れって」

「犯人、捕まったんですよね」

「ああ、その場で逮捕された。でも、これから難しいぞ、裁判は。なにしろサラリーマンは勝手に駆けだして、勝手に落ちて死んだわけだから、自分が悪いって言われればそれまでだろ」

「でも、そんなのって……」

言いかけて、ふと、気づいた。

田原さんも、へへっと笑って、「似てるだろ」と言った。「いじめ自殺と同じだろ」

なにも返せない僕に、田原さんはさらにつづけた。

「取材してるんだ。記事になるかどうかはわからないけど、メシを食うための仕事の合間に、半年間、少しずつ追ってる」

加害者ではない。被害者でもない。田原さんが追っているのは、そのときホームに居合わせて、野次馬になっていたひとたちだった。

「ケンカは二、三分つづいてる。揉み合いだったのは最初のうちだけで、あとはずっと一方的にやられっぱなしだ。でも、その間、誰も止めてない。野次馬の人だかりが壁のようになって駅員も気づかないほどだったのに、誰も止めてないんだ」

見殺しにしたんだ、と田原さんは吐き捨てるように言った。

時間を見つけてはその駅のホームに行き、事件の目撃情報を集めているという口実で、電車を待つひとたちに声をかけている。いままでに五人見つけた。事件の話をひとわたり訊いたあとで、あなたはなぜ見殺しにしたんだ、と問いただした。

「五人のうち二人に食ってかかられた。手がつけられなかったとか、へたに止めるとかえって興奮させて危ないからとか、言い訳を並べ立てた奴が二人。残り一人は、黙って、にやにや笑うだけだった」

「でも、そのひとたち、なにか罪に……」

「ならないよ」

ぴしゃりと言った。「なにもしなかった罪っていうのは、法律にはないんだ」

犯人を捕まえるのは警察の仕事で、それを裁くために裁判所がある。

でも、ただ見ていただけのひとは――。

「いかに卑怯な奴なのか、それがどれほどひどいことなのか、俺たちが書かないと、誰にも助けてもらえずに死んだ奴が浮かばれないだろ」

田原さんの言葉がほんとうに正しいのかどうかは、わからない。

なにもしなかったことにだって、理由はある。田原さんは、それをすべて言い訳だと切り捨ててしまうのだろうか。なにもしなかったことの後悔だってある。ちゃんとある。でも、田原さんはそれを僕たちにきちんと訊いてはくれなかったのだ。

両側の家の軒が触れ合うような細い路地を抜けると、大通りに出た。ふるさとの街の国道と同じ片側二車線の道で、行き交う車の数は比べものにならないほど多い。ヘッドライトのまぶしさで、もう陽が暮れなずんでいることをようやく知った。

「このあたり来たことあるか？」

「いえ……」

「その先の歩道橋まで行くから」

「なにがあるんですか？」

「行けばわかるよ」

交差点を「ロ」の字の形にまたぐ歩道橋の階段の下に、覗き込まなければわからないほどひっそりと、小さなお地蔵さまがいた。お供えものはなにもない。前掛けはボロボロで、足元に置いてある湯呑みも土埃で黒ずんでいた。

田原さんはそのお地蔵さまに軽く手を合わせて、「もう二十年以上、ここに立ってるんだ」と言った。「交通事故があったんだ、この交差点で」

小さな子どもが亡くなった。女の子だった。母親と一緒に自転車で横断歩道を渡っているときに、左折するトラックの後輪に巻き込まれた。先に横断歩道を渡った母親が振り向いたときには、もう女の子はピンクの自転車ごとトラックの車体の下に入っていた。

「ちょうどトラックの巻き込み事故が問題になってた頃だったから、俺も下っ端のデータマンで取材に行かされたんだ。でも、俺たちの取材は、警察の現場検証とは違って、結局のところは目撃情報を聞き込んでいくしかないわけだ」

いまはガソリンスタンドになっている交差点の角は、当時はスーパーマーケットだったので、情報には事欠かなかった。

「要するに、野次馬がたくさんいたってことだ」

事故の瞬間を見たひともいた。その後の、救急車が到着するまでを見ていたひともいた。

母親は半狂乱になって泣き叫んでいた。血まみれになって痙攣《けいれん》する娘の名前を呼びつづけ、誰か、誰か、誰か助けて、助けてください、と歩道に群がるひとたちに向かって声を張り上げた。119番したから、と誰かが応えた。返ってきたのはそれだけだった。

「もちろん、さっきの駅のホームの事件とは違う。野次馬にはなにもできない。したくても、なにもしてやれないよな」

「ええ……」

「でも、何日もかけて現場に通い詰めて、話を訊いて回るうちに思ったんだ。なんでこいつら、こんなにくわしくしゃべれるんだろう、って。そのときの母親の服装までちゃんと覚えてる奴もいた。ってことは、ずっと見てたんだ。なにもできないまま、好奇心だか同情だか知らないけど、女の子が死んでいくところをただ見てるだけで、泣きわめく母親の声をただ聞いてるだけだったんだ。母親の目には、そいつらの姿、どんなふうに見えてたんだろうな……」

だんだん腹が立ってきたのだという。目撃者の一人に思わず、なんで見てたんですか、と訊いた。死んだ女の子のおばあちゃんになる年格好のひとだった。

「急に怒りだしたよ、そのばあさん。うろたえながら怒るんだ。あんただってその場にいたら見てるよ、あれだけの事故を見て、さっさと家に帰れるほうがおかしいんだよ、って」

それはまあ、そうなんだけどな、と苦笑した田原さんは、問題はその先だ、とつづけた。

「ばあさん、まくしたててるんだよ、必死に。おびえてるんだ。おびえながら、怒りながら、なにを守ってるんだよっていうぐらいしゃべりつづけて……しまいには、歩道橋に自転車用のスロープがついてないのが悪いんだとか……最後の最後は、あんな小さな子どもを一人で自転車に乗せた母親が悪い、って……」

話を田原さんから聞いているだけでも胸がむかむかしてくる。

「限界だったよ、俺も。喫茶店で話を聞いてたんだけど、テーブルをバーン、ってな」

若かったよ、まだ二十代だったから、と苦笑する。

「いまならもっと怒ってるけどな、絶対に」

「僕も……そう思います」

「生意気なこと言うなって」

通りすがりのおばあさんに言われなくても、女の子の母親は自分を激しく責めていた。取材をする田原さんがいたたまれなくなるほどのやつれようだった。自分を責めすぎて、心を病んだ。父親は医師と相談して、遠くの街に引っ越していった。交通安全祈願のお地蔵さまは、そんな両親の置き土産だったのだ。

田原さんは車で通りかかるたびに、ときには遠回りをしたり電車を途中下車したりして、折りに触れてお地蔵さまの様子を確かめていた。最初のうちはいつも真新しい花やお菓子が供えられていた。冬には誰かが、毛糸で編んだ帽子もかぶせてくれた。

「まあ、基本的には、人間っていうのは優しいんだよな」

「はい……」

「優しいし、身勝手だし、忘れるんだ、人間は」

二十年もたてば住民も入れ替わる。ここにお地蔵さまが置かれたいきさつを知っているひとも減ってくる。スーパーマーケットがつぶれてひとの流れも変わり、やがてお地蔵さまは忘れ去られた存在になってしまった。

「お父さんとお母さんは……」

「引っ越したあと、離婚した。そこから先のことは、俺も知らない」

思わずうつむいてしまった。

でもな、と田原さんは言った。

「ときどき、花やお菓子があるんだ。ほんとにときどき、忘れた頃に、だけど」

誰からの――とは、田原さんは言わなかった。僕も訊かなかった。

代わりに、僕たちは並んでお地蔵さまに手を合わせた。

今度、サユをここに連れて来ようと思った。


田原さんとは駅で別れた。これから都心で取材をして、深夜に原稿を仕上げなければならないのだという。

「この歳で扶養家族が増えるってのは大変だよ」

ぼやいていても、張り切っていた。

「がんばってください」と言うと、「生意気なこと言うなって、ほんと」と僕の脛を蹴る真似をして、そういえば、という顔になった。

「俺はいまでもよくわからないことがあるんだ」

「なんですか？」

「人間って、死にたくなるほどつらい目に遭ったときに絶望するのかな。それとも、死にたくなるほどつらい目に遭って、それを誰にも助けてもらえないときに、絶望するのかな」

答えられない。田原さんもすぐに「俺にもわからないんだ」と笑って、話を変えた。

「藤井くんのお母さんに、きみと会ったことぐらいは伝えるつもりなんだけど、なにか伝言あるか?」

「万年筆、僕も、中川さんも、使ってます」

「あとは?」

「フジシュンからもらった貯金箱、中川さん、東京に持ってきてます」

そうか、とうなずいて、「田舎に帰ったら、また藤井くんの家に行くのか?」と訊いてくる。

「……わかりません」

田原さんはまたうなずいて、「いまさら言うのってアレだけど……」とつづけた。「けっこう傷つけちゃったよな、きみらのこと」

ほんとうに、いまさら、だった。

「でも、やっぱりゆるせなかった。きみらっていうより、きみらをかばおうとする、おとなのことがゆるせなかったんだよな」

初めて教えてくれた。『月刊オピニオン』の編集部も、田原さん自身も、最初はあそこまで大きく報じるつもりはなかったのだという。でも、フジシュンの自殺の原因がいじめによるものだとわかった直後の学校側のコメントが、田原さんの癇に障った。

生徒たちには「動揺しないように」とクラス担任を通じて言ってあります——。

「ふざけるなって思ったんだ」

「でも……」

常識はずれの言葉ではない、と思った。田原さんも「まあ、決まり文句だよな」と認めながら、「だからアタマに来たんだ」と声を強めた。

「なあ、同級生が死んだんだぞ。しかも自殺だ。おまけに、原因がいじめだ。動揺しないわけがないだろう？　動揺しないのって、おかしいだろう？　そう思わないか？　動揺すればいいんだよ。しなきゃだめなんだよ。なあ、そうだろう？　人間っていうのは、身近な奴が死んだら動揺するようにできてるんだよ。ショックを受けて、どうしていいかわからなくなって、悩んで、苦しんで、悲しんで……その悩み方や苦しみ方を教えるのが、学校じゃないのか？　それがおとなの役目なんじゃないのか？」

勢い込んで言った田原さんは、僕たちのそばを行き交うひとたちの驚いた視線に気づくと、すまん、と咳払いして息を整えた。

「藤井くんのことだけじゃない。さっきの交通事故の話だって同じだ。あのときの野次馬は、家に帰ったあと、ふつうに晩飯を食うのか？　今日びっくりしちゃった、なんて言って、話のタネになって終わるのか？　ひとが死んだことや、それを目の前で見たことが、そんなに軽くすむのか？　ひとの命ってそういうものなのか？」

口調はまた熱くなりかけたが、さっきとは微妙に声の調子が違う。怒っているのではなく、悲しんでいた。

「あのままだと、あのクラスの生徒はみんな、藤井くんをまた見殺しにしてたよ」

ぽつりと言って、絶対にな、と同じ口調で念を押した。

フジシュンが死んだあと、もう一度、見殺しにしてしまう——わかる気がする。

「それだけはさせたくなかったんだ、藤井くんのためにも、きみらのためにも」

まあ、きれいごとだよ、と照れ隠しに笑う。

僕も苦笑いを返した。

「藤井くんのこと、いまになってときどき思うんだ。彼がなんで堺の名前を遺書に出さなかったんだろう、って」

復讐ではなかった。単純に忘れていたわけでもない。「藤井くんは、おんなじだと思ったのかもな」と田原さんは言った。「堺だって三島や根本にいけにえにされたのかもしれないしな」

いじめられるいけにえではなく、いじめる側に立たされるいけにえ——。

「そんなのって……」

思わず言い返しかけたら、「わかってるって」と苦笑いでいなされた。「堺みたいな奴をかばう義理なんてこれっぽっちもないし、逆に、藤井くんが最後の最後に、あいつをいけにえにして、三島たちと揉めさせたのかもしれないし……」

わかってる、うん、わかってるんだけどなあ、と田原さんは首をかしげ、自分でもくすぐったそうに、「最近、どうも発想が甘くなって、よくないんだ」と言った。

子どもができたからですか——？

いまの、おとなになった僕なら、そう訊いたはずだ。「甘くなって」を「優しくなって」と言い換えていたかもしれないし、堺はともかく、フジシュンのために、そしてフジシュンの両親のために、そういう発想も「あり」だと、いまなら思う。

でも、僕はまだ若く、まだフジシュンのことを背負いきれずにいて、そこまでかばわなくてもいいじゃないですか、としか思えなかった。

納得できないまま黙り込んだ僕に、田原さんは、「三島が死んで、根木は……いま、なにやってるんだ？」と訊いてきた。

わからない。あの街の自宅が売りに出されたところまでは確かだったが、三島のお母さんへの慰謝料で家族そろって大変な目に遭っているということも、事故の後遺症で車椅子の生活になったということも、すべては噂話にすぎない。ほんとうのことは誰も知らない。知らないまま、あいつも、やがてみんなから忘れられていくのだろう。

「堺は？」

少年院に入ったという噂がある。その先は知らない。あいつのことも、僕たちは、きっとほどなく忘れてしまう。

もちろん、根本や堺はもっとあっさり僕たちのことを忘れてしまうだろうし、フジシュンのことも——忘れるなよ、と言う資格は僕にあるのだろうか？

「まあ、いろんな奴がいるってことだよな」

田原さんは意外とさばさばした様子でうなずいて、「きみは違うよな」と言ってくれた。

「……そうですか？」

「藤井くんが死んだあとでキツい思いをしてるってことは、少なくとも、二度目の見殺しはしてないってことだ」

そうだといい。フジシュンが、うん、とうなずいてくれたら、うれしい。「べつに死んだ奴が帰ってくるわけじゃないけどな」と田原さんは冷ややかな一言を付け足したが、それでかえって救われた気にもなった。

「じゃあ、元気でな」と手を軽く挙げた田原さんは、答えのわかっていることを確認するようにつづけて言った。

「困ったことがあったら俺に相談するようにってことなんだけど……しないだろ?」

笑って訊かれたので、僕も笑って、「たぶん」と言った。

うん、そうか、そうだよな、と田原さんは三度うなずいて、改札の中に入っていった。


田原さんとは、それきり会っていない。
五、六年前までは、ときどき——ほんとうに、ごくたまに雑誌で名前を見ることがあったが、最近はそんなこともすっかりなくなった。
ペンネームを変えたのだと、信じている。

2

サユとしっくりいかなくなったのは、いつ頃からだっただろう。

別れたのは大学二年生の秋だった。

ただ、そのときになにか決定的なできごとがあったというより、ひび割れはその前から少しずつ入っていたような気がする。それがいつだったのか。僕に思い当たる時期よりもさらに前だったのかもしれない。

東京での暮らしは楽しかった。特に一年目は、見るもの聞くもの、やることなすこと、すべてが新鮮で、きらきら輝いていた。

夏休みも、冬休みも、春休みも、ふるさとへは親に顔を見せる程度にしか帰らなかった。サユは共学の大学と合同のテニスサークルに入り、僕はアルバイトでお金を貯めては長い旅行や短い旅行を繰り返した。本をたくさん読んだ。映画もたくさん観たし、ビデオもレンタル店のサービスポイントがあっという間に貯まるぐらいたくさん観た。ライブハウスにも行った。小劇団の芝居も観た。美術展にも行ったし、古着屋にも通った。居酒屋で酒を飲み、カラオケで歌って、友だちの車でドライブにも出かけた。

新しい生活に夢中になっているときには気づかなかった。気づいていても、きっと無意識のうちに振り払っていた。

僕たちは逃げていた。それを認めたくなかったから、必死に時間を埋めて、おしゃべりの話題を埋めていたのだと、いまは思う。

二人でいるとき、僕たちは高校時代の話をしなかった。中学時代の話もしなかった。ふるさとで進学したり就職したりした友だちはいまなにをやっているだろう、という話すら一度もしなかった。新聞やテレビではあいかわらず中学生のいじめ問題が報じられ、ときには自殺のニュースも流れた。僕たちはそんなときにも、フジシュンの名前は決して口にしなかった。

それが不自然なことだと、サユは気づいていなかったのか。僕と同じように、無意識のうちに振り払っていたのか。

フジシュンの貯金箱はサユの部屋の本棚に置いてあった。僕を部屋に招き入れるとき、彼女はいつも本棚を背にして座っていた。

でも、彼女は貯金箱を捨てようとはしなかった。

本多さんが言っていたとおり、『再び歩みだす人たち』のフジシュンの両親を採りあげた回は、一年生の年の十月に載った。

おふくろが「藤井くんのお父さんとお母さんが出てたわよ」と電話をかけてきた。困ったり怒ったりしているような様子はなかったが、戸惑ってはいた。

いじめのことがどこまで書いてあるか訊くと、「まあ、書かないわけにはいかないものね」と歯切れ悪く言う。「こっちはもう、すんだことだと思ってたけど、子どもさんを亡くしたほうはそんなに簡単には割り切れないわよね」――あたりまえだろ、なに言ってんだ、と親父の怒ったようなあきれたような声が電話の向こうから聞こえて、それで少しだけ、ほっとした。

「でもねえ、責任逃れするわけじゃないけど、時計が止まっちゃってる感じがした、二人とも。弟さんもいるんだから、やっぱりね、少しずつでも先に進まないと。そうでしょ？」

ため息を呑み込んで適当に相槌を打ち、記事の切り抜きを送ってもらうよう頼んだ。

「じゃあ、ついでだから、こまごましたものも一緒に送ってあげるわよ」

二日後に届いた宅配便には、新聞の勧誘でもらったアルミホイルやラップ、どうにも使いようのないバラの香りのシャンプーとリンス、トイレットペーパーのお徳用パック、ありあわせの缶詰や袋菓子やレトルト食品……ほんとうにこまごましたものが、いつものように段ボール箱がはちきれそうなほど詰め込まれていた。

まだ固い柿の実もあった。〈つぶれたらいけないので熟す前のを入れました。栗原のおばあちゃんにいただいたものです。四、五日待てば美味しくなります〉というメモ書きも一緒に。

もう柿の時季なんだと、それで気づいた。フジシュンの家の柿の木は、今年は実をたくさんつけただろうか、とも思った。

答えは、切り抜きの記事の中にあった。

『息子の無念を背負って、二人三脚で――藤井晴男さん・澄子さん』というタイトルだった。名前で書かれると、一瞬フジシュンの両親とつながらなかったが、タイトルの横に掲げられた写真に写っているのは、確かに、居間の座卓でお茶を飲むあのひととお母さんだった。斜めに向き合う二人の間に、仏壇も写っている。新聞のモノクロ写真でも、遺影のフジシュンの顔はなんとか見て取ることができた。

あのひともお母さんも、笑ってはいなかった。うつむきかげんに、二人そろってため息をついたあと、という表情をしていた。あのひとの白髪はあいかわらず多かったが、それを追い抜くように、お母さんの髪はほとんど真っ白になっていた。あのひとの顔の皺は深く、お母さんの顔や体はまた一回り小さくなった。二人ともまだ五十前なのに、なんだか人生の黄昏《たそがれ》を迎えた老夫婦のように見える。

記事の前半は、フジシュンが死に至るまでの経緯だった。さすがに生徒の個人名は伏せられていたが、中学の名前は出ていた。田原さんの記事のように悪意に満ちた文章ではないものの、事実を読むだけでも、やっぱり俺たちはひどいことをしてしまったんだな、と思い知らされる。

中盤からはフジシュンの死後の話だった。お母さんが心身の調子をくずして病院と縁が切れなくなってしまったことと、あのひとが病院の送り迎えや家事の手伝いでお母さんを支えていることが、物語のあらすじのように書いてある。

僕とサユのことは出ていない。本多さんがはずしたのか、両親が語りたがらなかったのかは、わからない。ただ、こんな一節があった。

〈俊介くんの同級生の多くは、この春、高校を卒業した。就職や進学でこの街を出て行った同級生もいる。澄子さんは「俊介が生きていれば、いまごろ……」と考えることが最近になって増えたという。「でもね、間が空きすぎて、いまの俊介のことはどうしても浮かんでこないんですよ」。澄子さんは寂しそうに笑った〉

そして、終盤には、書き手の本多さんの質問も出ていた。

〈「俊介くんを自殺にまで追い詰めた同級生を、まだ恨んだり憎んだりしていますか?」と尋ねると、晴男さんはじっと考え込む顔になって、首を横に振った。重ねて聞いた。「同級生をゆるしていますか?」。晴男さんは顔を上げ、「いや、それはないですね」と言った。「それは、ないですね、ずっと」。嚙みしめるように繰り返す晴男さんの隣で、澄子さんは最後までうつむいていた〉

記事の締めくくりは、柿の木の話だった。

〈俊介くんが命を絶った庭の柿の木は、今年もまた赤い実をたくさんつけた。晴男さんは何度となく伐《き》ってしまおうと思いながら、できずにいる。柿の実は穫らない。鳥が実をついばむのを見るのが澄子さんの楽しみだ。「俊介は優しい子だったから、おなかをすかした鳥に柿の実を食べ

させてあげたいんですよ」。おなかを満たして飛び立つ鳥に、「強く生きなさいよお」と声をかけるときもあるという〉

サユは、この記事を読んだだろうか。本多さんが送ったかもしれない。ウチのように親が送ってきたかもしれない。

でも、確かめるのが怖かった。

次に会ったとき、サユは冬休みにサークルの合宿でスキーに行くんだと話し、僕はお歳暮の配達のアルバイトをしようと思っていることを話した。

それだけだった。

東京での生活が二年目に入ると、僕たちははしゃぐことに息切れしはじめた。はしゃがずにはいられない自分に疲れてきたのかもしれない。

気にするな。何度も自分に言った。なにを怖がってるんだよ、と自分を叱ってもみた。思いきってフジシュンのことを口にしてみたら、あんがいあっさりと僕たちはあいつのことを乗り越えられるかもしれない。

サユとフジシュンが付き合っていて、僕とフジシュンがほんものの親友同士だったのならともかく、僕たちは一方的に重荷を背負わされただけなのだ。

なんだよあいつ、大迷惑だよなあ——。

軽く笑いながら言えば、ほんとほんと、とサユも笑い返す。

もういいよな、高校を卒業するまで忘れずにいてやったんだから、あいつも本望だろ——。

なあ、もう放っとこうぜ、とうながせば、サユも、そうだね、とうなずく。

そんな光景がすぐ目の前に浮かんでいるのに、手を伸ばせなかった。

代わりに、僕たちは少しずつ、それぞれの世界を広げていった。僕たちの世界には、真ん中に深い穴が空いている。その穴を埋めることに疲れてしまったのなら、世界を外に広げていくしかなかったのだ。

サユはサークルに加えて家庭教師のアルバイトを始め、僕は大学の友だちとバンドを組んだ。忙しくなって、会う時間が減った。

世界は広がっただけでなく、深まってもいった。

サユの部屋を訪ねても、サークルの仲間からしょっちゅう電話がかかってくる。そんなとき、いつもサユは申し訳なさそうな顔になって、長電話にならないように話を早々に終える。最初のうちは、その申し訳なさは確かに僕に対するものだった。でも、いつしか、申し訳なさを向けるのは電話の相手に変わり、がっかりしたようなため息をついて受話器を置くことが増えてきた。ときには、僕に手振りで「ごめんね」と伝え、背中を向けて長電話に付き合うこともあった。

僕も似たようなものだった。バイト先の先輩の誘いを断りきれず、部屋にあがったばかりの彼女を追い返すような形で一緒にアパートを出たことだって、何度もある。

会話がしだいに嚙み合わなくなってきた。サユにはサユの世界があり、僕には僕の世界がある。そんなあたりまえのことが、どうしようもなく僕たちを隔ててしまう。そして、二人の世界が交わるところには、深い穴がぽっかりと空いているのだ。

もちろん、会っていないときにも、サユは心の中にいる。消えてしまったわけではない。大学のキャンパスにいても、バイト先の居酒屋で注文を取っていても、安い貸しスタジオでアンプの音をひずませながらギターを弾いていても、サユはいつも、僕にとって誰よりもたいせつなひとだった。サユにとっての僕も同じだ、と信じてもいる。

でも、少しずつ、サユは遠くなっていった。現実の毎日でも、心の中でも。

サユの知らない新しい仲間たちが、どんどん心の中に入ってくる。サユのことをふと忘れるときが増えてくる。フジシュンと同じだ、と気づく。かつてフジシュンを心の隅に押しやってしまったように、僕はいま、サユのいない時間をあたりまえのように受け容れつつある。

一冊の本にたとえるなら、僕たちは東京に来て、また新しいページを開いたのだ。でも、何ページか読み進んでいくうちに、ヒロインをときどき見失いそうになる。これからめくっていくページに彼女がちゃんと出ているのかどうか、不安になる。

そもそも、僕たちが読んでいるのは、ほんとうに同じ一冊の本なのだろうか――。

それすら自信が持てなくなって、夏を迎えた。

一緒に暮らそうと思った。

二つの世界を一つにするにはそれしかない、と思っていた。

でも、サユは、その望みに応えてくれない。一緒に暮らす以前に僕を決して自分の部屋には泊めないし、僕の部屋にも決して泊まらない。もっとそれ以前に、サユは僕の求めを――口づけすら、拒みつづけていたのだ。

サユが欲しかった。サユのすべてを抱きしめたかったし、僕のすべてを抱き取ってほしかった。僕は二十歳で、体も心もうずいていた。

「ごめん……」

抱き寄せようとする手を制して、サユは言う。

「ユウくんのこと、好きなんだけど、でも……ごめん」

顔をそむけ、つらそうに目を伏せる。

何度も求めて、何度も拒まれた。高ぶりを抑えきれずに、手首をつかんで強引にくちびるを寄せたこともある。そのときは、震える声で「お願い」と言われた。幼い子どもがイヤイヤをするように首を激しく左右に振り、目を固くつぶって、「お願い、やめて、しないで、お願い……」と懇願されたのだ。

やがて、サユは僕と向き合うだけで目を伏せるようになった。いままでなら見つめ合っているところで、すっと目が逃げる。いつものようにおしゃべりをして、笑っていても、二人でいる間じゅう顔は微妙にうつむいたままというときもあった。

嫌われているとは思わなかった。思うべきだったのかもしれないが、思えなかった。ただ、避けられているのは感じた。もっと言えば、サユはおびえている。

なにに——？

答えの見当はつくから、考えることじたいをやめていた。

ひとの記憶とは、川のように流れているのではない、と僕は思う。

一つの出来事や一人の人間にまつわる思い出が、川に流されるように少しずつ遠ざかって忘れ去られていくのなら、話は簡単だ。でも、実際には、思い出は波のように打ち寄せては退いていく。じゅうぶん遠ざかったと思い込んでいた思い出が、不意に、ぞっとするほどなまなましく迫ってくる。手に持っていたはずのものが、波にさらわれるようにいっぺんに遠くまで運ばれてしまう。海は凪《な》いだときもあれば時化《しけ》たときもある。潮の満ち干《みひ》だってある。それを繰り返しながら少しずつ思い出は沖へ運ばれていき、水平線の向こうに消える。そのとき、ようやく僕たちは一つの思い出を忘れ去ることができるのではないか？

東京に来て二年目の夏、サユはそれまでになくフジシュンの記憶に苦しめられていた。岸辺にはもう戻ってこないと思っていたフジシュンの思い出が、激しい勢いで打ち寄せてくる。潮は満ちている。波はどんどん高くなる。このままだと溺れてしまう。

じっとやり過ごせ。いまなら言える。しばらくたてば、嵐は収まり、潮も引いていく。いまなら、きっとサユもそれがわかるはずだ。

でも、僕たちはまだ若く、もろかった。

夏の終わり、サユのアパートを訪ねた夜だった。

夏休みの間は帰省しなかったサユが、「九月に田舎に帰ろうかな」と言いだした。「ユウくんはどうする？」

「俺は帰らないよ」

即座に答えた。「バイトを毎日入れちゃってるし、どうせ正月には帰るんだし」

「そう……」

サユは目を伏せていたのだ、最初から。

「でも、なんで？　親に帰ってこいって言われたのか？」

「ううん、そうじゃないけど……」

「帰るのって、いつ？」

サユは黙って、ためらいがちに、手の指を四本立てた。九月四日。

僕は思わず「ちょっと待ってくれよ」と、子どものように口をとがらせた。「誕生日のお祝い、するんじゃなかったのか？」

二十歳の誕生日なのだ。去年もそうしたように、二人で都心に出て食事をすることになっていた。ちょっと背伸びをした店に行くつもりで、そのためにバイトの日も増やしていたのだ。

「今年、七回忌なんだよね」

前置き抜きで、サユは言った。静かな声だった。

「次は十三回忌だから、わたしも二十六で、お勤めもしてると思うし、結婚もしてるかもしれないし……これが最後だと思う」

僕に対する言い訳ではなく、自分自身に言い聞かせるように、テーブルの一点をじっと見つめていた。

驚きはしなかった。九月四日と知った時点で、覚悟していた。九月四日という日付は、やはりサユの誕生日ではなくフジシュンの命日なのだ、と嚙みしめた。

「ユウくんは、行かない？」

答える気もしない。サユも、だよね、とうなずき、「わたし一人で行くから」と言った。

「……行くな」

「最後だから」

「どうせ最後になんかならないんだから、行くな」

「だって、もう法事はずっとないんだし、藤井くんの家にも行かない。これがほんとうに最後」

「ならない」

「なる」

「……ならないんだよ、ずっと」

　悲しくて、悔しかった。仏壇に手を合わせようが合わせまいが、これから毎年、サユは誕生日を迎えるたびにフジシュンのことを思いだしてしまう。サユにとって、生きて歳を重ねることは、死んでしまったフジシュンを思いだしつづけることなのだ。

　初めて、フジシュンを憎み、恨んだ。いまフジシュンが目の前にいたら——子どもじみたことだとわかっていても、訊きたい。なぜあの日に死んだ。なぜ、せめてあと一日、待ってくれなかった。電話をかけたその日に命を絶つと、九月四日を命日にしてしまうと、自分の好きだった女の子に一生降ろせない十字架を背負わせることになるんだと、おまえは考えなかったのか？

「ごめんね、ユウくん。だから来月の四日は、キャンセル」

　サユは目を伏せたまま、また静かな声で言った。

　いつものように本棚を背にして、肩の後ろには赤いポストの貯金箱があった。それをじっとにらみつけていると、サユは深いため息をついて、やめてよ、と言った。

「ユウくん、ごめん……見ないで……」

「なにが?」

「わたし、ユウくんの顔、見られないから……ユウくんも、こっち見ないで……」

「……怒ってないよ」

悲しさはあるし、悔しさもあるのに、怒りは湧かない。張り詰めていたものが切れてしまっても、悲しむことはできる。悔しがることもできる。でも、力が抜けたあとは、怒りはむなしさに変わってしまう。

「ユウくんを見てると、思いだすから……もう見たくない、ごめん……」

サユは首をがくんと前に倒した。うなだれてほとんど隠れてしまった顔が、疲れはてたあとの薄笑いを浮かべているのがわかった。

「もう、やめようよ」

僕たちは、間違っていた。

「なんかさ、なんにも知らないひとと、まっさらになってやり直したいよね、ユウくんも、わたしも」

どんなに逃げても逃げ切れない理由が、やっとわかった。僕たちは手をつないで逃げているつもりだった。でも、ほんとうに逃げなければいけない相手は、僕であり、サユだったのだ。

立ち上がり、サユに近づいた。サユが身をよじる前に、抱きしめて、押し倒した。サユは手足をばたつかせて拒んだが、悲鳴はあげなかった。僕が馬乗りになると、その抵抗も止んだ。長い髪が乱れて、扇のように床に広がっていた。僕に両手首を押さえつけられた姿は、まるで十字架にはりつけになっているようにも見えた。

サユは横を向いて、僕の顔を見ずに、「いいよ」と言った。「したいんだったら、いいよ……」手首を放してもサユは広げた両手を動かさなかった。はりつけの形のまま、はだけたブラウスの下で、ブラジャーに包まれた胸が震えながらゆっくりと息をついていた。

「ユウくんがそれでゆるしてくれるんだったら、いいよ、して」

僕は首を横に振って体を起こし、本棚から貯金箱を取った。硬貨の入っているような音や重みはない。そこに入っているのは、一周忌のときにサユがフジシュンに書いたお詫びの手紙だけだった。

「なんで東京に持ってきたんだ、こんなの」

「……わからない」

「こっち向いてくれ」

返事はない。床に頭をつけて、横を向いたまま、いつのまにか目も閉じていた。

「捨てよう」

「だめ」

「いいから、捨てよう。もうじゅうぶんだよ、こんなに悔やんで、苦しんできたんだから、あいつもゆるしてくれる」

サユはやっと僕のほうを向いた。目を開けて、僕のまなざしからも逃げなかった。でも、その瞳はうつろで、なにも見てはいないようだった。

「約束したから、藤井くんのお父さんと」

覚えている。フジシュンの家を初めて訪ねた日、柿の木の前で——。

「もし要らなくなるときが来れば、お父さんとお母さんに返す、って約束したから」

うつろな瞳に涙がにじんでいく。

僕は黙って立ち上がり、黙って部屋を出て行った。


その後も何度かサユと会った。

でも、僕たちはもう元のようには付き合えなかった。

九月四日にフジシュンの家を訪ねたときのことは、ほとんどなにも話さなかったし、訊かなかった。

「お父さんもお母さんも元気そうだった。健介くん、大学は地元の国立が第一志望だって。家から通えるみたいだし、お母さんも寂しくなくてよかったよね」

サユが教えてくれたのはそれだけだった。

秋が深まった頃、サユはアパートを引き払った。いつ引っ越しをして、今度はどこに住むのか、僕には知らせてくれなかった。探し出す気になればなんとかなったかもしれない。でも、僕は移転のメッセージを繰り返す電話を切ると、小さくうなずいて電話ボックスを出た。

覚悟はできていた。あの夜の、ほんとうはずっと前から。


大学の授業のあと、近くの古書店街に立ち寄ったのは、それから数日後のことだった。

行きつけの店でポケットミステリを何冊か買ってから外の通りを渡り、めったに行かない百科事典や図鑑の専門古書店に入った。

お目当ての本は探す間もなく見つかった。前に来たのは梅雨どきだった。そのときには棚にあるのをちらりと見ただけだったのだが、どうやら自分でも意識していないうちに、場所を覚え込んでいたらしい。

背表紙の文字のデザインがなつかしい。棚から抜き取ると、パリの凱旋門の写真がついた表紙はもっとなつかしかった。

全巻揃いではなくバラ売りだったので、価格は拍子抜けするほど安かった。本の状態はあまりよくなかったが、かえってそれで、中学の図書室にあった本の記憶ときれいに重なり合った。

レジに向かった。店主のおじいさんは、本を包みながら「海外旅行するの？」と訊いてきた。いいえ、そうじゃなくて、と答えるのも面倒だったので、ええ、まあ、とうなずいた。

「ヨーロッパなんて、近ごろの学生さんは優雅なもんだね」

「ずーっと先ですよ、行くとしても」

ほんとかよ、と心の中で自分をからかった。「親友」の遺志を継いで、ってやつか？

無理をしてはしゃいだのではなく、ひさしぶりに『世界の旅　ヨーロッパ』を手にして、少し陽気になっていたのだろう。

アパートに戻るまで待ちきれず、喫茶店で本の包みを開けた。

たしかこのあたりだったな、とページをめくると、見当があたった。

十字架のそびえる緑の丘が、見開きの二ページにわたって広がっていた。

フジシュンが最後に夢見た風景が、なつかしさと、せつなさと、苦さと、なんともいえない悔しさとともに、僕の膝の上にある。

フジシュンの魂は、ここにたどり着けたのだろうか。

それとも、ほんとうの長い旅は、この丘のてっぺんの十字架から始まるのだろうか。

僕とサユは、どこからどこへ旅をしているのだろう。その旅が終わることはあるのだろうか。

熱いコーヒーを一口啜ると、鼻の奥がじんとしびれた。

3

通用口まで迎えに出てくれた本山は、ひさびさの再会の挨拶をする前に、「こんなのバレたら、職員会議でつるし上げられるぞ」と苦笑した。

「俺たちの頃は、日曜日なんてふつうにグラウンドで遊んでたけどなあ」

学校の世界に疎い僕は、のんきすぎるのかもしれない。「時代が違うんだ」と本山に諭すように言われた。本山は本山で、すっかり先生口調になっている。

通用口の鍵は、昔のマンガに出てくる刑務所で使われているようなゴツいものだった。来年か再来年には本格的な警備システムを導入する話も持ち上がっているらしい。

「俺も、本音ではもっと地域に開かれた学校のほうがいいと思うんだけど、いろんな事件が起きてるから、しかたないよ」

「うん……」

神戸のニュータウンで十四歳の少年が連続殺傷事件を起こし、殺害した小学生の首を学校の門にさらしたのは、四年前のことだった。二年前には京都で、放課後の小学校のグラウンドに入ってきた男が小学二年生の児童を刺殺する事件が起きた。そして、この年の六月、大阪で授業中の小学校に男が乱入して、八人の児童が無差別に殺された。

二〇〇一年——。

僕は二十六歳になっていた。

通用口の鍵が開き、学校の敷地内に足を踏み入れた。校舎にもグラウンドにも人影はなく、しんと静まりかえった日曜日の学校は、巨大な抜け殻のようだった。

「何年ぶりだ?」と本山に訊かれ、「卒業式以来だから、十年半ぶりだな」と答えた。

「なつかしいか」

「ああ……」

校舎や体育館はあの頃のままだった。違いは、あの頃にはなかったフィールドアスレチックスの器具がグラウンドの隅に設置されたぐらいのものだ。

「とりあえず職員室に行くか」

先に立って歩きだす本山の後頭部は、地肌が透けて見えていた。あいつも気にしているのだろう、笑いながら振り向いて「あんまり見るなよ、見られたら髪がすり減りそうだから」と言う。

東ヶ丘高校の同級生だ。地元の国立大学の教育学部に進んで中学校の英語の教師になり、僕たちの中学で教壇に立っている。

「この歳でこれだと、三十代はもうアウトだな」

「縁起でもないこと言うなよ。なんとか四十までは踏ん張ろうと思ってるんだから」

毎晩、風呂上がりに育毛薬をつけて、頭皮のマッサージをしているのだという。

背中がくすぐったい。高校時代の友だちと三十代や四十代になってからの話をするなんて、あの頃は考えてもみなかった。

「真田はずっと東京だよな」

「うん……」

「もう結婚してるのか？」

「子どももいるよ」

去年、息子が生まれた。結婚はおととし。妻と息子はいまごろ僕の実家で、おふくろのごちそう攻めに遭っているだろう。親父は最近凝っているというデジタルカメラで、せっせと初孫を撮っているかもしれない。

「奥さんって、こっちのひと？」

「札幌なんだ。東京で知り合って、そのまま東京で結婚した。二つ年上なんだけど、けっこうガキっぽい奴だから、ちょうどいいよ」

そうか、と本山はうなずいて、少し言いづらそうにつづけた。

「中川小百合と別れたっていう噂は、学生時代に聞いてたんだ」

ほら、あいつだあいつから聞いたんだ、とサユと仲の良かった同級生の女子の名前を挙げた。

「中川も東京だろ？」

「うん……なんか、そうみたいだな」

「ばったり会ったりとか……」

言いかけて、あるわけないか、と笑う。「東京は広いんだもんな」

僕も黙って笑い返した。

確かに東京は広い。でも、営業の仕事で外回りをつづけながら、ときどき、サユのことを思う。会いたいというのではなく、ただ、元気でいるだろうか、と思うだけだ。いずれあと何年かすれば、そんな思いが胸をよぎることもなくなるだろう。それを寂しいと感じるか、感じないか、いまはまだわからない。

本山はまだ独身だった。結婚の見通しもまったくない。

「まだあせってるわけじゃないんだけどな。でも、俺、結婚しても子どもはつくらないかなあっていう気はしてる」

「なんで？」

校舎の中に入ると、声が急に響くようになった。

「だって、子どもを持つのって大変なことばっかりで、いいことなんてあるのかよ、って」

「学校の先生がそんなこと言うなよ」

「学校の先生だから、思うんだよ」

子どもと付き合いたいのは、せいぜい小学校の低学年まで。あとは一気に大学生あたりになってくれればいい。「けっこう真剣だぜ」と念を押して、「子どもたちもそう思ってるんじゃないのかな」とも言った。

「中学時代は要らないか」

「だって、キツいことばっかりだもんな。いまなら笑い話にできることだって、リアルタイムでやってるときはキツいよ」

「……学校、荒れてるのか」

「ここはそれほどでもないけどな、街なかのほうだと、授業ができないほどの学校もあるから」

「いじめは？」

本山は僕を振り向いて、「ない」ときっぱり言い切ってから、寂しそうな微笑みと一緒に付け加えた。「……と、信じてる」

結局のところ、おとなにはそれしか言えない。


本山は職員室に入ると、僕を戸口で待たせて、キーボックスの蓋を開けた。

「図書室だよな？」

「ああ……」

「勝手に鍵を持ち出すとうるさいんだよ、ウチの司書さん。縄張り意識が強くてな」

「悪かったな、ほんと」

高校を卒業してからは、本山とはほとんど付き合いがなかった。いまも年賀状のやり取りがせいぜいだったが、その年賀状に、勤務先として僕たちの中学校の名前が書いてあったのだ。

「でも、なんなんだ？　わざわざ東京から帰ってきて」

「ちょっとな」

確かめたいことがあった。

「調べ物だったら、言ってくれればやってやるのに」

自分で確かめなければ意味がない。

本山はキーボックスからプレートの付いた鍵を一本取り出して、「じゃあ行くか」と言った。

サユと別れてから、僕は、僕自身の本を何ページもめくっていった。そこにはもうサユの名前は出てこない。最初のうちはなにかのはずみにページが後戻りしてしまうこともあったが、やがてそんなこともなくなった。ページを押さえるコツを覚えたのだろう。

大学を卒業して、就職をして、妻と出会った。

結婚をして、息子が生まれて、父親になった。

息子はとても元気で、とても甘えん坊だ。出来のいい子になるかどうかはわからないが、僕はいま、この子が僕の息子として生まれてきたことを、無条件に喜んでいる。誰かと比べてどうこうというのではなく、自慢の息子で、僕のなによりの誇りは、自分がこの子の父親だということにある。要するに、妻があきれるほど息子にべたべたの父親になったということだ。

そして、僕は、もう一度フジシュンと出会う。父親になってめくった新しいページには、両親に抱っこされた赤ん坊の頃のあいつが確かにいる。

二〇〇一年九月。

フジシュンは、十三回忌を迎える。

図書室へ向かう途中、本山は中学校のいまの様子を教えてくれた。

僕たちが教わった先生は、もうほとんどのひとが異動したり定年を迎えたりで、学校にはいない。フジシュンのいじめ自殺のことも、「そういえば、昔……」という程度でしか語り継がれていない。

「校内で自殺したんだったらアレだけど、家に帰ってからのことだからな。忘れずに教訓にしろって言われたって、どうやって覚えてればいいんだよ、って感じだろ。べつに慰霊碑が建ってるわけでもないんだし」

親のほうも同じだった。

「俺は世代が同じだから覚えてるけど、生徒の親の中にはそんなこと全然知らなかったっていうひともけっこういるんだ」

この数年で引っ越してきた生徒が多い。マンションがいくつも学区内にできた。田畑もどんどん住宅地に切り替わり、フジシュンの家のすぐそばの土手道も、国道のバイパスとして拡幅されることが決まったのだという。

「生徒の数も急に増えちゃって、いまはどのクラスも三十七、八人いるんだ。まだマンションの計画はたくさんあるし、このペースでいったら、近いうちに新しい学校をつくって分離させるしかないんじゃないか、って話だな」

そうなると、フジシュンの事件の記憶はいっそう薄れてしまう。

「それでいいんじゃないか？　悪い歴史をわざわざ残しておくこともないだろ」

「まあな……」

歯切れ悪く相槌を打つ僕に、本山はまた教え諭す先生の口調になって言った。

「学校っていうのは、ただの器だよ。中身が入れ替わるだけで、器そのものになにかが残るわけじゃない。で、教師っていうのは、中身を見るのが仕事だ。十二、三年前に死んだ生徒のことを語り継ぐよりも、目の前の生徒の、リアルタイムのいじめを見なきゃ」

いじめの手口もどんどん変わっている。

「殴るとか蹴るとか、物を盗るとか壊すとか、そういう単純ないじめじゃ終わらなくなる。インターネットもケータイも、俺たちの頃はなかっただろう？　でも、これからはこの二つが中学生のいじめの主役になるぞ」——その言葉は、いまになって思うと、確かに正しかった。

「まあ、いまの生徒にとっては、自分がものごころつく前に起きた事件のことなんか、関係ないってことだ」

本山が話を締めくくったとき、ちょうど廊下の突き当たりにある図書室に着いた。本山は鍵を開けて、「せっかくだから、真田、どーぞ」と、ドアの前を僕に譲ってくれた。

図書室そのものがなつかしいわけじゃないんだけどな、と僕は苦笑しながらも、本山の好意に甘えてドアをゆっくりと開けた。

図書室のレイアウトはあの頃とまったく同じだった。学校というものは十年や二十年でそれほど大きく表情を変えてしまうわけではない。だからこそ、みんながなつかしむことができるのかもしれない。

「で、真田、ここでなにをするわけ？」

本山の問いに答える間もなく、いちばん奥まったコーナーへ向かった。『世界の旅』のシリーズはあの頃と同じ場所に並んでいた。ほっとした。古い本だから処分されていても不思議ではなかった。

でも、まだ目的は半分しか達成していない、というより、もう一つの目的が達成できなければば、本だけあっても意味がない。

ヨーロッパの巻を取り出す。立ったままでできるのは、そこまでだった。気持ちを落ち着かせたい。だめで元々なんだぞ、とあらためて自分に言い聞かせたい。期待しすぎるな。あれからもう十年以上たってるんだからな、がっかりしてへたり込んだりするな……。

本を小脇に抱えて、閲覧テーブルについた。怪訝そうになにか言いかける本山を、悪い、ちょっと黙っててくれ、と手で制した。

ゆっくりとページを開く。

本に挟まれた白い紙が目に入った瞬間、全身から力が抜けて、やっぱりへたり込んでしまいそうになった。

あった。フジシュンの書いた〈世界一周ツアー（決定版）〉の行程表は、僕が図書室に返したときと同じように、ストックホルムの『森の墓地』のページに挟んであった。

あれから誰もこの本を開かなかったのだろうか。紙を見つけてもそのままにしておいてくれた、ということなのだろうか。

いずれにしても、フジシュンはここにいた。十年以上も図書室の片隅でひっそりと眠っていた。ここにいる。誰からも忘れ去られてしまっても、ちゃんと、ここに、フジシュンがいた証がある。

「なんなんだ？　この紙」

きょとんとした顔で覗き込んでくる本山の視線をかわして、紙を本から抜き取った。

「悪いけど、これ、もらって帰るぞ」

「はあ?」

　ウチに帰るぞ、フジシュン――。

「ちょっと待て、待てって、勝手に持って帰っちゃだめだし、折りたたむなよ、いちおう学校のものなんだし、司書さん、ほんとにうるさいんだし……」

「忘れ物や落とし物は本人に返さなきゃ」

　紙を四つに折りたたんで、シャツのポケットに入れた。

　フジシュン、卒業だ、おまえも――。


「せっかく来たんだから、教室ぐらい寄っていけよ」

　礼を言って帰ろうとしたら、本山が言ってくれた。

「息子さん、まだ一歳だろ?　じゃあ、次に中学校の教室に入れるのって、十年以上先だぞ」

「まあな……」

「三年生のときは何組だったんだ?」

　先に立って、当然のように二階から三階へ向かおうとする本山を呼び止めて、「二階でいいんだ」と言った。「二年三組の教室」

　すでに階段を上りかけていた本山は、意外そうに振り向いた。

「二年生でいいのか?」

「うん……二年三組に、行ってみたいんだ」

　目が合うと、本山はしばらく僕をじっと見つめてから、「そうだな」とうなずいた。

高校時代にはヘアヌードの話ばかりしていた本山と、真顔と真顔で向き合うことがあるとは、あの頃は想像もできなかった。でも、確かに僕たちはおとなになって、おとなの日々をこれからも生きていくのだろう。

二年三組の教室は、あの頃と同じ場所にあった。机の数が増えているので後ろのスペースが手狭になっていたし、窓から眺める街並みも、本山の言っていたとおりマンションがずいぶん増えていたが、それでも、床のワックスに黒板のチョーク、通学カバンの革、さらにうっすらと汗も混じった教室独特のにおいは、あの頃もいまも変わらない。

自殺したときのフジシュンの席はここだったな、と窓に近い机に腰かけた。教室をぐるりと眺めわたして、三島はあそこだ、根本はたしかその先で、堺はあっちだ、と記憶をたどった。僕の席もある。中学時代の思い出は、いいものも悪いものも、まだたくさん胸に残っているのに、誰もいない教室にあの頃の自分の姿を思い浮かべるのは意外と難しい。

「考えてみれば、中学二年生のガキなんて、ふだん会ったことないな」

そりゃそうだよ、と本山は教壇から応えた。「自分の子どもがその歳になって初めて、中二っていうのはこんな感じなんだ、ってリアルに思いだすんだよ、みんな」

「うん……」

中学二年生になったとき、息子はどんな少年に育っているだろう。僕はどんな父親になっているだろう。いまはまだ想像すらできないが、その段階がいちばん幸せなのかな、という気もしないでもない。

本山は黒板に消え残ったチョークの痕を消しながら、問わず語りに自分の話をはじめた。

この三月に初めての卒業生をクラス担任として送り出したのだという。

「新卒のときからの付き合いだから、やっぱり思い入れがあって、卒業式のときには思わず泣いちゃったよ。あいつらのときみたいに全身でぶつかって生徒と付き合うのって、もうできないよな、って思ってた、マジに」

生徒たちも本山を慕っていた。クラスの仲もよかった。卒業してからも月に一度はみんなで集まろう、そのときには先生にも電話するから、来てよ、絶対に来てよ……。

でも、九月二日の今日まで、電話は一度もない。

「あっさり忘れられた」

本山は、ほんとうにあっさりと言った。恨みがましさはない。さばさばとして、かえってそれを喜んでいるような表情だった。

「俺も新学期が始まると思い出にひたってるどころじゃなくなったから、おあいこだ」

四月から、本山は一年生のクラス担任になった。

「実質、小学生だからな。ガキだ、動物だ、ほとんどケダモノだよ」

そっけなく言いながら、思いだし笑いで頬はゆるみっぱなしだった。高校時代はそれほど目立つ奴ではなかったが、きっといい先生なのだろう。

「一年生がケダモノだったら、二年生はなんなんだ？」

「猿だな、猿。三年生の終わりぐらいから、やっと人間らしくなるんだ」

猿かあ、と苦笑した。そうかもな、と認めた。

おい俺たち猿だったらしいぞ、と教室をまた眺めわたして、ようやくぼんやりと浮かんできた二年三組の連中に笑いかけた。

「ここは猿山かあ……」と本山に言った。

「ってことになるな、うん」

「でも、猿山の猿も、いろいろ大変なんだろうな」

「ああ。ボス猿争いに負けて群れから追い出された猿とか、エサをいつも横からさらわれちゃう猿とか、たまにテレビでやるだろ、ＮＨＫのドキュメンタリーとかで」

あいつらはあいつらで大変なんだよ、と本山も教室を眺めわたして言った。

「なあ、本山。さっき言ってた、卒業した三年生だけど」

「うん？」

「生徒同士で毎月集まったりはしてないのかな」

本山は少し考えてから、「してないよ」と言った。「俺たちの高校時代だって、そうだっただろ？」

「ああ……」

「最初に忘れるのは、中学時代の自分のことだよ」

黙ってうなずいた。

「俺は、それでいいと思ってる」

僕もそう思う。

本山は手に持っていた黒板消しを戻し、教壇から下りた。

「このへんはファミレスぐらいしかないけど、お茶でも飲んでいくか？」

僕は「悪い、いまから行かなきゃいけないところがあるんだ」と言って、〈世界一周ツアー〈決定版〉〉を入れたシャツのポケットを指差した。

家に帰って、服を着替えて、なつかしいひとたちに会う。忘れ物や落とし物は、本人のもとに返してやらなければならない。子どもの頃も、おとなになってからも、同じだ。

4

フジシュンの十三回忌の法要は、家族とごく近い親戚が霊園に集まって、ささやかに営まれた。身内以外で参列したのは僕一人だった。ほんとうは本多さんも参列するはずだったが、急な取材が入ってしまってどうしても身動きがとれない、と朝になって連絡が入ったのだという。ずっと支局勤めだった本多さんは、去年の人事異動で県庁のある街の本社勤務になった。部署も社会部から県政担当に代わって、いまは県知事を巻き込んだ談合事件を追っているらしい。

正直に言えば、本多さんも来るはずだから、とあてにして参列することを決めたのだ。

フジシュンの家族への気まずさは、やはり、ある。大学時代からずっと、家を訪ねることはおろか、葉書の一通すら書き送らなかった。東京からほんとうにひさしぶりに電話をかけて法要の日程を訊いたときにも、お母さんの声は喜んではいたが、戸惑って、いぶかしんでいるようにも聞こえた。

法要は日曜日で、九月四日は火曜日だったので、それに合わせて夏休みを遅らせた。明日の月曜日は妻と息子と三人で、たぶんおふくろもついてきて、海のほうをドライブするつもりだ。

妻にはフジシュンのことは、結婚前にごく簡単に話してある。僕の言葉の足りないところは、おふくろが勝手に補ってくれるだろう。

遺書に「親友」と書かれた僕のことを、まだ親しい女友だちだった頃の彼女は、「被害者」とは呼ばなかった。

「光栄じゃない。そのひとが人生の最後に、自分のいちばん大切な友だちだった、って認めてくれたわけなんだから」

そういう考え方もあるのか、と驚いた。いくらなんでも自分に都合がよすぎないか、楽天的すぎないか、と半ばあきれた。

でも、そういう考え方をするひとだから、僕は彼女と結婚したいと思ったのだった。

本多さんが来てくれるのなら、そのことも伝えたかった。

そして、もっと正直に言うなら、本多さんにサユのことを訊きたかった。

幸せになっていますか——？

それだけを、訊いておきたかったのだ。

フジシュンのお母さんは、案じていたほど年老いてはいなかったし、心身の調子も悪くはなさそうだった。痛々しいほどの明るさは、もう消えた。挨拶をすると、東京からわざわざ参列したことの礼を言われ、欠礼を伝えていた会食にもあらためて誘われた。口調はしっかりしていた。顔にも生気が宿っていた。

あのひとも、僕に対してそっけないそぶりは見せなかった。お母さんをいたわるようにそばに立って、僕に話しかけてくることはなかったが、僕が挨拶を終えたときには小さく会釈もしてくれた。

「親父もおふくろも、この一、二年で、落ち着いたんです」

集会室からお墓に向かって歩く行列のしんがりで、健介くんが僕に言った。

「兄貴のことが、十年かけてやっとぜんぶ染み込んでいったっていう感じです」

それを言うなら、健介くんもそうだ。大学を出て市役所に就職した健介くんは、もう僕にとがった目は向けない。子どもの頃のケンちゃんに戻った。

結局、健介くんにきちんと謝ることはなかった。上京前につかみ合いをしたことも、その前のさまざまなことも、なにひとつケリのつかないまま、僕たちは八年という歳月をそれぞれに生きて、お互いおとなになって、微妙な距離は残しながらも、おだやかな口調で話す。

「時間が解決するっていうか……時間しか解決できないことって、やっぱりあるんですかね」

きっとあるのだろう。時間の流れは、きっと、僕の中にあるなにかも解決してくれているのだろう。

「よかったよ」と僕は言った。まだ足りないような気がして、「ほんとうに、よかったよ」と念を押した。

でも、それで逆に、胸の内を読み取られてしまった。

「なんか、寂しそうですね」と健介くんに言われた。あわてて言い訳しかけたら、いいんですよ、と苦笑いで制された。「じつを言うと、僕も同じなんです」

なぜだろう。うまく説明できない。無理に説明しようとすると、自分の身勝手さを思い知らされてしまいそうな気もする。

代わりに、健介くんが言った。

「苦しむことで伝える愛情って、あるんじゃないですかね」

「どういうこと？」

「兄貴のために、親父もおふくろもずーっと苦しんできて、ほんとに苦しい思いをしてきて、二人ともキツかったんだと思うんですけど……その代わり、苦しんでる間は、ずっと兄貴がそばにいたんじゃないかな、って……お父さんもお母さんもおまえのためにこんなに苦しんでるんだぞ、って思うことが、親として、救いみたいなものにもなってたんじゃないか、って」

だってね、と健介くんはつづけた。

「兄貴が苦しんでるときに気づいてやれなかったんだから、せめて兄貴がいなくなってから思いっきり苦しんでやらないと、親の務めをなにも果たせないじゃないですか」

告別式の日に僕の胸ぐらをつかんできた、あのひとの姿が浮かんだ。卒業式の日にフジシュンの遺影を高々と掲げた、あのひとの姿も浮かぶ。

でも、それも、遠い昔の日々のできごとになってしまった。

「なんかね、親父もおふくろも、傷口のかさぶたが乾きかけたら爪でひっかいて剝がして、また固まってきたら剝がして、っていうのを繰り返してきたような気がするんですよ」

そうかもしれない。忘れていたつらい思い出がふとよみがえるのは、自分でも気づかないうちに、心が勝手にかさぶたを剝がしている、ということなのかもしれない。

「二人とも、ほんとうは立ち直りたくなかったんじゃないかなあ……」

健介くんはそう言って、さすがにそれはないですよね、と苦笑した。僕も苦笑いで応えようとしたが、頬はうまく動いてくれなかった。

息子の顔が浮かんだのだ。

まだ「パパ」と発音できずに「あう、あう」と僕を呼ぶ息子の、あどけない笑顔が、胸の中いっぱいに広がった。

もしも、この子がいなくなってしまったら――。

忘れることで立ち直るのなら、僕は立ち直らなくていい。

立ち直りたくない、とも思う。

墓参りのあともお母さんはやはり会食に誘ってくれたが、あさっての命日にもお邪魔しますから、と予定どおり霊園からまっすぐ帰ることにした。

ただ、予定と違っていたこともある。渡すつもりだったものを渡せなかった。

電話で呼んだタクシーを霊園の管理棟の前で待っているとき、見送りに出てくれた健介くんに紙バッグを差し出した。

「これ、お父さんとお母さんに渡そうと思ってたんだけど……」

バッグの中には、東京から持ってきた『世界の旅　ヨーロッパ』と、そこに挟んだ〈世界一周ツアー（決定版）〉、そして、僕が高校時代にフジシュンの思い出を書いたノートが入っている。

健介くんは「すごいじゃないですか、そんなのがあったんですか」と驚いて、「親父もおふくろも喜びますよ」と言ってくれた。

僕もそう思う。だから、渡すのが怖くなったのだ。

「せっかくおふくろさんの調子がよくなってるときに、こんなのを見せていいのかな、って……ちょっと心配になっちゃって」

健介くんに任せたかった。

「渡したほうがいいってケンちゃんが思うんだったら、渡してくれ。もし、いまはやめたほうがいいって思ったら、悪いけど、預かっててほしいんだ。それで、ケンちゃんが、いまならだいじょうぶだって思うときが来たら、渡してあげてほしい」

プレッシャーかけないでくださいよ、と健介くんは笑った。

「いちばん近くにいてくれて、いちばんよくわかってるんだもんな、親父さんとおふくろさんのこと」

「そうですよ」

得意そうに、微妙に怒ったように、ふくれつらで胸を張る。

「親父もおふくろも兄貴のことばっかり考えてるけど、もし兄貴が一人っ子だったら、ほんと、いまよりはるかに大変だったと思いますよ。俺の存在、でかいんですから」

「うん……わかるよ」

「親父に言われるまま隣の中学に通って、おふくろが寂しがるから地元の大学に通って、地元で就職して……」

話しているうちに、健介くんの目はうっすらと潤んできた。

「俺、歳とって、くたばって、天国に行ったら、兄貴のことぶん殴ってやってもいいですよね。

それくらいの権利、ありますよね」

もちろん、とうなずいてやった。健介くんも急に照れたように大げさにハナを啜り、自分の頬を軽く何度も平手で張ってから、紙バッグを受け取った。

「今夜、最初に俺が読んでみて、親父とおふくろの様子もチェックして、それから決めていいですか」

「ああ、任せるから、ぜんぶ」

「でも……どうするか、答えはもう最初から決まってますけど」

健介くんはそう言って、赤い目をしばたたきながら、いたずらっぽく笑った。


九月四日は午後の早いうちにフジシュンの家を訪ね、夕方の新幹線で帰京することにしていた。長居をするつもりはなかったし、正直に打ち明ければ、あのひとが仕事で家を空けているときを狙うようにして、その時刻を選んだのだ。

ところが、カーポートに、あのひとの車が駐まっていた。

嫌な予感がした。あのひとが僕を待ちかまえている、というのではない、もっと嫌な、もっと当たってほしくない予感だった。

インターホンを鳴らすと、あのひとが出た。玄関のドアを開けたのも、あのひとだった。嫌な予感が当たってしまうのを覚悟して「おばさんは……」と訊きかけると、あのひとは僕のために上がり框にスリッパを出しながら言った。

「ちょっと横になってるんだ。血圧が上がって目まいがする、っていうから」

当たった。

僕は靴を脱げなくなってしまい、三和土《たたき》にたたずんだまま、「すみません……」と謝った。

「なにが?」

「ですから……世界一周の紙とか……」

ああ、とあのひとは軽くうなずいて、「昨日、健介からもらった」と言った。「ウチのも、びっくりして、喜んでた。昨日からずうっと読み返してる」

怒っている様子はない。お母さんが倒れたことにも、それほどあわてたり悲しんだりしているようには見えなかった。

「俺はノートのほうが面白かったな。初めて知ったことがたくさんあった」

「でも……」

だからこそ、せっかく遠ざかっていたフジシュンの記憶が、まざまざとよみがえってしまったはずなのだ。十年以上かけて水が染み込みきった地面に、また新たな水を撒《ま》いてしまったことになる。

「喜びすぎたんだ」

あのひとは言った。「倒れて、うんうん言いながら、喜んでる」と少しだけ笑って、「うれしい話が、昨日と今日で、たてつづけに二つも来ちゃったからな」と付け加えた。

二つ——?

昨日と今日——?

「いいから上がれよ」

僕を玄関に残して、一人で歩きだす。居間に戻ると、お母さんは隣の部屋で寝ているのだろう、「おい、真田くん来たぞ」と声もかけていた。

怪訝なまま、しかたなくスリッパを履いて居間に向かった。

法要のあとなので、フジシュンの仏壇には花があふれるほど供えられていた。それはいい。座卓には、あのひとが読み返していたのだろう、僕の書いたフジシュンの思い出のノートが広げて置いてあった。それも、いい。二つめの、今日届いたうれしい話とは、なんだ。

部屋を見回した。

写真立ての並ぶサイドボードで、目が止まった。

赤いものがある。赤い郵便ポストがある。赤い郵便ポストの貯金箱が置いてある。

「来てくれたんだ、昼前に」

あのひとが僕の背中に言った。「朝一番の新幹線で来て、夕方には東京に戻らなきゃいけないっていうんで……貯金箱だけ返しに来てくれた」

一人ではなかった。

「来月、結婚するらしい」

夫になるひとも、フジシュンの仏壇に線香をあげてくれた。

突然の来訪だったという。おそらくお母さんのことを案じて、事前には伝えなかったのだろう。お母さんは驚いて、喜んで、二人を迎えた。朝からの微熱のせいだけではなく頰を紅潮させて、何度も何度も、おめでとう、と繰り返した。

サユたちは長居はしなかったが、むしろ二人が帰ったあとで、お母さんの話ははずんだ。貯金箱をいとおしそうに膝に抱いて、あのひとを相手に、決して多いわけではないサユとの思い出をたどって、話し終わると布団に入って寝込んでしまった。

「うれしかったんだろうな、昨日も今日も、ほんとうに」

あのひとがそう言って座ったあとも、僕は貯金箱から目を離さなかった。

サユは約束を守った。愛するひとをフジシュンに会わせ、フジシュンから寄せられた思いを、そっと返した。

「元気そうでしたか」

貯金箱を見つめたまま訊いた。声が震えないよう気をつけたつもりだったが、たぶん、あのひとにはばれてしまっただろう。

「ああ、元気そうだったし……幸せそうだった」

僕はあのひとに背中を向けたまま、ありがとうございます、と小さく頭を下げた。うれしかった。「幸せ」という言葉をあのひとがつかってくれたことが、むしょうにうれしくて、せつなかった。

襖が開いた。パジャマ姿のお母さんが、手と膝を床について、隣の部屋から這うように出てきた。

「ごめんね、ユウくん、おばさん立つと目まいがしちゃって、歩けないから……」

それだけで息を切らせてしまいながら、「優しいひとだったよ」と言う。「小百合ちゃんのダンナさんになってくれるひと、優しそうなひとだったよ」

僕はまた、お母さんにも背中を向けて、頭を下げた。

「でもね、俊介、ちょっと悔しそうだった。写真の顔がね、ちょっと悔しそうになるのよ。ほんとよ、ほんと。ねえ、お父さん、ほんとよね、俊介、やきもち焼いてたわよねえ、絶対に」

「ああ……そうだな、そうだったな」

「いつか天国で俊介に会ったら、教えてあげなきゃ。とっても優しいひとなんだから、あんたも喜んであげなさい、って。小百合ちゃんがあんなに幸せそうだったんだから、あんたも、もう振られちゃったんだからあきらめて、お祝いしてあげなさい、って……教えてあげなきゃね」

お母さんの声は、途中から涙交じりになっていた。

それが聞こえたかのように、庭で不意に蟬が鳴きだした。夏の終わりになって地面からようやく出てきたニイニイ蟬は、残りわずかな夏の陽射しを惜しむみたいに、大きな音で鳴いていた。

ねえユウくん、とお母さんは言った。

「よかったわよね、小百合ちゃんも結婚して、ユウくんのところにも子どもさんがいて……いろんなことあったけど、みんな、幸せになったんだから、よかったよね」

そうでしょ、ユウくん、と笑った目元から涙のしずくがぽとりと落ちたのが、背中を向けている僕にも、確かに見えた。

なにかが終わったんだな、と僕はうつむいて嚙みしめる。悲しい終わり方なのに、幸せな終わり方でもあった。

「俊介に早く会いたいねえ……ねえ、お父さん、早く会って、あれからいろんなことがあったんだよ、って教えてあげたいよねえ……」

あのひとはなにも応えず、代わりに僕に言った。

「『森の墓地』っていうのは、いい場所だな」

「はい……」

「いつか、行こうと思ってるんだ」

誰と一緒に——とは言わなかった。

あのひとには予感があったのかもしれない。

お母さんの望みは、その八年後に叶えられることになる。

あのひとは、最初から決めていたのかもしれない。

『森の墓地』への旅に出たのは、お母さんの最期を看取《みと》ったあとだった。

第七章　あのひと

1

　フジシュンのお母さんは眠るように逝った。

　膵臓と肺にステージの進んだガンが見つかったのが、今年――二〇〇九年の四月のことだった。放射線治療と抗ガン剤の併用による治療方針が固まり、抗ガン剤の投与を始めようとした矢先の五月に、容態が急変した。ガンの転移ではなく、入院中に脳溢血を起こして、そのまま亡くなったのだ。

　僕はそれを六月の終わりに、健介くんからの電話で知らされた。ガンが見つかったこともそのとき初めて聞いた。あのひとが連絡することを止めていた。四十九日の法要と納骨を終えて、ようやく健介くんの説得を聞き入れたのだという。

「抗ガン剤って副作用がキツいでしょ？　おふくろ、痛い思いや苦しい思いをしてまで長生きしたくなかったんじゃないかな、って」

　健介くんの声は、沈んではいたが、湿っぽくはなかった。

「ガンのほうも末期に近かったから、親父も俺も、ある程度の覚悟はできてたんですよ。あとは、もう、むだに長引いて本人が苦しかったり、こっちが疲れきったりすることだけはないように、って思ってましたから」

延命措置を望まないことは最初から決めていた。根治が叶わないのであれば外科手術で体を切り刻むこともやめてほしい、と主治医に伝えていた。まだ五十九歳という年齢を考えれば、もっと積極的に治すことに取り組んでもよかった。病院側も、できることがあるかぎりはすべてやってみたい、というのが本音だったらしい。

「親父も俺も冷たいんですかねえ……」

「そんなことないよ」

僕は言った。「わかるよ、気持ちは」

「もう二十年も苦しい思いをしてきたんだから、もういいでしょう、って」

「うん……」

脳溢血を起こしてから三日間、お母さんは昏々《こんこん》と眠った。その間に少しずつ血圧が下がって、生命維持機能が落ちてきて、最後はロウソクの明かりがすうっと燃え尽きるように消えた。

苦しまなかったはずだ、と健介くんは言う。

「だってねえ、死に顔がきれいだったんですよ。最後の最後にふっと頬がゆるんで、笑ってるような顔で逝ったんです」

フジシュンが迎えに来てくれたのだろうか。そうだといい。それくらいの親孝行はしてやれよな、とも思う。

「孫が間に合ってよかったです」

「そうだよな」

「最後に俺、アヤを抱っこして、おばあちゃんの手を握らせたんです。指一本ですけど、しっかり握ってました」

健介くんは三年前に結婚して、去年、父親になった。今年の正月、年賀状代わりに送ってきたメールには、娘の文子ちゃんを真ん中に、健介くん夫婦、お母さんとあのひと、さらに奥さんの両親まで加わって、総勢七人のにぎやかな写真が添付されていた。

健介くんの一家は賃貸のマンション住まいだが、同じ市内にあるお互いの実家とはこまめに行き来して、ときにはこんなふうに三つの家族が集まって鍋をつつくときもあるのだという。

メールに添付された写真も、フジシュンの家の居間で撮ったものだった。写真の中のあのひとは、いつものように機嫌がいいのか悪いのかわからない顔をしていたが、お母さんのほうは満面の笑みを浮かべて、ほんとうにうれしそうだった。

こういう写真を見ていると、お母さんとあのひとは「フジシュンの両親」というより「健介くんの両親」と呼んだほうがしっくりくる。でも、お母さんは、人生の最後にはやはりフジシュンの母親になって旅立ったのだろう。健介くんもそれを受け容れているだろう。メールの写真は、さすがに仏壇が写り込むのは避けていたが、七人が背にしたサイドボードの上には赤い郵便ポストの貯金箱があった。写真立てはみんなの背中に隠れていても、貯金箱だけは、健介くんとあのひとの肩と肩の間にちゃんと見えている。そうなるように、健介くんがちゃんと位置を調節していたのかもしれない。だから、これは、正しくは総勢八人の写真なのだ。

「お父さんはどうだ？」

「さすがに寂しそうですけどね、もともと無口なひとだし、一人暮らしになってもマイペースでやってるみたいです」

「そうか……」

「すみません、こんな時期の連絡になっちゃって」

確かに、最初から聞いていればお見舞いに行った。お通夜や告別式にも行ければ行きたかったし、お骨の前で手も合わせたかった。

でも、あのひとがそう決めたのなら、僕にはなにも言えない。

「俺も、よくわからないんですよ、親父が腹の底でなに考えてるのか。真田さんが来てくれたらおふくろが喜ぶってことは、ちゃんと知ってるはずなのに……とにかく言うな、なにも教えるな、だったんですよ」

「しかたないよ」

「いや、でもね、もう、いまさら真田さんのことを恨んだってどうなるわけでもないんだし、そもそも兄貴が勝手に親友にしただけだってことも、もうわかってるわけなんだし……」

「恨まれてたわけじゃないよ、昔から」

憎んでもいない、とあのひとは本多さんに伝えたのだ。

ただ、ゆるしていない。

いつか健介くんが教えてくれた。あのひとはときどき、ふと思いだしたように「真田くんは元気なのかな……」と訊いてくるのだという。「最近はメールのやり取りしてるのか？」と尋ねるときもある。でも、健介くんが僕の近況を話しだすと、表情が急に冷めたものになる。興味を失うというより、もっと冷たく、僕について訊いたことじたいを打ち消すように、新聞を読みはじめたり、テレビのチャンネルを替えたり、ひどいときには黙って部屋を出て行ったりもする。

恨まれてはいないし、憎まれているわけでなくても、ゆるしてもらってはいない――というのは、そういうことなのかもしれない。

「でもね、もう二十年もたってるわけなんだから……」

まだ納得のいかない様子の健介くんを、「昔はケンちゃんのほうがキツいこと言ってたんだぜ、俺に」と茶々を入れて制した。「ぼろくそに言われてたんだもんな、最初は」

「やめてくださいよ、ガキだったから歯止めが利かなかったんだ、って言ってるじゃないですか。ほんと、すみません、あの頃は」

優しい男なのだ、子どもの頃から。その優しさをまっすぐ憤《いきどお》りに変えてぶつけてくれたことを、僕はいま、ありがたかった、とも思っている。

「まあ、俺も、あの頃あんなに真田さんに怒ってたこと、反省はしてるけど、後悔は……してないかも」

わかるよ、と笑った。

健介くんは「またなにかあったら電話します。おふくろのこと、たまには思いだしてやってください」と言って電話を切った。

僕も携帯電話をポケットにしまって、そうか、お母さん亡くなったか、とため息をついた。突然の知らせにショックはあるし、もちろん、悲しい。それでも、心残りはなかった。話すべきことは話したし、聞くべきもの、見るべきものも、ちゃんとまっとうした。息子をうしなった母親の悲しみを、僕は、もうじゅうぶんに受け取ったのだと思う。

でも、これがもし、あのひとが亡くなったという知らせだったら――。

僕はあのひとの思いをなにひとつわからないまま、置き去りにされてしまうだろう。

僕は今年三十四歳になる。

息子は九歳、小学三年生だ。赤ん坊の頃に勝手に期待していたほどには勉強もスポーツも得意ではなく、「お父さん、『とりえがない』ってどういう意味？」などと突然訊いてきて、親をどぎまぎさせることもあるが、学校では元気にやっているようだ――というのを、信じるしかないのだ、親は。

そんな息子も、あと五年で中学二年生になる。「もうじき」とまでは言わないが、「将来」や「未来」という遠さではなくなった。

僕たちの二年三組に息子がいたら、教室でどんな役回りを演じるのだろう。三島や根本にはなってほしくない。堺には、もっとなってほしくない。もちろんフジシュンにだってなってほしくはないのだが、ほんとうは、いちばんなってほしくないのは、僕だ。

「勇気を持て」「見て見ぬふりをするのは最低だ」「友だちを見殺しにするな」……僕はきっと息子に言うだろう。富岡先生のようなことを言いつづけるだろう。「お父さんはそれができなかったことをずっと後悔してるんだから」という一言を付け加えなければ意味がないんだ、とわかってはいるのだが。

フジシュンのことを思いだす機会が、じつは、最近増えている。

昔もいまも、男の子というのはたいして変わっていない。かつての僕がやったようなことを息子もやっているし、息子のやることを見ていると、昔の自分もそうだったな、と思いだす。忘れていたことがよみがえる。あの頃の自分や友だちの姿が浮かんでくる。その中には、もちろん、フジシュンもいる。

たとえば、七月に入ったばかりの、こんな夜――。

珍しく定時で仕事が終わって会社から帰宅すると、息子がリビングのテーブルで宿題をしていた。宿題の算数以外の教科書やノートやマンガ本も散らかして、テレビの歌番組に気を取られながら、ちっとも集中できない様子で計算問題を解いている。

やれやれ、と苦笑して、「宿題は自分の部屋でやれよ。ほら、ちょっと片づけろ」と手近にあったノートをなにげなくめくってみたら、一ページまるごと使った大きな一覧表が目に入った。

「なんだ？　これ」

息子はあわてて「あ、だめ、見ちゃだめ、だめだよ」と僕の手からノートを奪い取ろうとしたが、その前に、なにをまとめた表かわかった。

クラスの男子を〈しん友〉〈ふつう〉〈ライバル〉〈てき〉の四種類に分けた表だった。

〈しん友〉が五人、〈ふつう〉が十人、〈ライバル〉が二人、〈てき〉が一人。

「おい、なんだよ、同級生を〈てき〉なんて呼ぶなよ」

「だって、テツオ、すげえむかつくんだもん」

僕も何度か聞いたことがある。息子となにかと折り合いの悪い同級生だ。〈ライバル〉の二人も、見覚えや聞き覚えのある名前だった。一人はカードのコレクションを競い合っている相手で、もう一人は給食のおかわり連続記録をともに更新中――もうちょっとまっとうなところで負けず嫌いになってほしいのだが、自分らしさを大切にしていることは確かだ。

五人の〈しん友〉のうち四人は、僕もよく知っている。息子のおしゃべりにしょっちゅう名前が出ているし、妻によると、毎日のように誰かの家に遊びに行ったり、誰かがウチに遊びに来たりしているらしい。

でも、五人めの石崎くんという子は馴染みがない。「石崎くんって、ウチに遊びに来たことあるか?」と訊くと、息子はちょっと不服そうに「学校でしか遊んでないから」と言う。

「どんな子なんだ?」

「いい奴」

「学校でなにして遊んでるんだ?」

「いろんなこと」

態度が急にそっけなくなった。どうしたんだろうと思っていたら、キッチンから顔を覗かせた妻に、あとで、と目配せされた。

その夜、息子が寝てから、妻が教えてくれた。石崎くんというのは、クラスのヒーローなのだという。勉強もスポーツも抜群で、人柄もいい。

「だから、ほんとうは〈しん友〉じゃなくて〈あこがれ〉なの、あの子にとっては」

家で妻に石崎くんのことを話すときも、「イシちんってすごいんだよ」「またイシちんだけ百点だったんだ」「イシちんがねえ、ぼくのこと、サッカーに向いてるって」と、好きで好きでたまらない様子だという。

「だいじょうぶなのか？」

「なにが？」

「こっちが石崎くんに一方的にあこがれてるだけで、向こうからは全然相手にされてないとか、いいように利用されちゃってるだけ、とか」

妻は「男の子と女の子の片思いじゃないんだから」と笑って、言った。

「それは平気よ。学校で仲良くしてるのはほんとうだし、ウチに遊びに来ないのも、石崎くんち学校の反対側だから遠いっていうだけだから」

ほっとした。こんなふうに心配性になることが、これからどんどん増えていくのだろう。

「でもね……」

妻は少し寂しそうに微笑んだ。「石崎くんのほうは、親友とは思ってないと思う」

フジシュンの顔が浮かぶ。「ユウちゃん」と話しかけてくるときの顔だ。

おまえもそうだったのか——？

僕には石崎くんほどずば抜けたところはなかったが、それでも、記憶からよみがえるフジシュンの顔は、まぶしそうに僕を見ている。

わからなかったのか——？

小学生の頃ならともかく、中学二年生になっても、わからないままだったのか——？

親友というのは、死にたいほどのなやみがあれば、それを打ち明けられる相手だ。そのなやみを打ち明けられたら、いや、聞かなくても察して、なにもできなくてもなにかをしてやろうと思う相手のことだ。

おまえには、そんな簡単なこともわからなかったのか——？

フジシュンの口元が動く。まぶしそうな顔のまま、ゆっくりと、動く。

でも、ユウちゃん、親友だよ。

その声が聞こえた瞬間、涙がぽろぽろと流れ落ちた。驚いて「どうしたの？」と訊いてくる妻に、なんでもないんだ、と言おうとしたら、込み上げてくるものをこらえきれずに慟哭《どうこく》した。

幼い子どものように泣いた。

後悔がある。申し訳なさがある。悲しみがある。自分自身への怒りもある。

ただ、不思議と胸の痛みや苦しみはなかった。胸の奥から湧いてくるのではなく、胸の奥に降りそそぐような涙だった。


フジシュンは最後に僕に会いに来てくれたのだろう。

その夜遅く、健介くんからメールが届いた。

庭の柿の木が今日伐られた、と書いてあった。

〈電話で話すと冷静になれないと思うので、メールにします。

今日、庭の柿の木が伐られました。親父が植木屋さんを呼んで伐ってもらったのです。僕にはなんの相談もありませんでした。たまたま（虫の知らせでしょうか）仕事の帰りに親父の家に寄って、柿の木に線香をあげようと思って庭に出たら、もう木はありませんでした。

理由を訊いても、親父は教えてくれません。焼酎のお湯割りをちびちび飲みながら、真田さんにもらった『世界の旅』を読んでいました。

おふくろが死んで一人暮らしになってから、親父はほんとうに口数が少なくなりました。毎日が楽しいのか楽しくないのか、黙ったままなので、なにもわかりません。

来月、親父は定年を迎えます。嘱託として会社に残る話はおふくろがいた頃から進んでいたのですが、どうもそれを断ってしまったようです。なぜ断ったのか、定年後の生活はどうするのか、とにかくなにも話してくれないので、こっちとしてもどうすることもできなくて……。

愚痴をこぼしてすみません。でも、柿の木が伐られたことは、やっぱりショックです。悲しい思い出の場所でも、二十年間、兄貴はここから僕たちを見守ってくれていたんだと思っていましたから。おふくろが生きていたら、絶対に反対していたはずです。

また愚痴になりました。すみません。

今年の夏は、おふくろの初盆です。もし真田さんもこっちに帰ってくるようなら、また連絡してください〉

2

新幹線の窓から眺める風景は、東京駅を発ったときからずっと雨に煙っていた。帰省のたびに息子が見るのを楽しみにしている富士山も、今日は裾野まで雲に覆われてしまい、なにも見えなかった。

東京を出る前にあのひとの家に電話をかけてみたが、もう会社に出ていたのだろう、呼び出し音がしばらくつづいたあと留守番モードに切り替わった。メッセージには、「また電話します」とだけ残しておいた。

つづけてかけた健介くんの携帯電話は、すぐにつながった。用件を伝えると、健介くんは驚き、そして申し訳なさそうに謝ってくれた。

「すみません、あんなメール送っちゃったんで……」

昨日の今日だ。自分でも、意外と俺は大胆な奴だったんだな、と思う。

ほんの三十分ほど前までは、ふだんどおり会社に出るつもりで満員電車に揺られていた。でも、乗換駅の通路を歩いていたら、すぐ前に中学生の男子がいた。二人連れ立って、他愛のないおしゃべりをしながら歩く二人の背中を見ているうちに、気が変わった。違う、ゆうべから迷っていたことに答えが出た。

身をひるがえし、ひとの流れにさからって、東京駅に向かう路線のホームへ急いだ。迷いが断ち切れると、矢も楯もたまらず、ホームに出る階段を最後は駆け上った。

「ケンちゃんは気にしなくていいって。メールをもらわなくても、もらっても、いつかは行こうと思ってたんだから」

「会社、いいんですか?」

「なんとかなる」

「親父とは……」

「まだ話せてないけど、とにかくそっちに行くから」

門前払いは覚悟していた。たとえ会えても、なにを話し、なにを尋ねるのか、自分でもわからないままだった。

それでも――。

「おばさんに線香をあげて、フジシュンにも線香をあげれば、あとはもう、俺も親父さんも、黙ったままでいいんだ」

沈黙の重苦しさも覚悟している。でも、それを背負おうと決めていた。

健介くんはため息をついて、わかりました、と言ってくれた。

「親父さん、何時頃に会社から帰ってくるんだ？」

「七時過ぎですけど……真田さんはもう新幹線に乗っちゃうんですか？」

「うん、次のに乗るから」

夕方の早い時間に、ふるさとの街に着く。「夜まで適当に時間つぶすよ」

「じゃあ、俺、親父の会社に電話します。仕事早退《はやび》けして、早く帰るように言いますから」

「無理だろ、それは」

そういうことをするひとではない、と思う。僕が待っていると知ったら、わざと帰りを遅らせるか、へたをすれば家に帰ってこないことだってありうるだろう、と覚悟している。

でも、健介くんは「早退けしますよ、親父は」と、きっぱりと言った。

「そうかな……」

「そうです」

さらに声を強めて「俺だって親父の息子ですから、それくらいわかります」と言った健介くんは、ふう、と息をついてつづけた。「俺はそのとき一緒にいないほうがいいんだろうな、っていうのも……」

健介くんの背負ってきた寂しさが、最近、胸に染みる。おとなになり、父親になって、僕はあの頃よりもたくさんの寂しさを見つけられるようになった。

「とにかくまっすぐ来てください。だいじょうぶです、僕がちゃんと親父に言いますから」

「わかった、任せる」

「で、真田さん、もうちょっとだけ話していいですか？　電車が出るまで時間ありますか？」

「ああ、平気だ」

「俺ね、ゆうべネットで調べてみたんですよ、『森の墓地』のこと。もう、なんていうか、親父見てると腹が立っちゃって、なんなんだよ『森の墓地』なんてよお、って感じで」

僕はすでに調べていた。わが家の書棚の隅には、最近になってネットの古書店で買い直した『世界の旅　ヨーロッパ』もある。

「世界遺産なんですね、あそこ」

「うん」

「でも、兄貴が図書室の本を読んでた頃は、まだ……」

「ああ。あそこが選ばれたのは一九九四年だから」

ですよね、と健介くんは応え、「兄貴も意外と先見の明があって、いいセンスしてたってことなのかな」と笑った。

そうかもな、と僕も笑い返す。

あの頃はもちろん、いまでも、『森の墓地』は誰もが知っている有名な場所というわけではない。そんな場所を旅の終わりに選んだフジシュンは、ほんとうに『森の墓地』の十字架が気に入っていたのだろう。つらい現実から逃げていった果てに、大きくて広いなにかにゆるされたかったのだろう。その気持ちも、最近、少しずつわかるようになった。

「親父さんって、行ってみたいんだろうなあ」

「親父、行ってみたいんだろうなあ」

「一度もないです。若い頃は生活がけっこう大変だったみたいだし、少し余裕が出てきた頃には、兄貴がもういなくなってて、そんな気になれなかったと思うし」

「そうか……」

「まだ親父、パスポートも持ってないんじゃないかな」

健介くんは「つくらせようかな」とひとりごちるようにつづけた。「連れて行ってやろうかなあ、『森の墓地』に……」

喜んでくれるよ、と僕もつぶやく声で応えた。

「真田さんはどうですか？」

「……俺？」

「もし親父を連れて『森の墓地』に行くことになったら、真田さんも一緒に行きませんか」

親父の付き添いっていうんじゃなくて、真田さん自身のために——。

健介くんの声は、隣のホームの発車メロディーにかき消されそうになりながら、僕の耳の奥の深いところまで届いた。

ふるさとの街も雨だった。

タクシーに乗って行き先を告げると、車は僕が知っているのとは違う道順で走りだした。心配になって行き先をもう一度告げ、「こっちでいいんでしたっけ?」と訊くと、中年のドライバーは「バイパスができたんですよ」と言った。

数年がかりの拡幅工事を終えた土手道が、この春、国道のバイパスとして開通した。

「今度からは街なかを抜けずにすむんで、速いですよ」

「そうですか……」

「お客さん、古い道のほうがよかったですか?」

「いえ……このまま、バイパスを通ってください」

シートの背に体を預け直し、ぼんやりと窓の外を見つめた。

フジシュンの家の少し手前で車を降りて、傘を差して雨の中を歩いた。近所の様子もだいぶ変わった。田んぼや畑は、もう、家々の間にぽつりぽつりとしかない。建て替えられた家も多い。雨の平日のせいか、外を歩く人影はなく、話し声や物音も家からはほとんど漏れてこない。土手道のバイパスを行き交う車の音も、湿り気に吸い取られて、意外と耳に障らない。

静かな街並みの、その静けさの真ん中に引き寄せられるように、最後の角を曲がった。

フジシュンの家のたたずまいは、あの頃となにも変わっていない。隣近所の家が新しくなったぶん、一軒だけ、時間の流れから取り残されたようにも見える。

門の明かりが灯っていた。カーポートに車もある。期待していたのか、そうではなかったのか、わからないまま、門の前に立った。郵便受けは昔と変わらない。サインペンで書かれた家族の名前も、四人そろったままだった。字はだいぶ薄れて、しっかりと目でたどらないと読み取れない。でも、いまは一人暮らしになってしまったあのひとの家族は、ここにいる。

四人の名前に小さく頭を下げ、傘の柄を強く握り直して、インターホンのボタンを押した。

スピーカーから応答の声は聞こえなかったが、代わりに玄関のドアが開いた。

白髪だらけになったあのひとが顔を出す。首筋や顎の線が細くなっていた。体ぜんたいの厚みも薄くなったように見える。

「今年の梅雨は長くてな……」

ノブに手をかけたまま言って、「上がれよ」とだけつづけ、僕が門扉を抜けたときには、半開きのドアをそのままにして、もう家の中に戻っていた。


仏壇に置かれたお母さんの写真はずいぶん若かった。

「いつの写真ですか?」と訊くと、あのひとはポットのお湯を急須に注ぎながら、「卒業式だ」と言った。「俊介の、卒業式のときのやつだ」

「小学校の……」

「あいつは中学は卒業してないから」

「……ですよね」

二十二年前――お母さんはまだ三十代だったはずだ。

「葬式のときにも使ったんだ」

あのひとは自分から言って、「身内の評判は悪かったんだけどな、若すぎる、って」と、並べた湯呑みに向かって苦笑した。

「写真を選んだのは……」

「ウチのだ。もうガンがわかる前から、これにしてくれって言ってた。いちばん気に入ってたんだ、この写真が」

写真そのものの出来はたいしたことはなかった。少しブレているし、笑顔ではあっても、なんとなく緊張して、おすましの顔になっている。もっといい笑顔の写真は、ほかにいくらでもあったはずだ。

でも、あのひとが教えてくれた。

「隣には、俊介がいたんだ。二人並んでるのを、健介が撮った。ウチのと俊介が二人だけで写ってる写真、それが最後だったんだ」

結局、その頃の幸せを超えることがないまま、お母さんの人生は終わった。

あのひとは急須のお茶を湯呑みに注ぎ、「やっとお茶っ葉の量がわかってきた」と言う。「最初は多すぎたり少なすぎたりして……やったことなかったからな、ウチのがいた頃は」

お母さんにとっての二十年間は、なんだったのだろう。

あのひとにとっての二十年間と、これから先の日々は、延々とつづく長い黄昏なのだろうか。

いつまでたっても夕陽が沈みきることはなく、西に傾いた太陽は、もう二度と空のてっぺんに後戻りすることはない。

お茶を啜った。雨のせいか、一人暮らしには広すぎる家のせいか、七月だというのに肌寒い。部屋はこざっぱりと片付いていたが、それが逆に、いまの日々の寂しさを伝えていた。

庭の柿の木は、根元だけ残っていた。でも、もう線香や水は供えられていない。横に枝を張った柿の木がなくなったので庭は少し明るくなっていたが、きっと冬場には風が吹き抜けて、この家はいっそう寒々しくなるだろう。

外を見る僕に、あのひとは言った。

「実が生《な》る前に伐りたかったんだ。生ってからだと、やっぱり、踏ん切りがつかないし」

なぜ伐ったのかは言わない。僕に、なぜ訪ねて来たのかも訊かない。

ただ、僕と同じように庭に目をやって、ぽつりとつづけた。

「去年は、蟬が来なかった」

あの柿の木に――。

「おととし……その前あたりからだったかな、夏になっても蟬がほとんど来なくなって、実をつつきに来る鳥もだいぶ減って、ウチのが寂しがってた」

土手道の工事のせいだろうか、と僕は思ったが、あのひとは「もう終わったんだろうな」と言った。「あの木の役目は、もう終わったんだよ」

お母さんも亡くなった。

健介くんも家族を持ち、一人前になった。

そして、あのひとは――。

「来月、定年なんだ」

「はい……」

「知ってたのか?」

「健介くんから聞きました」

まいったな、というふうにあのひとは苦笑して、つづけた。

「仕事を辞めたら、行ってみたいんだ」

「……どこにですか」

「俊介が行きたがってただろ、『森の墓地』ってところ」

ずっと前から決めてた、と言った。「ウチのが元気だった頃、よく話してた」

まあ、しゃべるのはぜんぶ女房のほうだけどな、とまた苦笑する。

「一緒に行こうっていう話をしてたんですか?」

「違う」

どちらかが先に死んで、どちらかが一人になったら、行こう――。

「なんでだろうな、ウチのも俺も、二人でってことは考えてなかった。一人きりになったときの最後の楽しみっていうか、支えにしたかったのかな」

あのひとは急須にお湯を足した。

「女房はそれを老後の楽しみにしてたんだ。自分が先に逝くなんて、思ってなかったんだろうなあ……」

急須を軽く振って、空になっていた自分の湯呑みにお茶を注ぐ。ひさしぶりにたくさんしゃべると喉が渇く、とひとりごちて、行ってみようと思ってる、と同じ声でつづけ、立ち上がる。

サイドボードに向かい、郵便ポストの貯金箱を手に取って、「二人で貯金してきた」と言った。

「毎月一万円ずつ入れてきたから、もう百万円近くある」

それほど大きなサイズの貯金箱ではないので、いままでにポストの底の蓋を三回開けた。最初に開けたとき、小さくちぎった紙切れがたくさん入っているのを知った。

「中川さんの手紙だった」

フジシュンの一周忌のときに書いた手紙だ。

「かけらが小さすぎて貼り合わせるのはできなかったんだけど……ごめんなさい、って書いてあるのは、わかった」

あのひとはそれ以上はなにも言わず、貯金箱をまた元の場所に戻した。

でも、よかったな、と僕は思い出の中のサユに言う。おまえの気持ち、ちゃんと届いたぞ、よかったな。

あのひとは座り直して、まだ熱い湯呑みを両手で持った。

「スウェーデンは遠いし、物価も高いらしいけど、百万円あればなんとか行けるだろ」

僕はうなずいて、ためらいながらも言った。

「……健介くんが」

「うん？」

「健介くんが、言ってました。親父を『森の墓地』に連れて行ってやりたい、って」

あのひとは一瞬驚いた顔になり、まいったな、ほんと、といままでいちばんほろ苦そうな笑顔にもなって、湯呑みにそっと息を吹きかけた。

それをしおに、しばらく話が途切れた。

僕は『森の墓地』の十字架を思い浮かべる。何度も何度も『世界の旅』で見てきたので、まだ行ったことがないのに、花崗岩でつくられた十字架のざらついた手ざわりまで、いまでは想像できる。

キリスト教と仏教のどちらが正しくて、どちらのほうがまさっているのかは知らない。ただ、いまは、フジシュンとお母さんの仏壇に手を合わせるよりも、その十字架に心の中で手を合わせるほうが、祈りが深く届くような気がした。

「僕は……どうすればいいですか」

静かに訊いた。あのひとの顔は見なかった。怪訝そうなまなざしを感じても振り向かなかった。

「ゆるしてもらえないのはわかってます。でも、僕は、なにをすればいいですか」

あのひとの視線がはずれた。

お茶を一口啜るしぐさが、目の端をよぎった。

「最近、よく思いだすんだ。三島っていう奴のお母さんのことと、あのひとに追い返された根本っていう奴の両親のこと」

いまなにしてるか知らないか、と訊かれた。

すみません、なにも聞いてません、と僕は首を横に振る。

「ずっと背負うんだろうな、親は」

　僕は黙っていた。僕も親になった。少しずつ、子どもの頃に見てきたさまざまな親の気持ちがわかるようになった。だから、相槌を打たないことで、胸に言葉を沈めた。

「背負って……」

　あのひとはつぶやいて、少し間をおいてから、「俺は、俊介に、なにをしてやれたんだろうなあ……」と言った。

　フジシュンとお母さんの遺影は、動かない笑顔であのひとを見つめる。

　さっきからずっと途切れなくつづいていたはずの雨音が、いま初めて耳に流れ込んできたみたいに、くっきりと聞こえた。

　寂しい雨音だった。でも、お茶を啜るあのひとの背中は、その寂しさを黙って受け止めているように見えた。

「なあ、真田くん」

　初めて、名前を呼ばれた。

「俊介が死んでから……きみは、どんなふうに生きた。俊介のことを、どんなふうに感じて、どんなふうに背負って、どんなふうに、きみはおとなになったんだ」

　それを教えてくれ、とあのひとは言った。「昔持ってきてくれた俊介の思い出のノートみたいに、書いてくれ」

　いつでもいい。いつまでも待っている。

　こらえきれずに、僕はあのひとを見た。

あのひとの横顔には、光るものが伝っていた。

その約束を、僕はもうすぐ果たす。

3

あのひとが健介くんと一緒にスウェーデンに向かったのは、八月の終わりだった。

会社を定年退職して、お母さんの初盆も終えたあのひとは、人生に一区切りがついたせいか、いつになくおだやかな顔をして、日本を発つ前には空港のラウンジで自分からビールを飲んだのだと、健介くんが手紙で教えてくれた。

僕は『森の墓地』へは行かなかった。お盆休みは北海道にある妻の実家で過ごした。お母さんの初盆のことはわかっていたが、わかっていたから、行かなかった。

健介くんは、初盆については「北海道のほうが涼しいですもんね」と笑っていたが、『森の墓地』のほうは、ぎりぎりまでねばって誘いつづけた。

「真田さんにも、それで区切りがつくんじゃないですか？」

僕もそう思う。だから、行かない。

あのひとも、一緒に来るのはかまわない、と言っていたらしい。「親父はああいう性格だから、『かまわない』っていうのは『来ないか？』っていう意味ですよ」と健介くんは言ってくれたが、やはり、断った。

いつか、僕も行く。必ず行く。そう決めている。

でも、それは、いまではない。五年後か、十年後なのか、もっと先になるのかはわからない。

ただ、僕はもっと生きなければならないのだと、思う。

健介くんの手紙が届いたのは、九月四日だった。その日付を選んでくれたのかもしれない。

前もって受け取ったメールには、〈写真はデータにして送ればいいのですが、一緒に送りたいものがあるので、郵便にします〉とあった。

手紙は、小包で送られてきた。箱の中には、健介くんの手紙や旅の写真と、いかにも北欧らしいガラスや陶器や木製の雑貨がこまごま入っていた。土産物を送りたいから小包にしたのだろうと最初は思っていたが、そうではなかった。

箱の底のほうに、切手の貼られていない封筒がもう一つあった。きちんと封はされていたが、住所や宛名はなく、裏返しても差出人の名前はなかった。

なんだろうと首をひねりながら封を開け、意外と枚数のある便箋を広げた。

〈お元気ですか〉と手紙は書き出されていた。なつかしいサユの文字だった。

〈いまはお盆休みで、子どもを連れて実家に帰ってきています。今日の昼間、藤井くんの家に行って、おばさんの初盆のお参りをしてきました。おじさんはあいかわらず無口でしたが、健介くんがいたので、いろいろと昔の話やいまの話をしました。

今月の終わりに、『森の墓地』に行くそうですね。健介くんはユウくんが行きたがっていないんだと残念そうでしたが、ユウくんの気持ちはなんとなくわかります。

健介くんがユウくんに渡してあげると言ってくれたので、いま実家でこの手紙を書いています。明日、東京に帰る前に健介くんに預けるつもりです〉

旅行中の写真は何十枚もあった。〈無口な親父と二人きりだと間が持たなくて、ついついたくさん撮ってしまいました〉と健介くんは手紙に書いていた。

ストックホルムで三泊しただけの短い旅だった。初日は夕方にホテルに着くのでほとんど動けない。最終日も午前中のうちに市内のホテルをチェックアウトしないと飛行機に間に合わない。『森の墓地』は、二日目の午前中に訪ねる予定だった。

ところが、ホテルを出る間際になって、あのひとは「明日にしよう」と言いだした。

〈いつものように理由はなにも言ってくれませんでしたが、おそらく、急に怖くなったのだろうと思います〉

健介くんはつづけて、〈僕も、本音を言えば、少しそうでした〉と書いていた。

結局、その日は市内を観光した。写真には、遊覧船のデッキに立つあのひとの姿や、王宮の衛兵の交代式を見るあのひとの姿がおさめられている。どの写真でも、あのひとは居心地悪そうにたたずんでいた。ふるさとの街で会っているときよりも体が小さく見える。ヨーロッパのひとたちと比べて、というのではなく、歳をとったんだな、と嚙みしめた。

〈次の日もだめでした。今度は朝起きたときから、「疲れた」と言いだしてベッドに戻ってしまい、朝食もとりませんでした。午後、ホテルの近所を散歩するのが精一杯でした〉

そのときの写真もある。中世の面影を残した石畳の街を歩いていた。小学校の校庭なのか、公園なのか、子どもたちが遊んでいる広場で撮ったものも何枚かあった。ベンチに腰かけたあのひとは、ジャングルジムに登ったり追いかけっこをしたりする子どもたちを、じっと見つめていた。頬がゆるんでいた。微笑んでいるようにも泣きだすのをこらえているようにも見えるその一枚が、旅行中の写真の中で、僕はいちばん好きだ。

〈あとはもう、最後の日の朝しか残っていません。ひょっとしたら、親父はこのまま『森の墓地』には行かずに帰ってしまうつもりなんじゃないかと思って、困ってしまいました〉

でも、と健介くんはつづけていた。

〈それならそれでしかたないだろうな、と僕も内心では思っていました〉

夜は日本食レストランで夕食をとると早々に部屋に戻り、明日の帰国に備えて、荷物をまとめた。あのひとの荷物の中に、フジシュンの写真とお母さんの写真があるのを、健介くんはそのとき初めて知った。

〈今年でもう二十年ですね。藤井くんのことを、ユウくんはまだ背負っていますか？

昔ユウくんに言われた「荷物を降ろせ」という言葉を、最近よく思いだします。それって無理だよね、と思うのです。わたしたちはみんな、重たい荷物を背負っているんじゃなくて、重たい荷物と一つになって歩いているんだと、最近思うようになりました。だから、降ろすことなんてできない。わたしたちにできるのは、背中をじょうぶにして、足腰をきたえることだけかもしれません。

ユウくんの息子さん、小学三年生なんですね。もう手が離れて、子育ては楽になったでしょう？　ウチはまだ、上の男の子が三歳で、下の女の子は二歳です。年子なので、お風呂に入れるだけでも大騒ぎです。わたし自身、フルタイムの仕事を持っているので、家庭と仕事の両立はほんとうに大変です。夫もわたしも、毎年十一月頃からはいつも有給休暇の残り日数を計算しています。でも、生きていくしかないんだなあ、と思っています〉

帰国する日の朝、健介くんがアラームで目を覚ますと、もうあのひとは服を着替えて、窓際の椅子に座り、ホテルのすぐ前に広がる港を眺めていた。

「どうしたの？」

健介くんが起き上がって訊くと、あのひとは港を見たまま「行こう」と立ち上がった。「ロビーで待ってるから」

あわてて身支度を終えて部屋を出た健介くんは、カメラを持ってくるのを忘れた。ロビーに降りてからそれに気づき、部屋に戻ろうとしたら、あのひとに止められた。時間はまだじゅうぶんにあった。でも、あのひとは「いいんだ」とだけ言って、歩きだした。

〈いちばん肝心なときの写真がなくてすみません。でも、いまにして思うと、おふくろや兄貴が僕にカメラを忘れさせたのかもしれないという気もするし、たとえ持って行っても、僕は一枚も写真を撮れなかっただろうな、という気もします〉

手紙には、『森の墓地』の様子はなにも書いていなかった。僕のために、わざとそうしてくれたのかもしれない。

だから、ここから先は僕の想像になる。

あのひとは最後まで遠いままで、でも、僕はいま、その遠い距離を、たまらなくいとおしいと思っているのだ。


〈結婚してからも、子どもができてからも、九月四日は、やっぱりわたしの誕生日ではなく藤井くんの命日です。お祝いしてもらっていても、心の片隅にはずっと藤井くんのことがあります。

でも、去年の九月四日は違いました。

その日は、たまたま夫が出張で家にいなかったのですが、息子が保育園で熱を出してしまい、会社を早退して迎えに行き、病院に連れて行って、家に帰って一息ついたら、今度は娘がおなかが痛いと言いだして、また病院に連れて行って、その間も仕事の電話でケータイは鳴りっぱなしで……。

夜になってもぐずっていた娘がなんとか寝てくれて、先に寝ていた息子の熱が下がったのを確かめて、やっと安心してごはんを食べたりお風呂に入ったり、夫に「大変だったんだから」とメールを送ったりしていて、ふと気がついたら、もう日付が変わって九月五日になっていました。

自分の誕生日のことも忘れていたけど、藤井くんのことも、全然忘れていました。

急におかしくなって、一人で缶ビールを飲んでしまいました。

生きるというのはこういうことなんだな、と誕生日祝いのプレゼントをもらった気分です。

ユウくんもお元気で。

いつかどこかで、お互いにたくましくなった背中でまた会えたらいいですね〉

不思議なことがある。

『世界の旅』やインターネットで数え切れないほど見てきた『森の墓地』の風景はしっかりと目に焼き付いていて、地下鉄の駅を降りてからの道順までわかっている。それなのに、ほんとうは暗い灰色の花崗岩でつくられているはずの十字架が、僕の心の中では真っ白な十字架になって丘の上にたたずんでいるのだ。

どれだけ「そうじゃないんだ」と打ち消しても、十字架は決して色づくことはない。光り輝くまぶしい純白ではなく、世界中のすべての色がうしなわれたあとに残ったような、静かに黙り込む白だ。僕たちはその白い十字架をずっと背負っていたのだろうか。それとも、ずっと見守られていたのだろうか。

目を閉じる。地下鉄の駅を出た、あのひとと健介くんの姿が浮かぶ。八月の終わりのストックホルムは、もう秋だ。街路樹の葉が落ちた舗道を、二人は歩く。駅から墓地の入口まではほんの二、三分で着く。案内板に従って大通りからアプローチの小径へ入る。しばらく歩くと、芝生の丘が見えてくる。そして、丘の上には、やはり白い十字架がそびえている。

フジシュンが夢見ていた世界一周の旅はここで終わり、僕たちの長い旅はここから始まった。旅は出発点に帰ってくるから旅なんだ、といつかサユに言った。だから、ここは、旅の終わりの場所でもある。

あのひとは、芝生の丘を一人で歩く。

健介くんは途中まで付き添っていたが、丘の半ばで足を止め、あのひとを見送る。

空が、森と丘を包み込むように広がっている。晴れているといい。見上げれば吸い込まれてしまいそうな青空だったら、うれしい。

あのひとは丘を歩く。白い十字架に向かって、目をそらさず、歩きつづける。

もう声をかけても届かない。聞こえたとしても、きっとあのひとは振り向かない。

かすかな風が吹く。空が語りかけた。言葉はない。ただ涼やかな風が、あのひとの背中をいたわるように撫でていく。

十字架は丘の上で静かに待っている。

あのひとは黙々と歩きつづける。

本書は書き下ろし作品です。

重松 清

（しげまつ・きよし）

一九六三年岡山県生まれ。早稲田大学教育学部卒業。出版社勤務を経て、執筆活動に入る。一九九一年『ビフォア・ラン』でデビュー。一九九九年『ナイフ』で坪田譲治文学賞、『エイジ』で山本周五郎賞を受賞。二〇〇一年『ビタミンF』で直木賞を受賞。小説作品に『流星ワゴン』『定年ゴジラ』『きよしこ』『疾走』『その日のまえに』『きみの友だち』『カシオペアの丘で』『とんび』『ステップ』『かあちゃん』他多数がある。ライターとしても活躍し続けており、『世紀末の隣人』『ニッポンの課長』などのルポルタージュ作品もある。近刊のノンフィクション作品は『星をつくった男　阿久悠と、その時代』。

十字架《じゅうじか》

第1刷発行　2009年12月14日

著者　重松清《しげまつきよし》
発行者　鈴木 哲
発行所　株式会社　講談社
〒112・8001
東京都文京区音羽2・12・21
電話　出版部　03・5395・3505
販売部　03・5395・3622
業務部　03・5395・3615
印刷所　大日本印刷株式会社
製本所　黒柳製本株式会社

定価はカバーに表示してあります。

本書の無断複写（コピー）は著作権法上での例外を除き禁じられています。

落丁本・乱丁本は購入書店名を明記の上、小社業務部宛にお送りください。

送料小社負担にてお取り替えいたします。

なお、この本についてのお問い合わせは、
文芸局文芸図書第二出版部宛にお願いいたします。

©Kiyoshi Shigematsu 2009, Printed in Japan

ISBN978-4-06-215939-5 N.D.C.913 318p 20cm